佐島勤
Tsutomu Sato
illustration／石田可奈
Kana Ishida
illustrator assistant／ジミー・ストーン、末永康子
design／BEE-PEE
魔
劣
magic high school
2
JN073246

The irregular
at magic high school
夏の休日-Another-（前編）

The irregular
at magic high school
夏の休日-Another-（後編）

The irregular
at magic high school
十一月のハロウィンパーティ

The irregular at magic high school
美少女魔法戦士プラズマリーナ

The irregular
at magic high school
IF

The irregular
at magic high school
続・追憶編－凍てつく島－

The irregular at magic high school
メランコリック・バースデー

# 魔法科高校の劣等生 Appendix 2

The irregular at magic high school

ある欠陥を抱える劣等生の兄。
全てが完全無欠な優等生の妹。
二人の兄妹が魔法科高校に入学した時から、
波乱の日々の幕が開いた――。

佐島 勤
Tsutomu Sato
illustration
石田可奈
Kana Ishida

The irregular at magic high school

# 夏の休日-Another-

# 夏の休日——Another——（前編）

「お兄様、雫から別荘に招待を受けたのですが」

達也が深雪からこんな相談を受けたのは、西暦二〇九五年度の九校戦が終わった翌週の月曜日、その朝のことだった。

「別荘？　北山家の別荘にか？」

「ええ。北軽井沢の別荘にみんなで遊びに来ないか、と」

達也がわずかに眉を動かして意外感を表した。

「海じゃないのか？」

「えっ？　はい、高原の別荘です。……あの、海の方がよろしかったのですか？」

「いや、そういうわけじゃないんだが、何となく海に誘われるような気がしてな……」

達也は有るはずのない記憶を振り払うように軽く頭を振った。

「それにしても、昨日は随分遅くまで電話をしていると思ったら、そんな相談をしていたのか。みんなとは？」

「昨晩話していたのは雫とほのかの二人です」

現代のヴィジホンは標準仕様で十人まで同時通話が可能だ。深雪はそのシステムを使って昨夜は雫、ほのかと遅くまでお喋りを楽しんでいた。

「他に、エリカと美月と西城君と吉田君も誘いたい、と雫は言っていました」

そう言って深雪が少し躊躇うような表情を見せる。

「ただ、エリカや西城君にはわたしたちから声を掛けて欲しいとのことでした。エリカと美月にはわたしが連絡いたしますが……」

雫もほのかもまだ、直接旅行に誘うほどE組のメンバーと親しくなっていない。深雪がレオや幹比古に電話するのは異性という心理的障壁があって難しい。

「分かった。レオと幹比古には俺が連絡する」

そうすると、必然的にこういう役割分担になる。深雪は達也にそんな手間を掛けさせるのが申し訳ないと感じていたのだった。

無論、達也はこの程度のことを手間とは捉えていない。彼は笑って、伝令係の任務を快諾した。

「ところで、日程は何時なんだ？」

「お兄様のご都合に合わせるとのことです」

学生にとっては時間が自由になる夏休みであっても、達也は高校生以外の部分で色々と忙しい。

昨年、一昨年の達也の夏休みは、独立魔装大隊の訓練と、ＦＬＴの研究所通いでほとんど潰れた。去年の夏はこれに加えて受験勉強――主に、深雪の家庭教師役――で埋まっていた。

今年は前半に九校戦があった所為で、余計タイトなスケジュールになっている。発売が来月に迫った「飛行魔法専用デバイス」の開発がそれに輪を掛けていた。

ほのかも雫もそうした詳しい事情は知らないはずだが、達也が忙しいということは何となく察しているようだ。

「そうだな……今週の週末から来週の頭に掛けて、土曜、日曜、月曜は空いているな。それ以降はちょっと難しい」

達也がそう言うと、今度は深雪が少し意外そうな表情を浮かべた。

「来週の週末でなくてもよろしいのですか？」

「ああ。……何故そんなことを？」

達也の反問を受けて、深雪が当惑した顔で首を傾げた。

「……何故でしょう。お兄様のご都合は来週末が良いような気がいたしまして……」

兄妹二人が首を傾げる。

だが二人の違和感は「大人の都合」あるいは「メタな理由」によるものだ。

幾ら首を捻っても、この世界の住人である二人に分かるはずはない。

考えても結論の出ない疑問から立ち直るのは深雪の方が早かった。

「それでは今週の土曜日から来週の月曜日に掛けての二泊三日ということで、雫に連絡いたします」

深雪の本音は、旅行に行くなら達也と二人きりが良かった。だがそれではいつもと変わらない。この家は、達也と深雪の二人暮らしなのだ。

──みんなでお泊まりというのもお兄様の気分転換になって良いかもしれない。

深雪はそう思い直して、テーブルのターミナルから雫にメッセージを送った。

「ところでお兄様、そろそろお時間ではありませんか？」

「まだ少し余裕はあるが、確かにそろそろ行かなくてはな」

今日もこれからFLTで飛行デバイスの商品化に向けたチェック作業がある。彼は就業規則に縛られる従業員ではないので、明確に守らなければならない出勤時間があるわけではない（そもそも研究職はフレックスタイムが基本だ）。だが牛山や他の研究員と打ち合わせることがあるので、あまりのんびりもしていられない。

達也がソファから立ち上がりかけたところで、ヴィジホンの着信サインが点灯した。

達也に先んじてソファから立ち上がっていた深雪がテーブルのターミナルではなく壁際のコンソールを操作した。

ディスプレイに現れたのは雫だった。

「おはよう、雫。もうメッセージを見てくれたの？」

このタイミングで電話を掛けてきたということは、今し方送った旅行の日程の件だろう、と深雪は推測した。

『おはよう。見たよ』

その予想は的中していた。

『今週の土曜日から二泊三日。了解』

雫はどうやら本当に達也の為に予定を空けていたらしく、ついさっき返事を送ったばかりだというのにもうスケジュールを確定させていた。

『達也さん、いる？』

達也はヴィジホンのカメラに入らない位置へ移動していたが、名前を呼ばれては知らん顔もできない。まだ電話に出るくらいの余裕はあった。

「おはよう、雫」

『おはよう、達也さん。週末、よろしくね』

「ああ、こちらこそ」

『ふふっ、楽しみ』

ここで突如、サブウインドウが立ち上がった。

『おはようございます！』

電話に割り込んで来たのはほのかだった。

「おはよう、ほのか。随分良いタイミングね」

『あっ、おはよう、深雪』

深雪の何でもない指摘に、ほのかは焦った表情を見せる。こういうちょっとした表情の変化が分かってしまうのは、ヴィジホンの利点であり欠点だ。

「……ほのか、もしかしてずっと聞いていたの？」

『うっ……あ、あのね』

ヴィジホンは通常、誰と話しているのかが表示される。カメラをオフにしている場合も、通話相手は画面またはコンソールに表示される。だが通話中の回線をサスペンドにして次の電話を掛け、サスペンドした回線に保留音を流す代わりに通話音声を流すと最初の電話相手が次の電話を傍聴できる。これは同時に十人まで会話ができる会議モード搭載ヴィジホンの裏技だ。

「はあ……別に聞かれて困る話をしていたのではないから良いわ。でも雫、こういうマナー違反はちょっと勘弁してもらいたいのだけど」

『すみません』

今も雫が深雪との会話を、ほのかとのつなぎっぱなしにしていた回線に流していたのだろう。

「分かってくれれば良いのよ。それで、ほのかも予定は大丈夫なのね？」

確認するまでもないことのような気もしたが、深雪は会話を続けるきっかけとしてほのかにそう訊ねた。

『大丈夫！　全然全く問題無く大丈夫！』

「……ほのか、落ち着いて。何だか日本語に慣れていない外国の人みたいよ」

ほのかの頬が羞恥の朱に染まる。だが彼女は、黙り込みはしなかった。

『あの、達也さん』

「ああ」

『私も、楽しみにしています！』

「そうだな」

どう見ても力が入りすぎているほのかの迫力に、やや押され気味になりながら達也が頷く。

『絶対に来てくださいね。絶対ですよ！』

彼女に一体何があったのだろう？　と考えさせられるほのかの押しの強さに、達也の回答は「頷く」の一択だ。

『キャンセル料は、針千本』

そこに雫まで加わっては、達也に白旗を上げる以外の選択肢は無かった。

「随分重いキャンセル料だな。分かった、絶対に行くよ」

「……もしかしたらわたしは当て馬に使われているのかしら」

『そ、そんなことないよ』

『考えすぎだよ』

冷たい声で呟いた深雪に対するほのかと雫の動揺を見る限り、深雪の疑惑は全くの事実無根とも言い切れなかった。

◇◇◇

エリカと美月には深雪が日中に誘いの電話を掛け、レオと幹比古には達也がFLTから自分の携帯端末でメッセージを送った。

その結果、誰一人として都合の悪い者がいなかった。これは果たして本当に偶然なのかどうか、達也は眉に唾を付けてみたくなった。

そうこうしている内に週末、旅行当日である。今回の行き先は高原の別荘なので、達也が水着の買い物に付き合わされるというイベントはなかった。その代わり、現地の買い物イベントは避けられないところだろう。

雫の別荘は北軽井沢だ。普通に公共交通機関で行くことができる。現地集合という案もあったのだが、八人が集まったのは都心の某高層ビルだった。

「全員揃ったようだぞ」

「じゃあ、行こうか」

一階のロビーで達也に促されて雫が皆を連れて行った先は、屋上のヘリポートだ。そこには北山家が個人で所有する中型ヘリが待機していた。

「それにしてもヘリまで持っているなんて……やっぱ凄いね、雫のお家は」

白く塗られたヘリを見上げてエリカがしみじみと呟く。

「エリカのお家でもヘリコプターくらい持っていない？」

微妙に照れた顔で訊ねる雫に、エリカは笑いながら首を横に振った。

「まっさかー。小型船舶くらいならともかく、ヘリなんて持ってないよ」

「小型船舶って、クルーザー？」

それだってすごいじゃない、という風に目を輝かせて訊ねる美月に、エリカは苦い顔で再び首を横に振った。

「あれは『クルーザー』とは言えないよ……ってか、言いたくない。普段はスタビライザーをオフにしてるから乗り心地最悪だし」

「……もしかして、訓練の為？」

恐る恐る訊ねた深雪に、エリカが即答で頷く。

「そうよ」

「徹底してるのね……」

呆れ顔で呟く深雪。その隣では美月がどういう顔をしていいか分からず、当惑していた。

そんな女性陣の様子を、男三人で固まって少し離れた所から見ていた達也に、後ろから声が掛かる。

「君が司波達也君だね？」

背後に人が立っているのは気づいていたので話し掛けられたことに驚きは無かったが、自分一人が名指しにされたのには達也も意外感を覚えた。

振り返った先にいたのは壮年の紳士。高級スーツがすこぶる板についている。太っているわけではないが――生活習慣病としての肥満は治療薬の普及によって二十年前に社会から駆逐されている――内側から滲み出るどっしりとした貫禄があった。

達也の視線を捉えて、その紳士は自己紹介を口にした。

「私は北山潮、雫の父親だ」

そう言って笑みを浮かべる雫の父親。身に纏う雰囲気が途端に気さくなものとなる。その急激な落差は高校生どころかビジネスの世界でそれなりに経験を積んだ社会人をも戸惑わせるものだったが、達也は表情を変えずにそつのないあいさつを返した。

「初めまして、司波達也です。ご高名はかねがね承っております。この度は妹共々、よろしくお願い致します」

「こちらこそよろしく」

雫の父親が差しだした手を、達也は礼儀に反しない程度に浅く握り返した、つもりだったのだが、潮の方がガッシリと達也の手を掴んだ。

手の感触は意外に力強い。それでも、風間や柳に比べればデスクワークに慣れたオフィスの住人の指と掌だ。達也を捕まえているのはその手の力よりむしろ、彼に向けられた視線の力だった。相手を値踏みする目付きでありながら、それを不愉快に感じさせない、人の上に立ち、同じように人の上に立つ者と渡り合う指導者の目、百戦錬磨の将の目だった。

「……頭が良いだけの秀才ではないようだな。小手先の技に優れただけの技術屋でもない。実に頼り甲斐のありそうな風貌をしている」

潮の呟きは普通ならば聞き取れない程度の小さなものだった。達也も意識を集中していたから聞き取れたレベルの声量であって、必要最低限以上の配慮はあった。しかし、このセリフが普通のボリュームで放たれていたとしても、達也は非礼と思わなかっただろう。目の前の相手に値をつけることが当たり前と思わせる風格を北山潮は漂わせていた。

潮が達也の手を離した。雰囲気が再び気さくで柔らかなものになる。レオ、そして幹比古と握手を交わす潮の目に、達也へ向けられていた鋭さは無い。どういうわけか、達也は雫の父親に目を付けられているようだ。

「──深雪！」

幹比古が潮にペコペコと頭を下げている間に、達也は妹を呼んだ。

小走りで駆けてきた深雪はすぐに状況を察して、幹比古との握手を終えた潮に向かい淑やかに一礼した。

「ご紹介します。妹です」

「初めまして、司波深雪です。この度はお招きいただきまして、ありがとうございます」

達也の前置きの後、自己紹介を終えて頭を上げた深雪と顔を合わせた瞬間、潮の身体は硬直し口から感嘆のため息が漏れた。潮も日本経済界のトップ経営者の一人だ。美女を目にする機会は市井の凡人よりずっと多い。それでも、深雪の美貌は目を見張らずにはいられないものだった。

だがそこは一流の経済人、我を失ったのは本当に一瞬だけのことだった。

「ご丁寧にありがとう、レディ。北山潮です。貴女のように美しいお嬢さんをお迎えできるのは、当家のあばら屋にとって望外の栄誉と申せましょう」

胸に手を当てて芝居っ気たっぷりに一礼した潮に対し、深雪も付き合いよくニッコリ笑って洋風に膝を折って見せた。

当初の衝撃から立ち直ったとはいえ、潮の頬は自分で意図する以上に緩んでいる。まあ、深雪の美貌と立ち居振る舞いの美しさを考慮に入れれば、その程度は仕方の無いことだろう。

「あら、小父様。私の時はそんなことは仰らなかったと思いますが？」

「お父さん、みっともないから鼻の下を伸ばさないで」

しかし、非寛容は理屈ではない。そんな潮に向かって、二人の少女からいきなり言葉の矢弾が飛んで来た。

「いやいや、私は鼻の下を伸ばしてなど……」

実の娘といえど相手が一人なら適当に誤魔化すこともできただろうが、小学生の頃からもう一人の娘のように可愛がっているほのかとの二人掛かりは、敏腕実業家にもさばき切れなかったようだ。

少し距離を置いてついて来たエリカたちへ潮が大袈裟な身振りを交えて話し掛けたのは、明らかに話を逸らす為だった。

「――おお！　君たちも娘の新しいお友達だね？　歓迎するよ。自分の家と思って遠慮無く過ごしてください」

取引先相手と娘相手では勝手が違うのだろう。言葉遣いが不統一な辺り、動揺が見え隠れしている。

「残念だけど、私はオフィスに戻らなければならないんだ。これで失礼します」

北山潮は秘書とボディガードを引き連れて、そそくさとヘリポートを後にした。

そうこうしている内に全員の荷物の積み込みが終わり、搭乗を促す声が掛かる。声を掛けたのは二十代半ばくらいの外見を持つ女性だった。

黒沢と名乗った彼女はこのヘリのパイロットだが、本職はハウスキーパーで別荘に着いたら彼女が身の回りのお世話をしてくれるということだった。

彼女はヘリだけでなくクルーザーも運転できるらしい。実にマルチな技能の持ち主だ。本人は口にしなかったが、銃器も使えそうな雰囲気がある。彼女の自己紹介を聞いて「本当に本職はハウスキーパー？」という疑問を懐いたのは、一人や二人ではなかった。

◇◇◇

「雫のお家の方はいらっしゃらないの？」

深雪の質問に、雫が前の席から振り返った。

「母は来ないと思う。父はもしかしたら日曜日の夜か月曜日の朝に顔を見せるかも」

「小父様、来るの？」

「何か、張り切ってた。仕事、忙しいはずなのに」

そんな話をしている内に、ヘリの旅はあっという間に終わった。地上を行っても一時間掛からないのだ。物足りないと感じるのも仕方が無いことかもしれない。

ただヘリが到着した先にあった物は、彼らの期待どおり、あるいはそれ以上だった。

「敷地内にヘリポートがあるなんて……」

幹比古が度肝を抜かれた声で呟き、

「本宅ならともかく、別荘でこれかよ……」

レオが呆れ声でそう続いた。

「でも別荘本体は意外に普通じゃない？」

ヘリが発着できる庭ではなく、ヘリポートが備わっている北山家の別荘は、エリカが言うように意外とこぢんまりした建物だった。――一棟一棟の規模でいえば。

「それにしても、随分近くにお隣さんが建っているんだね。こんなに広いんだから、もっと距離をとれば良いのに」

「あれも家の別荘だよ」

「えっ？」

雫の答えでエリカも真相を覚る。

「もしかしてあれも？」

「うん」

雫はエリカの問いに頷きながら、あと二つの建物を指差した。

「五軒も？　もしかして、あっちまでずっと北山家の敷地なの⁉」

エリカの驚きに、ほのかが宥めるような笑みを浮かべて応える。

「雫のお家はご親戚も多いし、お取引先をご招待することもしょっちゅうだから。部屋数を増やす為に建物を大きくすると、知らない相手や親しくない人に中で鉢合わせして気まずい思いをしたりするでしょう？　だからこうして、建物自体を別々にしているんだって」

「今週末は他にご利用のお客様はいらっしゃいませんから、ご心配には及びませんよ」

会話を聞いていた黒沢女史が、そう言ってエリカに笑い掛けた。そしてエリカが浮かべたバツの悪そうな表情を確認するような性格の悪い真似はせず、八人を別荘の中へと案内した。

　これが例えばプライベートビーチつきの別荘なら、何はともあれ水着に着替えて海へ、ということになっただろう。だが高原の別荘は遊び方も様々だ。

「達也さん、裏に大きな池があったのにお気づきですか？　あれもこの別荘の敷地内なんですよ」

「へえ、そうなのか」

「ボートにも乗れるんです」

「それは大したものだ」

「あの、それで……」

　ほのかが達也に裏手の池について説明している横では、

「へえ～、テニスコートがあるんだ」

「そういえばエリカちゃん、テニス部だったね」

　エリカと美月が、黒沢に渡された案内図を見ながら楽しげに笑い合っている。

「あっちの山、結構険しそうだな」

「でも歩いて登れそうだよ。整備された登山道じゃないけど、道はありそうな感じだ」

　レオと幹比古が山登りについて語り合っている一方で、

「ショッピングは車がないと無理なのね」

「コミューターは通っているよ」

「商店街からここまで交通管制システムが通じているの？」

「うん」

「はぁ……さすがは上流階級御用達の別荘地ね」

深雪と雫がショッピングのプランを練っていた。

午前中はそんな感じのまま屋内で過ごし。

昼食後、まずはテニスをすることに決まった。

「ボート……達也さんと乗りたかったのに……」

「ショッピングは明日、いえ、夕方にでも……」

そんな風に未練を口にしているメンバーもいたが、

「厳正なくじ引きの結果だからさ。悪く思わないでね」

鼻歌でも歌い出しそうな上機嫌で先頭に立つエリカのセリフには反論できない。何をするか話し合いで纏まらずくじ引きで決めることにしたのは、全員納得の上だったからだ。

「ところでウェアはどうするんだ？」

コートが見えてきた所で、達也が今更な疑問を口にする。

「更衣室に各種サイズ、デザイン取り揃えてございます」

黒沢から返ってきた答えは、達也ですら思わず絶句してしまうものだった。

「わざわざご用意くださったのですか？」

深雪が驚くより心配になって訊ねる。

黒沢は笑って首を横に振った。

「いいえ。いつお客様がいらっしゃっても良いようにご用意している物です」

その答えに深雪と美月が安堵の息を漏らした。


言う迄もなく、着替えは男子勢が早かった。男性の場合は女性ほどウェアにバリエーションがなかったから、これは当然である。いくらお金持ちといっても、男性用テニスファッションのニーズは弱かったのだろう。

「達也、テニスの経験はあるの？」

幹比古が隣を歩く達也に訊ねる。達也のラケットを手にした姿が随分様になっているような気がしたからだ。

「クラブやスクールで習った経験は無いな。見様見真似程度だ」

達也の回答に、幹比古がホッとした表情を浮かべる。

「そうなんだ。良かった。僕も経験が無くてね」

「俺はあるぜ」

レオが振り返って意外な事実を告げる。

「えっ、そうなの？」

「ほう？」

「まぁ、ちょこっとだけどな。そうだ。達也、女子連中が来るまでラリーしてようぜ」

レオが突然悪だくみ顔になって達也にそう誘いを掛ける。

「お手柔らかにな。幹比古はどうする？」

「僕は取り敢えず見ているよ」

達也がレオに「それで良いか？」と目で訊ねる。

レオは異を唱えなかった。

「じゃあミスが多かった方がジュース一本おごりな。幹比古は判定を頼む」

「えっ、そういうの？」

今度は幹比古が達也に「それで良いの？」と目で訊ねる。

達也は軽く肩をすくめてコートに入った。

「あれ？　随分良い音させてるね」

ウェアに着替えて更衣室の扉を開けたエリカは、コートから届くストロークの音を聞いて思わずそう呟いた。

更衣室の出入り口はコートの反対側だ。ここからでは何が起こっているのか分からない。次に出て来た深雪と顔を見合わせ、彼女たちはテニスコートへ向かった。

エリカ、深雪、ほのか、雫、美月の順でコートサイドにたどり着いた少女たちは、白熱したストローク戦を目の当たりにした。

「でやっ！」

「――」

「コンチクショー！」

「――」

「初心者とか！」

「――」

「絶対」

「――」

「嘘だろ！」

「――」

一打一打雄叫びを上げながら球を打つレオに対して、達也は黙々とラケットを振り的確にボールを打ち返す。その迫力は明らかに遊びの域を超えていた。

「……ちょっとミキ、これ何？」

エリカが審判席に座った幹比古を見上げながら呆れ声で訊ねる。もし幹比古がエリカへ目を向けたらちょっとしたアクシデントが起こったかもしれないが、幸い（？）彼の目はラリーに釘付けだった。

「僕の名前は幹比古だ……レオがラリーをしようと言い出してね」

「ラリー？　それにしちゃ、随分盛り上がっているみたいだけど」

幹比古は達也とレオに目を向けたまま「この二人は本当に処置無しだ……」と言わんばかりに肩を落とした。

「最初はミスが多かった方がジュースを一本おごるという話だったんだけどね。二人とも全くミスしないもんだから、主にレオがエキサイトしちゃってさ」

「もしかしてずーっとノーミスでやってるの？」

エリカが目を丸くして幹比古を見上げ、素っ頓狂な声を上げる。

幹比古は多分、うるさいと思ったのだろう。ストローク合戦に向けていた視線をエリカへと下げて——彼はバランスを崩し、審判席から転げ落ちた。

「きゃあ！　吉田くん⁉」

「ちょっとミキ、大丈夫⁉」

思いがけないアクシデントに女子一同が幹比古のところへ駆け寄る。

達也とレオもラリーを中断して審判席へ足を向けた。

「幹比古、大丈夫か？」

達也が右手を差し伸べると、幹比古が照れ笑いを浮かべながらその手を取って起き上がった。

「大丈夫。痛かったけど、骨折とか捻挫とかは無いよ。軽い打ち身くらいだ」

「おいおい、本当に大丈夫か？」

「平気平気。ほら」

心配そうなレオの声に努めて明るく応え、幹比古は軽くジャンプして見せた。

「強がり……じゃなさそうだな。一体何が起こったんだ？」

レオの質問に、幹比古が目を泳がせる。気の所為か彼は、エリカの方を見ないようにしていた。

幹比古の視線を逆方向にたどって、

「うおっ⁉」

レオは危うく倒れそうになるくらい仰け反った。

「オメエ、なんて格好してやがるんだ⁉」

「はぁ？　アンタ、何言ってるの？」

レオの失礼な態度に、エリカの態度にも棘が生じる。

「テニスウェアよ。見て分からないの」

「テニスウェアって、それがか⁉」

達也はあえてコメントを控えていたが、六：四くらいでレオの主張に同感だった。

少女たちは皆、テニスウェア姿。だが各種デザインを取り揃えていると豪語するだけあってバリエーションは豊富だった。

深雪はオーソドックスなポロシャツスタイルだ。スコートは三角プリーツが少なめに配置されている、裾の広がりが少ないタイプ。足には膝下までのハイソックス。シンプルなシルエットが清楚なイメージを醸し出している。

美月もポロシャツスタイルだが、彼女はその上にベストを着ていた。スコートは一般的なプリーツスカートタイプ。身体のラインが出るのを嫌っているのだろうか。だがベストで押さえることで、かえって上半身の一部が目立つ結果になっている。

雫はワンピースタイプのウェアだ。裾がフワリと広がっていて、プレイよりもファッション重視であることが分かる。色も淡いピンクで、ソックスとシューズも同系統の色に揃えている。クールな表情とのギャップが印象的だ。

ここまでは、まあ、普通と言えるだろう。しかし、残る二人はかなり刺激的だった。

ほのかはタンクトップタイプのウェアに、キュロットのスコートを穿いている。タンクトップといってもノースリーブに近い物で、襟ぐりも浅い。ただ身体に密着する素材の所為で、上半身のラインがレオタード並みに露わだった。色が濃いので下着は透けていないが、体型に自信が無いと選べないウェアだろう。ほのかが恥ずかしそうにモジモジしているのは、雫あたりに唆されて着たのだろうか。

そしてエリカ。まず色彩が派手だ。原色のオレンジ。タイプはタンクトップ。Vカットの襟ぐりはかなり深く、下着が見えてしまわないか冷や冷やしてしまう。いや、上からのぞき込むと高確率で胸の谷間が見えてしまうだろう。幹比古が落下したのはそれが原因に違いない。

トップスだけでなくボトムスも刺激的だ。ラップキュロットなのだが、とにかく丈が短い。一見しただけではマイクロミニを穿いているようだ。達也の視線に気づいて得意げに片足を前に出したところを見るに──ショー会場でコンパニオンが良くやるアレだ──エリカは狙ってこのウェアを選んだようだ。

とにかく、容姿に優れた彼女たちのテニスウェア姿は、水着とはまた別の意味で目のやり場に困る代物だった。

「ねーねー、達也くん。これ、どうかな？」

エリカがチラチラとレオの顔を見ながら達也に問い掛ける。

「よく似合っているんじゃないか？」

達也としては、他に言いようが無い。

「そーでしょー。やっぱり、達也くんは分かってくれるよね。どっかの野暮天とは違って」

聞こえよがしなエリカのセリフは、明らかにレオを標的としたものだ。だがレオはエリカを正視できずにいる為、言い返すことも困難なようだ。

「お兄様、わたしはどうでしょう？　似合っていますか？」

いつの間にか隣に立っていた深雪が、はにかみながら達也にそう訊ねる。エリカに対抗してというわけではない。期待に満ちた眼差しは、ただ達也に褒めてもらいたいと訴えていた。

「可愛いよ。よく似合っている」

「ありがとうございます！」

深雪が艶やかに顔をほころばせる。

その幸せそうな笑顔に刺激を受けたのか、恥ずかしそうにしていたほのかが勢いよく達也の前に進み出た。

「達也さん、私はどうですか!?」

「ああ、ほのかもよく似合っているよ」

笑顔で答えながら、この状況はまずい、と達也は感じ始めていた。このままでは自分の手が届かない戦いが勃発しそうな気がする、という危機感を達也は覚えた。

「ほのか、テニスの経験は？」

「結構やれるよ。私と一緒に練習していたから」

話題を変える為の質問に答えたのは、ほのかの隣にやって来た雫だった。

「じゃあ、準備運動も兼ねて軽く打とうか」

達也のこのセリフは、自分がほのかと二人でラリーをするという意味で言ったのではなく

「適当に組を作って」というニュアンスのものだったのだが、

「そうだね。深雪、相手をしてくれる？」

すかさず口を挿んだ雫の言葉で、状況は彼の意図とは違う方向に進行した。

「えっ、わたしが雫の相手を？」

深雪が達也と雫の間で戸惑った視線を行き来させる。

「ダメかな？」

そこへ雫の追撃が入る。

「ダメじゃないけど……分かったわ。よろしくね、雫」

「こちらこそ」

雫が深雪に背を向ける。コートの反対サイドへ向かう為だが、その途中で雫はほのかにこっそり目配せした。

「――達也さん、お相手願えませんか」

「良いよ」

「ありがとうございます！」

嬉しそうに一礼したほのかが、うきうきした足取りで雫の後を追い掛ける。

その一幕を見て、エリカがニヤリと楽しそうな笑みを浮かべた。

二面のコートに八人。和気藹々とストロークを交換するペアもいれば、試合さながらの白熱したラリーを繰り広げているペアもいる。

和気藹々組の代表は幹比古&美月だろう。山なりのボールが行き交う様は見ていて微笑ましい光景だった。といっても本人たち、少なくとも美月は真剣そのものだ。よく見ればコントロールの定まらない美月のボールを幹比古が苦労して打ちやすい所に返しているのだが、美月にそれを理解する余裕は見られない。

白熱組の代表は何と言ってもエリカ&レオだった。エリカが細い身体に似合わぬ男子顔負けのストロークを繰り出せば、レオは技術不足をパワーとスピードで強引に補っている。半分以上幽霊部員とはいえ男子と互角に渡り合うエリカを「さすがテニス部」と称えるべきか、エリカの鋭いストロークについて行っているレオの身体能力を称賛すべきか。多分、その両方だろう。

深雪&雫は優雅なラリーを見せている。リズムも一定なら場所もほとんど動かずフォア、フォア、バック、バックと規則的に繰り返すスタイルは、これぞ古き良きお嬢様テニスという印象だ。

達也&ほのかもそれと似たようなものだが、ここでは達也の精確さが光っていた。ほのかがどんな球を打っても、全く同じ場所に全く同じスピードで返すのだ。機械でもこうはいかないだろう。

唯一の女性同士である深雪と雫が最初に休憩に入ると、他の六人も続々と飲み物が置いてあるベンチに寄って来た。

「達也くん、そろそろ試合しない？」

エリカがこういうことを言い出すのは、もう「お約束」と言って良いだろう。

「ダブルスなら良いぞ」

達也がこう答えたのは、二面しかないコートの片方を二人で占領するのはまずいと考えたからだ。

「分かった。ミックスダブルスね」

決して、訳知り顔で口の端を吊り上げているエリカが思っているような理由ではない。

「組合せは」

どうしようか、と言い掛けて、エリカは深雪とほのかから目を逸らした。

「……くじ引きで決めようか」

そう言った途端、視線の圧力が和らぐ。

心の中でホッと息をついているエリカに、

「僕は遠慮しておくよ」

「あの、私もご遠慮します」

幹比古と美月が辞退を申し出る。棄権を希望したのはその二人だけだったので、六人で黒沢が用意したくじを引くことになった。

　その結果。

「──やっぱり血のつながりには敵わないの⁉」

「ほのか、ネバーギブアップ」

「何か俺、どうでも良いと思われてないか？」

「どうでも良いんじゃないの？　あたしもちょっと疎外感を覚えてる」

「お兄様、よろしくお願いいたします。お兄様の足を引っ張らぬよう、精一杯頑張ります」

「公式戦でも対抗戦でもないんだから、そんなに気合を入れなくても良いよ」

　ペアは達也&深雪、エリカ&雫、レオ&ほのかに決まった。

　第一試合は達也&深雪ペア対レオ&ほのかペアだ。

「レオー、さっさと負けちゃいなさーい。後がつかえているんだからー」

「やかましい！　せめて達也の応援しろよ！」

　エリカのヤジに怒鳴り返して、レオは改めてレシーブの構えを取る。

　サーバーは達也。

　審判席には雫が座っている。

「達也さん、トゥ・サーブ。プレイ」

微妙にアレンジが加わったコールで、試合開始。

達也が芝のコートに二度ボールをバウンドさせ、ゆったりした動作でトスを上げる。

弓なりに引き絞られた身体が力強く跳ねた。

「――――」「――――」「――――」「お兄様、ナイスサーブです！」

呆気に取られた空気の中で――ただし、例外一名――、「フィフティーン・ラブ」のコールが平坦な声で告げられる。

「――待て待て待て待て待てぃ！」

そのコールで我に返ったのか、レオが大声でそう言いながらネットに突進してきた。

「達也、何だよ今のは⁉」

「普通のフラットサーブだが？　別にルール違反は無かっただろう？」

目を向けられた雫がこくりと頷く。

「そうじゃねえよ！　何だよ今のスピードは⁉　二百キロ以上出てたじゃねえか！」

「何だ、と言われてもな。俺はあの打ち方しかできないぞ」

「はぁ……いいよ、もう」

かみ合わない会話に、レオがすごすごとベースラインへ戻る。

「じゃあプレイ再開。フィフティーン・ラブ」

達也がベースラインの外ギリギリに立ち、ほのかが緊張を露わにレシーブの構えを取る。今みたいなサーブを打たれては、ほのかにはどうすることもできない。だが、返せないまでも真剣に受け止めることが自分に与えられた試練のように彼女は感じていた。

無論、これはほのかの考えすぎだ。達也(たつや)からアンダーサーブで打ち出されたボールは、山なりの軌道を描いてほのかの前に落ちた。

意表を突かれたほのかは、弱くバウンドしたボールに慌ててダッシュする。

ほのかは決して運動音痴ではない。だがこの時は、気合を入れすぎて気持ちに身体(からだ)がついていかなかった。

「きぁあ⁉」

「ほのか⁉」

悲鳴を上げて転倒したほのかの元へ、コートの外と中にいた全員が駆け寄った。

ネットを跳び越えた達也(たつや)が、ほのかの前に片膝をついてしゃがみ込む。

「ほのか、大丈夫か？」

「大丈夫ですっ！」

平らなコートで足をもつれさせて転んだのが恥ずかしかったのだろう。ほのかは顔を赤くして勢いよく立ち上がろうとした。

「イタッ！」

だが片足の踏ん張りが利(き)かず、後ろ向きに転びそうになる。

「おっと、大丈夫？」

幸い後ろにいたエリカが素早く動いて支えたので、頭を打ったり手をついて捻ったりという二次被害は避けられたが、ほのかは足が相当痛い様子だ。

「靴を脱いだ方が良い」

「私が」

達也の提案に雫が頷く。

雫が靴とソックスを脱がせている最中、ほのかは何度も痛みに顔を顰めた。

「挫いているな……軽い捻挫だと思うが、用心の為に別荘へ戻った方が良い」

腫れている足首を見て、達也がそう言うと、

「そうだね。骨折や靱帯損傷にはなっていないと思うけど、達也くんの言うとおり別荘に戻った方が良いと思う」

エリカが達也の意見を支持した。

「着替えはわたしたちが持っていきます」

深雪の提案に、達也が「そうしてやってくれ」と頷く。

だが次の雫の提案には、達也もすぐに頷くことができなかった。

「達也さん、ほのかをおんぶしてあげてくれない？」

「おんぶ⁉」

ほのかがひっくり返った声で悲鳴を上げる。

「いや、それは……男に背負われるなんてほのかも嫌だろうし」

達也は常識的な断り方をしたはずだ。達也とほのかは肉親でもなければ恋人同士でもない。

だがこの場合の常識論は、逆効果だった。

「嫌じゃありません！」

ほのかの返事は、深く考えたものではなく条件反射に近かった。

「ほのか、嫌じゃないって」

「達也くん、現実問題として担架なんてないんだからさ、肩を貸すよりおんぶしてあげる方が怪我に負担がなくていいと思うよ」

雫だけでなくエリカにも、もっともらしい理屈で説得されて、達也は逃げ道を失った。

「……達也さん、重くないですか？」

「少しも重くないよ」

ほのかを背負い、達也は別荘に向かう。彼もほのかと同じく、テニスウェアのままだ。薄い生地と露出が多いお蔭で、意識しなくても良いことまでついつい意識してしまう。

例えば背中に当たる深雪より豊かな胸の膨らみとか、深雪より少し肉付きが良い太腿の感触とか。これでほのかと二人きりなら、達也はまだ気が楽だっただろう。だが友人たちが向ける興味津々の視線が、居心地の悪さを加速する。

ほのかにとっては逆に、二人きりでないことが多少気を楽にしていた。予想以上に広い達也の背中から伝わる彼の体温が、理性や羞恥心や躊躇を融かしてしまいそうになる。もし雫やエリカや、何より深雪がいなかったら、心のままに暴走してしまいそうだった。

幸いテニスコートは別荘の敷地内、達也にとっての苦行はそれほど長く続かなかった。割り当てられた部屋で着替えて――何と個室だ――、達也は友人たちがいるリビングへ戻った。

テニスが予定より早くお開きになった所為で、日暮れまでまだ時間がある。リビングではこれから何をするかの話し合いが持たれていた。

「今のところ何が最有力候補なんだ？」

「お兄様……！　やはり別荘の中にいるのはもったいないということで、お散歩かサイクリングに行こうということになっています」

「おう、達也。せっかくこういう所に来てるんだし、少し上の方へ行ってみようぜ」

「達也くん、この辺ってさ、サイクリングロードがすっごく整備されているんだって。自転車も貸してくれるってことだし、きっと気持ちいいよ」

どうやら散歩、というかハイキングを主張しているのがレオで、サイクリングを主張しているのがエリカのようだ。

「サイクリングに一票」

その声はほのかに付き添っていた雫のものだった。彼女の後ろには足首に包帯を巻いたほのかもついてきている。

「ほのか、大丈夫なの？」

深雪の問い掛けに、ほのかが照れ臭そうに笑いながら頷いた。

「炎症も大したことないし、包帯で固定していれば半日くらいで治るって」

雫たちの滞在にあわせて別荘に招かれていた医者の診断だ。北山家の声が掛かるほどの医者だから信頼性は高い。

「でもハイキングは無理。二人乗りの自転車なら、ほのかも一緒に行ける」

「じゃあそうしようぜ」

雫の言葉を聞いて、レオはあっさり意見を変えた。

「ふうん……男らしい所もあるじゃない」

「バ、バカやろ！　男らしいとか女らしいとかじゃなくて、人として当然だろうが！」

エリカの茶々に過剰反応したレオの慌て様は、友人たちの笑いを誘った。

スカートを穿いていた深雪と美月がパンツに着替えてくるのを待って、別荘の自転車用車庫に移動。そこには一人乗り用の自転車も二人乗り用の自転車もスポーツ仕様車もオフロード仕様車も動力アシスト付き自転車も各種揃っていた。

　せっかくだから、ということで八人は二人乗り用四台でサイクリングに繰り出す。ペアは途中途中で交代することにして、最初はやはりくじで決めた。ただし、男三人が前に乗るのは決定事項。女性五人でくじ引きだ。

「なんであたしが前なの！」

「……まっ、順当な結果だな」

　今度はエリカがレオにからかわれる番だった。その代わり、レオはエリカに踵で向こうずねを蹴られて悶絶する羽目になったが、それは自業自得である。

なお組合せは達也の後ろに深雪、レオの後ろにほのか、幹比古の後ろに雫、エリカの後ろに美月である。

　この結果には、

「お兄様、深雪も一所懸命こぎますね」

「無理はしないで良いぞ。深雪一人分くらい、俺にはどうということもない」

　とか、

「また達也さんと深雪……」

「ほのか、途中で交代、あるから」

　とか、

「美月、ミキの後ろが良かったんじゃない？」

「そ、そんなことないよ！」

とか悲喜交々だったが、取り敢えず八人は出発した。

サイクリングロードは高原部にしては高低差が少なく、カーブも緩やかだ。計画段階で随分工夫したのだろう。そのお蔭で走りながらお喋りする余裕もある。

「お兄様、来て良かったですね」

四台の間隔が少し空いたのを見計らって、深雪が達也の背中に話し掛けた。

「そうだな」

達也は前を向いたままだが、兄の声を深雪が聞き逃すことはない。

「任務や修行以外で山に来るのは初めてではありませんか？」

「そういえば、そうか。次は海に行こうか」

「そうですね……」

スピードが落ちて前を行くエリカ&美月の自転車との間隔が詰まった所為か、深雪が会話を中断する。

緩やかな下りに差し掛かり、前の自転車との間隔が空いた所で深雪が再び口を開いた。

「二人で自転車をこぐというのも新鮮で良いものですが、ちょっともどかしくもあります」

「もどかしい？」

「ええ。お兄様のお背中が、少し遠くて」

「確かに、バイクのタンデムシートの様なわけにはいかないな」

深雪の唱えた可愛い不満に、達也は微かな笑いを漏らす。彼はこの時、油断していた。

「お兄様のお背中は、深雪が独り占めできると思っておりました」

「おい、まさか……」

ようやく不穏な空気を察知した達也だが、あいにく今は振り返ることができない。

「お兄様、ほのかを背負われた感触は如何でしたか？」

「感触って、あのな」

振り返らなくても、深雪がどんな顔をしているのか達也は分かる気がしていた。達也のイメージの中で、深雪は目が笑っていない笑顔を彼に向けていた。

「ほのかはスタイルが良いでしょう？」

「背中の触覚だけでスタイルを判定できる変態じみたスキルは持ち合わせていないぞ」

「足は如何です？　仕方の無いことと理解しておりますが、先ほどお兄様はほのかの素足を直接触られましたよね？」

「……本当に仕方の無いことだったと分かってくれているのか？」

「コホン。失礼しました。ただ……」

「ただ、何だ？」

せっかく爽やかな空気の中を走っているのだし、達也は早くこの不毛な問答を打ち切りたかった。その所為で少し、ぶっきらぼうな言い方になってしまう。

「……いえ、何でもありません。つまらないことを口にして、申し訳ございませんでした」

しかしその所為で、深雪に言い掛けたセリフを呑み込ませてしまった。

——ほのかが随分嬉しそうだったものですから。

その一言の代わりに、深雪は他愛もないお喋りで達也の耳を満たした。

達也の後ろの席が当たったのは、二回目がエリカ、三回目が美月、最後の四回目がもう一度深雪だった。ほのかは一度も達也とペアになれず、少しがっかりした様子だ。

だがそれをいつまでも引きずったりせず、夕食のバーベキューの時間は甲斐甲斐しく達也の給仕係を深雪と取り合っていた。

そして、明日に備え少し早めに就寝しようということになり、各人がそれぞれの部屋へこもったその五分後。深雪の部屋のインターホンが鳴った。

「はい、どなたですか？」

深雪はちょうどパジャマに着替えようとしていたところだ。服に掛けた手を止め、アンティークなデザインの受話器を耳に当てる。

『私』

「雫？」

受話器から聞こえてきた声は、雫のものだった。

「どうしたの？　何かあった？」

『深雪と話をしたいことがある』

「ちょっと待って」

一体何事だろうと首を捻りながら、深雪は受話器を置いてドアを開けた。

「どうぞ、入って」

深雪が部屋の中へ誘うが、雫は首を横に振った。

「少し、外に出ない？」

「良いけど……」

深雪は雫の格好にならって、クローゼットからカーディガンを取り出した。

良く晴れた夜空には星々が燦然と輝いていた。深雪は見渡す限りの星空に少しの間、目を奪われていたが、すぐに視線を雫へ戻した。

「それで、こんな時間にわざわざ外に連れ出して何をお話ししたいの？　この景色を見せたかったわけではないのでしょう？」

雫は深雪を別荘裏の池の畔まで連れてきている。見上げれば満天の星、目を戻せば水面に揺らめく星明かり。この景色だけでも足を運ぶ価値はあったが、それなら深雪だけを案内する理由は無い。

「訊きたい……教えて欲しいことがあったんだ」

「教えて欲しいこと？　わたしに？」

「答えたくなかったら、答えなくても良いよ。私にこんなことを訊く資格は無いって分かっているし、質問されるだけでも愉快じゃないと思うから」

「どうしたの、雫。何だか貴女らしくないわ」

深雪の言うように、雫らしくない、回りくどい前置きだった。

今からしようとしている質問は、それだけ雫にとっても訊きにくいことだった。

それでも、雫は「確かめなくちゃ」というある種の義務感に駆られていた。

「教えて欲しいんだ」

「だから、何を？」

雫は深雪の瞳をしっかり見据えて、その問い掛けを口にした。

「深雪は達也さんのことをどう想ってる？」

直截すぎる雫の質問に、深雪は躊躇うことも誤魔化すこともなく即、答えた。

「愛しているわ」

「……それは、男の人として、ということ？」

動揺はむしろ、雫の側に見られた。

「いいえ」

深雪の答えには、一分の揺るぎも見られなかった。

彼女の表情にはむしろ余裕のようなものまで見られた。

「わたしはお兄様を誰よりも尊敬し、誰よりも愛している。でもそれは、女として、ではないの。わたしのお兄様に対するこの想いは、決して、恋愛感情ではないわ。わたしとお兄様の間に、恋愛感情はあり得ない」

雫と視線を合わせて、

「雫が何故そんな質問をするのか、わたしにも分かっているつもりよ」

深雪はニッコリと笑った。

「大丈夫。わたしに、ほのかの邪魔をするつもりは無いから。……ヤキモチは焼くけどね？　だから、安心して、って言っても無理かもしれないけど」

今度は「くすっ」と笑った深雪に、雫は泣きそうな表情を浮かべた。

「……何故」

「何が？」

「何故……そんな風に、割り切れるの？　だって深雪、こんなに達也さんのこと、好きなのに」

深雪は一歩、雫の方へ足を踏み出した。

雫の身体が強張った、が、後退りはしなかった。

深雪はそのまま雫の横を通り過ぎて、背中合わせの位置で止まった。

「……わたしたち兄妹の関係を他人に説明するのは難しいわ。余りにも沢山の思惑が絡み合っているから。わたしのお兄様に対する想いも本当はそんなに単純なものじゃないのだけど……やっぱり、愛してる、って言葉が一番しっくり来るわね」

「……本当の、兄妹じゃないの？」

振り向いた雫に、

「随分踏み込んだことまで訊くのね？」

振り向いた深雪が問い返した。

「……ゴメン」

「ううん、責めているわけではないのよ？」

首を横に振る深雪は、屈託の無い笑みを浮かべていた。

「いいわね……そんなに一所懸命になれる友達がいるなんて」

「私は……深雪のことも、友達と思ってるよ」

「知ってるわ。だから気になるのでしょう？　友達同士が、傷つけ合わないように」

優しい眼差しを向けられて、雫が恥ずかしそうに俯いた。

「話を戻すけど……わたしとお兄様は実の兄妹よ。少なくとも記録上はそうなっているし、DNA検査でも血縁関係を否定する結果が出たことは無いわね」

「でも……」

「言いたいことは分かるわ」

口ごもる雫の前、深雪は訳知り顔で頷いた。

「わたしがお兄様に向けている感情は、兄妹の関係を超えていると自分でも思うもの」

雫は困惑顔で黙り込んでしまった。

「わたしね……本当は、三年前に死んでいるの」

「えっ？」

しかしさすがに、この告白を前に、声を抑えることはできなかった。

「死んでいるはずだった、って言うべきなのかな？　でもわたしはあの時、自分の命が消えていくのを確かに実感したから、『本当は死んでいた』でもきっと、間違いじゃない」

そう告げた深雪の微笑みがあまりに儚くて、「本当は死んでいた」というセリフが真に迫って感じられて、雫は背筋にゾクッと寒気を覚えた。

「わたしが今、ここでこうしていられるのはお兄様のお蔭なの。わたしが泣いたり笑ったりできるのも、こうして雫とお喋りできるのも、全部お兄様のお蔭なの。わたしの命はお兄様にいただいたもので、だからわたしの全てはお兄様のものなのよ」

「それって……」

どういう意味？　という言葉にならない質問に、答えは無かった。

「わたしのお兄様に対する想いは、恋愛感情じゃないわ」

深雪の口から返って来たのは「男の人として？」という二番目の質問に対する、確信の込められた、先程と同じ答えだった。

「恋愛って、相手を求めるものでしょう？」

深雪から逆に問い掛けられても、

「わたしのものになって、って求めるのが恋じゃない？」

雫は答えられなかった。知識としての答えは相応しくないと思ったし、

「でも、わたしがお兄様に求めるものなんて、何も無いわ。だって、わたしはもう、わたし自身をお兄様からもらっているのだもの」

深雪も回答を求めて質問したのではないと、雫には何となく分かっていた。

「わたしはこれ以上の何も、お兄様に求めない。わたしの気持ちを受け取ってもらうことさえ求めはしない。この想いを表現する言葉は……やっぱり、愛しています、以外に無いんじゃないかしら」

「……参った」

雫は深雪の告白に、白旗を揚げること以外、何もできなかった。

「深雪って、本当に、大物」

「自分でも、歪んでいると思うんだけどね」

ただただ頭を振る雫に、深雪は悪戯っぽく片目を閉じた。

「でも、恋愛感情じゃないというのは本当よ。だから、ほのかの邪魔はしない」

雫は何と言って良いのか分からず立ち尽くしていた。

自分のやっていることがとんでもなく下世話なものに思えて、恥ずかしさのあまり目の前の池に飛び込みたくなっていた。

「ねえ、雫。明日はわたしと二人でショッピングに行かない？」

雫の心情が分かっているのかいないのか、深雪はあっけらかんとした口調で、雫に半歩近づいて、そう誘った。

「えっ、二人で？」

「二人じゃなくても良いけど。雫とエリカと美月とわたし、四人でも良いわよ。荷物持ちに西城君と吉田君を誘っても良いかな。とにかく、お兄様とほのか以外で」

「深雪……良いの？　本当に？」

「だってほのかは足を怪我しているじゃない。一人きりにするのは可哀想でしょう？」

「深雪……」

「じゃあ、考えておいてね」

深雪（みゆき）が雫（しずく）に背を向けて、別荘へ戻る。

雫（しずく）は立ち尽くしたまま、深雪（みゆき）の背中をじっと見送っていた。

（続く）

# 夏の休日──Another──(後編)

北山家別荘滞在二日目の朝。

朝食を終えてそのままダイニングで皆が寛いでいる最中。

「今日は何しようか?」

エリカが全員にそう問い掛けた。

「わたしはショッピングに行きたいのだけど」

真っ先に答えを返したのは深雪だ。昨日、くじ引きに敗れて口惜しい思いをしたので、今日は真っ先に希望を出すことで皆の意見を誘導したいと考えたのかもしれない。

「あっ、私も」

それに雫が同調する。彼女も昨日からショッピング派だったので、深雪の援護射撃をしたとも言える。

「あの、私もご一緒したいです」

美月が賛同の声を上げる。深雪と雫に乗せられたのかもしれないが、彼女はインドア派なので、単にスポーツやハイキングよりショッピングの方が良いと思っただけかもしれない。

「ショッピングかぁ。それも良いね。みんなと一緒だったら楽しそう」

エリカがこう言ったのは、三人に影響されてのものだろう。この場の空気を読んだ上かもしれない。彼女も女の子だ。ショッピングは嫌いではない。いや、むしろ好きな方だ。
こうなると、女性陣で残る一人のほのかも当然、

「じゃあ私も」

となる。

「ほのかはダメだよ」

しかし、雫から思い掛けず同行を拒絶される。

「何で!?」

仲間外れにされたほのかが悲鳴混じりに問い返すのは当然だった。
雫は意地悪するのでもなく、同情するのでもなく、淡々と答えた。

「足の怪我」

「えっ、もう治ってるよ？」

「足の怪我」

「だからもう」

「怪我」

「…………」

取り付く島もない雫の回答に、ほのかが思わず絶句する。
そこへ、深雪が二人に対してではなく、達也に対し言い難そうに声を掛けた。

「……お兄様。申し訳ございませんが、ほのかについていってあげてください」

「深雪？」

深雪の思いがけない依頼に「良いのか？」と達也は目で訊ねる。

「ほのかも一人では寂しいでしょうから」

「……分かった」

何となく不自然なものを感じながら、達也は深雪の頼みを引き受けた。

「えっ、一人って……？」

幹比古が上げた疑問の声は、深雪のセリフの言葉尻を捉えたものだ。

「吉田くんは一緒に来てくれないんですか？」

その声に対する、美月の問い掛けに深い意味は無かった。

しかしエリカが、チャンスとばかり飛びついてきた。

「ミキ、他に何かやりたいことあるの？」

「僕の名前は幹比古だ！　……いや、別にないけど」

反射的に決まり文句を返した幹比古は、打って変わった歯切れの悪い口調でエリカの質問に答える。

エリカの唇の両端が、ニンマリと吊り上がった。

「じゃあついてきなさいよ。ナンパ除けに」

「ナンパ除けって……」

幹比古が呆れ顔で難色を示す。彼には、少女ばかりの買い物グループに男一人で混ざる勇気は無かった。

しかし、その程度でエリカの攻勢が止むはずもない。

「じゃあ、美月がナンパされても良いって言うの？」

「そんなこと言ってないだろ！」

エリカと幹比古が睨み合う。……と言っても、エリカの目は楽しそうで、幹比古は最初から逃げ腰だ。

「……分かった、行くよ」

最初から勝負は決まっていたようなものだが、折れたのは幹比古だった。

「じゃあ俺はその辺の山にでも」

レオが素知らぬ顔でそう言ったのは、単に自分の希望を述べただけか、それとも魔手を逃れる為だったのか。

「何言ってるの。アンタも来るのよ」

――結果は同じだが。

「うえっ⁉　何でだよ」

「ミキ一人にボディガードさせる気？　友達甲斐の無い男ね」

「……どうせ荷物持ちをさせる魂胆だろうが」

ボソッと呟いたレオの愚痴は、

「何か言った⁉」

明らかに、エリカの耳に届いていた。

「分ーったよ。行きゃ良いんだろうが」

レオは早々に白旗を上げた。エリカを相手に、というより買い物に付き合えと強要してくる女性を相手に口喧嘩しても勝てないことは肉親の例で良く知っていた。

と言うことで、留守番は達也とほのかに決定した。

「雫。私、念の為に大人しくしてる」

その途端、ほのかの聞き分けが急に良くなった。

「ボートに乗るくらいだったら構わないよ」

「──うん！」

親友のさりげない（？）お勧めの言葉に、ほのかは嬉しそうに頷いた。

深雪は昨日の雫の話から、ショッピングモールへ行くのにコミューターを呼ぶつもりだった。

だがモールへ行くという話をしたところ、黒沢が車を出すことになった。どうやら今朝からこの別荘エリアの交通管制システムが不調で、有人運転は問題無いが無人運転は止まっているらしい。

「ではお兄様、すみませんが……」

「気にしなくて良いから楽しんでおいで」

「はい。行って参ります」

深雪が達也とこういう会話をしている横で──ではなく声が届かないくらい離れた所で、

「ほのか、ファイト」

「う、うん。頑張る！」

「ゆっくりしてくるから」

「ありがとう、雫……」

ほのかと雫が、こんな言葉を交わしていた。

深雪たちが出掛けたのは別荘から南に下った大型ショッピングモールだ。二十世紀末に開業したモールが戦後徹底的な再開発により更に拡張されて、国内でも有数の知名度を誇るお買い物エリアになった。

国内でここにしか売っていないという稀少ブランドの品も多く、交通機関の発達もあって首都圏ばかりか近畿・中京圏からも連日大勢の買い物客が訪れる場所だ。

「うわっ、広いねぇ」

車から降りて、そう感嘆を漏らしたのはエリカだった。駐車場から見える範囲のモールは、夏休みの日曜日ということもあり大勢の買い物客が押し寄せているはずだ。それなのに少しも混み合っているという印象がなく、むしろ広々として見えた。

「エリカ、ここに来たのは初めて？」

深雪が少し意外そうに問うと、エリカは悪びれもなく頷いた。

「うん、初めて。誰も連れてきてくれる人、いなかったからね」

「意外です」

エリカの答えに、今度は美月がはっきり意外感を口にした。

「そうかな？」

エリカに問い返されて、美月ばかりでなく雫も一緒になって頷いている。

「エリカちゃんなら一緒に来るお友達なんて、いっぱいいそうなのに」

美月の遠慮無い――天然なのかもしれない――感想を聞いて、エリカが両目を細めた。

「みーづーきー、それはもしかして、あたしに友達がいなかったって言いたいの？」

「そ、そんなこと言ってないよ！」

美月は大層狼狽し、首を何度も、勢いよく左右に振った。

　そんなエリカと美月を見て、雫は訊ねようとしていた言葉を引っ込めた。「デートは？」というのがその質問だ。天性のツッコミ少女と仲間内では思われている雫だが、空気は読めるし時と場合も選ぶのである。

　彼女はエリカに話し掛ける代わりに、黒沢へ声を掛けた。

「帰りは、連絡するから」

「分かりました。お嫌かもしれませんが、人を手配しておりますので」

「……面倒」

「お嬢様のことですからそう仰ると思っていました。ですが、我慢してください」

　黒沢が笑いながら雫を諭す。雫が拗ねた顔で目を逸らすのを見て、黒沢はますます笑みを深めた。

　ショーウィンドウの前でたびたび立ち止まり、時には中に入りながらモールを練り歩く深雪たちは、やはり人目を惹いていた。

　深雪はつばの広い帽子で顔を隠し、ゆったり目のブラウスと裾が踝まであるスカートで身体の線を見えなくするなど目立たないように工夫はしていたが、それでも美人オーラは誤魔化しきれていない。

　美月や雫は特に人目を意識していない、言い換えれば人目に対して無防備な格好だし、エリカに至ってはこれぞ真夏のファッションという開放的なスタイルだ。彼女たちへこっそりと、あるいは無遠慮に目を向ける青少年ばかりを責めるのは酷だろう。

もっとも、見ているだけならともかく道を塞ぐとなれば話は別だ。そんな明確なマナー違反に正当化の余地は無い。例えば今、エリカと対峙している四人組の青年たちとか。

「ほら、俺たちも四人、君たちも四人、人数もバッチリだし」

「人数が多い方が楽しいって。昼飯くらい、好きな物おごるからさ」

年格好から見て、東京方面から来た大学生のグループだろう。それも別荘やホテルに滞在しているのではなく、日帰り組だ。

エリカがうんざりした顔で背後を振り返った。深雪は帽子のつばの前を抓んで引き下ろし、関わりたくないという意思をあからさまにしている。美月は少し怯えた顔で、雫に身を寄せている。その雫はと言えば、退屈そうな目で明後日を見ている。見ようによっては欠伸をかみ殺している顔だ。

「……四人じゃないんだけど」

エリカが振り返ったまま、独り言というには大きな声を出した。このセリフは壁になっている四人に聞かせるだけのものではなかった。

エリカたち女性陣の後方に少し距離を置いて立っていたレオが、肩を落として大きくため息を吐いた。

「しゃーねえ。行くか」

「う、うん」

話し掛けられた幹比古は、少々ビクビクした態度で怠そうに歩き出したレオの背中に続く。

しかし事態は、二人が矢面に立つ前に動いた。

エリカが前に向き直り、すうっと息を吸い込んだ、そのすぐ後に。

「ごめんなさい、通してくれる？」

穏やかな声には、有無を言わせぬ闘気がこもっていた。闘争の場に立つ覚悟を質す、声によらぬ問い掛け。

そんなものに武人でもなければ兵士でもない一般人が耐えられるはずはない。青年たちはすっかり呑まれた様子で、声も出さず二手に分かれてエリカに道を譲った。

「ありがと」

エリカが青年の一人ににっこり笑い掛けた。その青年は顔を青くし、触れられてもいないのに、後ろへ数歩よろめくと尻餅をついた。

エリカの次に、深雪が青年たちの間を通り抜ける。深雪は彼らに一瞥もくれなかった。

美月と雫が早足で深雪を追い掛け、そのすぐ後をようやく追いついたレオと幹比古が続く。

レオは尻餅をついた青年へ目を向け、「相手が悪かったな」と慰めの言葉を掛けた。

建物の角を曲がり、今の一幕を見ていたギャラリーの目が届かなくなった所でエリカが立ち止まった。追いついてきたレオの方へ、つかつかと歩み寄る。

レオが決まり悪げな笑みを浮かべ、何事か言い掛ける。おそらく、言い訳を口にしようとしたのだろう。しかしその前に、エリカが無言でレオの足の爪先を、サンダルのヒールで踏みつけた。

レオが悲鳴を上げる。頑丈な彼にとってコルクソールの尖ってもいないヒールで踏まれたくらいでは深刻なダメージにはならない。今の悲鳴も反射的なものだ。しかしだからといって、問答無用の暴力を見逃せるものでもなかった。

「何しやがる⁉」

「アンタこそ何してたのよ⁉　ナンパ除けって言ったでしょうが！」

痛い所を突かれて、レオは口ごもってしまった。

「何だってあんなに離れてたのよ」

「だってよ……」

「ミキもよ！　この役立たず」

「そんなこと言われても……」

レオも幹比古も、最初はエリカたち四人のすぐ後ろについて行っていたのだ。だが彼女たちが足を止めるのは、当たり前かもしれないが女性向けファッションの店ばかり。レオと幹比古が同伴していることを考慮してか、少女組もインナーウェアの店は避けていたのだが、それでも少年組は徐々に居心地が悪くなって少しずつ距離が開いていったのだった。

「エリカ、もう良いんじゃない？」

答えに詰まったレオと幹比古に深雪が助け船を出した。

「わたしたちも自分に興味があるお店ばかり回っていたのだし、一方的に責めるのは間違っていると思うわ」

「……そりゃあ、そうだけどさ」

エリカも、自分たちが付き合わせているということは分かっていたようだ。深雪がそれを指摘すると、途端に矛先が鈍った。

「お昼にはまだ早いけど、一休みしましょうか」

深雪がそう提案すると、

「賛成」

すぐに雫からこう答えが返って来た。

「そうですね。私も一休みしたいです」

「そうしよっか」

刺々しい空気が消え去り、六人は目についた喫茶店に入った。

その頃達也は別荘のリビングで本を読んでいた。言う迄もないことかもしれないが、紙の本ではない。別荘で借りた大判の電子ペーパーに呼び出した時事問題に関する教養書だ。

ほのかは今、キッチンにいる。深雪たちが出発してしばらくは、達也と一緒にリビングで雑誌を読んでいた。だが黒沢家政婦が戻ってくるなり、彼女と一緒にキッチンへこもったのだ。

といっても、まだそれほど時間が経っているわけではない。せいぜい三十分程度か。料理をしない自分には分からないが、キッチンの作業にこの程度の時間が掛かるのは当然なのかもしれない、と電子ペーパーからふと顔を上げた拍子に達也は考えた。

噂をすれば影、に類するジンクスが働いたのだろう。魔法が実在するのだからジンクスもあながち否定できない。そんな埒もないことを達也が考えたのかどうかは不明だが。この場における事実は、達也がキッチンにこもったほのかのことを考えた直後、彼女がリビングに姿を現したということだった。

ほのかは両手に大皿を抱えていた。

「達也さん、あの、スコーンを焼いてみたんですが……」

彼女に続いてリビングに現れた黒沢は両手持ちの横長トレーの上にティーポットとカップ、

蜂蜜の小瓶、ジャム、クリームを入れた小鉢を載せていた。

黒沢の持って来た物を見ると、午前のティータイムという意図なのだろう。時間的にも十一時少し前でイレブンジィズと言ってもおかしくはない。だが昼食前のティーブレイクにしては、スコーンの量が多すぎる気がする。

「ああ、おいしそうだ」

ほのかにそう応えながら、達也は黒沢に「これはティーブレイクか？」と目で訊ねてみた。

黒沢は小さく微笑みながら視線で時計を指差す。どうやら午前のお茶の時間で間違いないようだ。

ほのかがテーブルの上にスコーンの大皿を載せ、黒沢が達也の前にカップと小皿を置く。

達也の向かい側にもカップと小皿が並べられるが、ほのかはそこに座ろうとせず、テーブルの向かい側から達也に訊ねた。

「蜂蜜とラズベリージャムとクロテッドクリームをご用意しました。達也さんは何を塗りますか？」

これはどうやら、お好みの物を塗って渡してくれるということだろう。量の加減もあるし、本当は達也が自分でやりたかったのだが、ここはほのかに任せることにした。

「じゃあ、蜂蜜で」

「分かりました」

ほのかは手でスコーンを摑むのではなく、小さなハサミ型のケーキ用トングを左手で器用に操って自分の小皿に置くと、右手で注ぎ口のついた蜂蜜の小瓶をスコーンの上で傾ける。真剣な目付きで蜂蜜をスコーンの上に垂らし、再びトングで押さえると小瓶をジャムナイフに持ち替える。そしてトングで押さえたスコーンの上に蜂蜜を均等に延ばしてジャムナイフを置く。

その間に黒沢は達也のカップに紅茶を注いでいた。砂糖とミルクを訊ねられた達也は、どちらも要らないと手振りで答える。

ほのかがスコーンを載せたお皿を達也の前に持っていき、スコーンだけを達也のお皿に移し替えた。

「どうぞ!」

「ありがとう」

達成感に満ちたほのかの笑顔に気圧されるものを感じながら、達也はナイフを使わずケーキ用のフォークでスコーンを切って口に運んだ。

「どうですか?」

期待に目を輝かせながらほのかが訊ねる。

ここで「口に合わない」などと言おうものならほのかを酷く傷つけてしまうことになるだろうが、幸いそんなことに気を遣う必要は無かった。

「美味いよ。ほのかは料理が上手なんだな」

お世辞を言う必要がない程度には、ほのかのスコーンは達也の味覚に合っていた。

「そうですか⁉　ありがとうございます！」

リビングに入ってきた時からほのかは機嫌が良さそうだったが、ますます上機嫌になってお皿に自分の分のスコーンを取った。

紅茶を飲みながら何となくほのかの手元を眺めていた達也は、思わずカップを口から離してしまう。

たっぷり塗られたクロテッドクリームの上から、更にラズベリージャムを塗る。まあここまでは普通に有りだと思うが、ほのかはその上から蜂蜜を掛けた。

ナイフでスコーンを切って、幸せそうに口の中へ運ぶ。甘すぎないかどうかは個々人の味覚差があるので余計なお世話かもしれないが、昼食は入るのだろうか？　達也は思わず、そんな筋違いな心配をしてしまった。

深雪たちは国際的にチェーン展開しているカフェのオープンテラスで一休みしていた。店内に六人も座れる席が空いていなかったという事情もあるが、一見こういうのを嫌いそうな深雪が「オープンテラスで構わないんじゃない？」とゴーサインを出したのが決め手だった。深雪

としては、店内で帽子を脱いで注目されるより、モールを行き交う人々から見られても帽子をかぶったままでいられるオープンテラスの方がマシだという計算があっただけで、嫌なことは嫌だったのだが。

もうお昼も近いということもあり、六人は飲み物だけを注文してこれから何処(どこ)を回るか相談していた。前に触れたとおり深雪(みゆき)は顔を隠しても目立っていて、エリカは魅力的な容姿を隠さずに目立っていた。この二人は、こんな人混みの中で注目されるのはやむを得ないことだと諦めていたし、他の四人もこの二人と一緒にいる以上は視線を集めるのも仕方が無いとやはり諦めていた。

その所為(せい)で、雫(しずく)に向けて注がれる邪(よこしま)な視線に、本人を含めて六人は気づいていなかった。

その青年グループが雫(しずく)に気づいたのは、エリカがナンパ少年を威嚇して尻餅をつかせたことにより騒ぎが起こったからだった。

外見で判断するならば全員が二十代半ば。年齢的にはこの場にいてもおかしくないが、少しも楽しそうにしていないという点に違和感があった。

男ばかりで楽しくない、というのなら、それこそエリカたちに絡(から)んだ少年グループのようにナンパに励む、少なくともナンパできそうな女性を物色するという素振りがあっても良いはずだが、そんな雰囲気も無い。何処(どこ)かの店舗に出入りしている作業員が一休みしているのか、と思わせるような一団だ。

「あの少女、やはり北方の娘だ」

クルーカットにした青年グループの一人が確信を深めたような口調でそう呟く。なお「北方」というのは雫の父親が使っているビジネスネームだ。

「だが北方の娘は魔法師だったはずだぞ？」

パンチパーマをかけた別の一人が囁き声で疑問を呈した。青年グループの人数は五人。全員がファストフード店のテーブルに身を乗り出して話しているので、他人の耳を憚る囁き声でも会話が可能なのである。

「CADをつけていないからか？　魔法師だからといって、いつもそれと分かる格好をしているとは限らないぞ」

クルーカットの青年の反論に、パンチパーマが黙り込む。

「では、どうする？　娘のことは計画に入っていないぞ」

トラッドショートの別の青年がクルーカットに、というより全員に向けて問い掛けた。

「これはチャンスじゃないか？」

ソフトモヒカンの青年が四人の顔を見回しながら囁く。

「ボディガードが隠れているようだが、人数はそれほど多くない。多分、学校の友人と買い物に来ているんだろう。少なくとも北方より警備は薄いはずだ」

「……俺たちも人数が余っているわけじゃない。リーダーの指示を仰ごう」

そう言って、スキンヘッドの青年が野球帽をかぶり立ち上がった。

残る四人はスキンヘッドの行動を咎めず、店から出て行くその背中を見送った。

達也の懸念は残念ながら、とばかりは言えないが、現実のものとなった。午前のティータイムは、そのまま早めの昼食になった。

スコーンの大皿をダイニングのテーブルに移動させたのは達也だ。ほのかは恥ずかしそうに——ティーブレイクがランチになったのは、ほのかがスコーンを食べ過ぎた所為である——蜂蜜の小瓶とジャムの小鉢を持って達也の背中に続いた。ちなみにクロテッドクリームは残っていない。その空になった小鉢とティーカップは黒沢が片付けて、代わりによく冷えた発泡ミネラルウォーターをサラダ及び果物と共に持って来た。

ほのかは果物にだけ手を出して、達也がスコーンとサラダを片付けるのを見ている。その視線に達也は気づいていたが、その程度で食事が進まなくなるほど繊細な神経は持ち合わせていなかったので何も言わなかった。

食事中の話の種は、主に終わったばかりの九校戦のことだった。時々達也による「よく分かる魔法教室」の様相を呈することもあったが、大半は他校選手で占められていた。

その話題が持ち上がったのは、食後のお茶が出て来た後だった。

「あの、達也さん。午後の予定なんですが……」

ほのかがおそるおそる、かつ思い詰めた表情でそう訊ねる。

「特に予定はないよ。ほのかには何かやりたいことがあるのか？」

達也の答えに、ほのかは大きく息を吸い込んだ。

「裏の池で、ボートに乗れるんです」

ほのかの声は、今にも震え出しそうだ。

「昨日もそう言ってたな。足の捻挫も問題なさそうだし、一緒に乗ろうか」

その声音に同情したということでも無いのだが、達也はほのかに先回りして彼女を誘った。

「――はいっ！」

ほのかは力強く頷いて、緊張の糸が切れたのか大きく息を吐き出した。

別荘から池までは歩いて十分ほどだが、ほのかの足の具合を見ながら歩いていたのでその倍の時間が掛かった。

ボート乗り場の小屋に管理人がいたのは黒沢から連絡が行ったのか、それとも別荘が空でない時は常駐しているのか。夏場は後者だろうな、と達也は思った。

ボートは古典的なオール式。二人が向かい合って乗るタイプだ。前に乗ってオールを握ったのは当然達也。ほのかは恐縮しながらも、嬉しそうだった。

達也はゆっくりとボートを漕ぎ出した。スピードを出す必要は無い。また、今日は風もなく水面は凪いでいる。ボートはほとんど揺れず、池の中央付近に到達した。

達也がゆっくりボートを止める。

ほのかが楽しそうに船縁から手を出して、水の中に指先を沈めた。

「冷たっ！　達也さん、気持ちいいですよ」

低地に比べれば気温の低い高原であっても、夏の日差しは同じだ。ほのかがはしゃぐのも理解できる。だが、

「ほのか、あまり身を乗り出すと危ないぞ」

ほのかは腕だけでなく、胸から先をボートの外に突き出して水面の下を見ている。達也が重心を調節しているのでボートが転覆することはないが、ちょっとしたはずみでほのかが池に落ちかねない。

「大丈夫ですよ。わっ、魚！　達也さん、魚がいますよ。鯉でしょうか⁉」

「……ひげが無いから鮒じゃないか？」

達也は姿勢を保ったまま、水面に目を向けた。

「えっ、その場所から見えるんですか？」

「まあね」

達也のこの答えは本当のことで、「精霊の眼」ではなく肉眼で水面近くを泳ぐ鮒の姿を捉えたのである。これは四葉で学んだことではなく独立魔装大隊の訓練で身に付けた技術だった。

「達也さん、凄いです！」

上半身をボートの中に戻していたほのかが大きく見開いた目を達也へ向け、手を叩いてはしゃぐ。

しかしその直後には、がっかりした顔で視線を水面に戻して独り言のように呟く。

「そうですか、鯉じゃないんですね……こいじゃない、かぁ……」

コロコロ変わるほのかの表情を微笑ましい気持ちで眺めていた達也だったが、彼女の唇から漏れた最後のフレーズの意味は理解していなかった。

ほのかは雫から、昨晩の深雪の言葉を聞いている。本人以外の口から本当に聞いてよかったのかという後悔はあるが、だからといって忘れられるものではなかった。

――愛している。

――だけど、恋愛感情じゃない。

――恋じゃない。

ほのかの正直な感想は「信じられない」だった。

深雪が達也に恋心を懐いていないなど、ほのかには信じられない。

だからといって、深雪がそんな嘘をつくともほのかには思えなかった。達也に対する気持ちを訊かれて、嘘で誤魔化すような真似が深雪にできるとは思えない。

雫は「深雪はまだ気づいていない」とほのかに告げた。深雪は達也に恋愛感情を持っていないのではなく、恋していないと自分を騙し、自分を騙していることに気づいていないというのが雫の意見だった。

だから、気づくまでが勝負だと。そう言って、ほのかに発破を掛けた。

ほのかも、同意見だった。

「ほのか、そろそろ戻ろうか」

気もそぞろになっているほのかを見て「飽きている」と判断した達也が、彼女にそう訊ねる。

「すみません、達也さん。もう少し、このままで良いですか」

だがほのかの答えは「まだ」だった。

実態はどうあれ、表面上ほのかを誘ったのは達也の方だ。

偶にはこんな、のんびりした時間も良いか。そう考えた達也は、岸に戻ろうとオールを握る手に込めた力を、緩めた。

◇◇◇

カフェを出た深雪たち六人は――正確には女性陣四人は精力的にブティックを巡り一人につき二つないし三つの手提げ袋をレオと幹比古に持たせて、遅めの昼食を取るレストランを探しているところだった。

「中々空いてないね……」

天を仰いだエリカの嘆息に、深雪がため息で応える。

「仕方ないわ。三人ずつや四人と二人に分かれることになっても、入れるところで済ませない？」

「……そうしましょうか」

美月がひもじそうにしているレオをチラリと見て、深雪の提案に頷く。

「異議無し」

深雪とエリカから目を向けられた雫も頷き、心当たりがあるのか率先して移動を始める。彼女が友人たちを案内した店は、間口の狭い和食店だった。

「ここ？」

「中は広い。でも席が四人ずつの個室になっている」

どうする？　と小首を傾げる仕草で雫が訊ねる。真っ先に答えを返したのはレオだった。

「空いてるんだったらここにしようぜ！　席は俺と幹比古、残り四人で良いじゃねえか」

「じゃあ、そうしようか」

続けてエリカが同意し、六人は雫を先頭にして暖簾をくぐった。


人がすれ違える程度の通路の奥から「女将さん」といった風情の和服を着た年配の女性が六人を迎える。そして先頭に立つ雫を見て、目を丸くした。

「いらっしゃいませ。まあまあ、お嬢様、良くお越しくださいました」

「こんにちは。空いていますか？」

どうやらこの店は単に知っているというレベルではなかったようだ。

「ええ、空いていますよ」

そう言って「女将さん」は朗らかに笑った。雫も、他の五人も、その笑顔に少し喜びすぎではないかという違和感を覚えた。だがそれは微かなもので、「ご案内します」と彼女が背を向けた時には六人とも違和感を忘れていた。

案内されている最中の会話で、その中年女性は「女将さん」ではなくベテランの店員であることが分かった。とはいえ、実質的にこの店の主のようなものだ、とは雫の談だ。

店員に案内された席は、隣り合った個室だった。個室と言っても板壁で仕切られたテーブル席で、座敷ではない。メニューを見ても「少し高いな」と感じる範囲だ。六人一緒でないのは残念だったが、他の客から注目されないのは、深雪には特にありがたかった。

一方、男二人組の方は元より他人の視線を気にしていないのでその点はどうでもよかった。それより店内に漂う緊張感の方が気になった。

「幹比古、気づいてるか？」

「うん。相当な手練だね、これは」

かなりの実力者が何人もこの店内にいる。暴力沙汰と縁の無い一般市民には分からないだろう。気配を巧みに隠しているが、横浜事変にパラサイト事件と修羅場をくぐってきた二人の嗅覚はその微かな臭いを捉えていた。

「無闇に暴れ出すタイプじゃねえな。ボディガードか？」

「僕もそう思う。お忍びでＶＩＰが来ているのかな」

「一応、注意しとくか？」

そう言いながら、レオが隣の個室に目を向ける。

「エリカなら気づいていそうだけど……一応、声を掛けておいた方が良いかな」

そう言って幹比古が腰を上げた。

「エリカ、ちょっといい？」

隣の個室をのぞき込んで、深雪の隣、通路側に座っていたエリカを幹比古が手招きする。

「何よ⁉」

不機嫌そうな声を出しながら、エリカは素直に立ち上がった。

幹比古は自分たちの個室にエリカを連れて行って、扉を閉めた。

幹比古がレオの隣に座り、エリカが二人の向かい側に腰を下ろす。

警戒心を表情に上らせるエリカ。だがそれは、レオと幹比古を警戒してのものではなく、深雪たちの前では抑えていたものだった。

幹比古たちの機先を制してエリカが口を開く。

「アンタたちも気づいたの？」

「ということは、エリカも気づいたんだね？」

エリカと幹比古が目で頷き合う。

「僕とレオはＶＩＰのボディガードだと推測している。エリカの考えは？」

「あたしも同感よ。何も無いとは思うけど、一応警戒しておくべきね」

「そうだね」

エリカと幹比古が緊張した面持ちで頷き合う。その時、個室のドアがノックされた。

「エリカちゃん、吉田くん、レオくん。開けても良い？」

美月の声だ。ちょうど確認事項も終わったところで、幹比古は何の疑問も持たず、心構えも無く、扉を開ける。

そして、思わぬ人の姿に硬直した。

「すまないね。娘の顔を見に来たついでに、あいさつしておこうと思ったのでね」

美月の隣には雫、そしてその隣には雫の父親の北山潮が立っていた。

この池は北山家の別荘の敷地内。今日は達也たちのグループ以外に利用者は無く、必然的に、周りには誰もいない。ちょっとした湖並みの面積がある池の中央からボートの管理人がいる岸までは、到底肉声が届く距離ではない。

無風で、ほとんど揺れもせず静かに浮かぶボートの上で俯いていたほのかが、膝の上に置いた両手をギュッと握り締めて顔を上げた。

「達也さん」

その声は緊張で掠れていた。

「あの……」

ほのかの唇が震えているのも、おそらく、緊張によるものだろう。

「えっと、その……」

「何だい？」

　見かねた達也が、優しく続きを促す。

「はい！　あのっ……」

　だが、その柔らかな声でさえも、今のほのかには刺激が強かったようだ。彼女が急に背筋を伸ばした所為で、ボートが少し、揺れた。

　達也はそれ以上、急かすような真似はしなかった。

「その……」

　達也が見詰める中、ほのかは何度も続きを声に出そうと口を開く。だがその度に、彼女は震える唇を閉ざしてしまう。

　それでも、トライすること十数度目で、ほのかは想いを絞り出した。

「あっ、あの……その……私、達也さんのこと好きです！」

　声が水面に反射する。告白が静寂に溶けてしまう前に、ほのかは達也へ問い掛ける。

「――達也さんは私のこと、どう思ってますか⁉」

　達也と視線を合わせることができず、瞼をギュッと閉じてしまったほのかに、答えは中々返らなかった。

「……ご迷惑、でしたか？」

　恐る恐る目を開け、恐る恐る涙声で問い掛けたほのかに、達也は笑って首を振った。

「迷惑じゃないよ。いつかはそう言われるかもしれないと、思ってもいた」

ほのかの頬が朱に染まり、すぐに血の気が引いた。

赤くなったのは、自分の想いを気づかれていた恥ずかしさの為。

青くなったのは、知らないふりをされていた理由に気づいてしまったが為。

押し寄せてくるであろう悲しみに耐えるべく、ほのかはギュッと手を握った。

だが達也の答えは、ほのかにとって良い方の予想にも悪い方の予想にも当てはまらない、予想外のものだった。

「……ほのか、俺はね、精神に欠落を抱えた人間なんだ」

「……えっ？」

「子供の頃、魔法事故に遭ってね……精神の機能の一部を消されてしまったんだ」

ほのかの顔がはっきりと青ざめた。

大きく目を見開き、のろのろと上げられた両手で口元を覆い、「そんな……」と呟きを漏らした。

「俺はその時、多分、恋愛という感情も無くしてしまった。閉ざされたのではないから、解き放つこともできない。壊されたのではないから、治すこともできない。消し去られたものは、取り戻せない」

達也の語り口は、他人事のようだった。

「俺には恋愛という感情が分からない。人を好きになることはできても、恋をすることができない。一応、知識だけはあるからね。自分の心を診断してみて、俺にはそれが欠けていると分かった」

ほのかは自分の口を押さえたまま、「嘘だ」とも「信じられない」とも言わなかった。他のどんなフレーズも発することができない、文字通りの絶句状態だった。彼女に自ら紡ぐ言葉は無く、耳から染み込んでくる達也の告白だけがほのかの意識に綴られていた。

「卑怯な言い方かもしれないけど、俺は、ほのかのことも好きだよ。だけどそれは、他の友達と同じように、なんだ。ほのかがどんなに一所懸命になってくれても、俺はきっと、ほのかのことを特別な女性だと想えない。それはきっと、ほのかにとって辛いことで――ほのかを傷つけてしまうことだから」

そう言って、達也は無力感の漂う笑みを浮かべた。

「ほのかの気持ちには、応えられない」

ゆっくりとボートが揺れている。

いつの間にか、少し風が吹いてきたようだ。

達也が船縁に引き上げていたオールを水面に戻す。

「波が出て来たな……戻ろうか」

ほのかは何も答えなかった。

◇　◇　◇

「あの気配は北山さんの御父上のボディガードだったんだね……何だか、納得したよ」

店を出て少女組と合流した幹比古が雫に向けてしみじみと呟いた。

彼の隣ではレオが腕を組んで大きく頷いている。

「雫さんのお家ってここにも出資していたんですね……」

雫の父親、北山潮が今日ここに来ていたのは、美月が今言った事情が関係していた。北山家は配下企業がいくつかテナントを出店しているだけでなく、モールの運営体の大株主でもある。潮はその視察に訪れていたのだった。……おそらく、そういう口実で娘に会いに来たのだろう。

「でもよ、北山の親父さんが来ているなら、もうちょっと騒ぎになっても良さそうなもんだがな」

レオの疑問に答えたのは雫ではなくエリカだった。

「バカね。雫のお父さんが普通の買い物客と同じ所を歩くはずないでしょ。お客さんが畏縮しちゃうわよ」

「だからそれが不思議なんじゃねえか」

「地下か、壁の中か、こういう所には大抵、一般客立ち入り禁止の通路があるのよ」

「そんなもんか？」

「そんなものなのよ」

　雫の隣にいた深雪が、エリカとレオの方へ振り向いた。

「もう、その話は止めましょう？」

　深雪の声は柔らかで穏やかなものだったが、有無を言わせぬ意志がこもっていた。

　その声の力と、深雪の隣に見える雫の居心地悪そうな背中に、エリカとレオだけでなく美月と幹比古もこの件に関して口を閉ざすことにした。


　そんな彼らの決意を嘲笑うように、事件は向こうの方からやって来た。

　レオと幹比古がぶら下げる手提げ袋が倍に増えたところで――といっても小さな物ばかりで、嵩張る戦利品は直接自宅へ送っている――いきなり警備員の駆け回る姿が目につき始めた。今のところ私服警備員ばかりで、駆け回るといっても目につかないよう早足で移動しているだけだ。買い物客のほとんどは違和感も覚えなかっただろう。だが深雪たちには、無視できるものではなかった。

「どうする？」

　エリカが、主に男子二人に対して訊ねる。

「どうするって？　巻き込まれないうちに帰ろうって意味じゃないよな？」

「バカ。美月と雫もいるのよ。当然それも選択肢の内よ」

レオが反論するより先に、エリカに向けて冷たい言葉の刃が放たれる。

「あら、エリカ。心配するのは美月と雫だけなの？」

エリカの本音は「はい」だった。仮に血生臭い事件が起こるとしても、どうして深雪の心配をする必要があるだろうか。はっきり言って、ここにいる六人の中で一番強いのは深雪だ。

「えっと……単なる言い忘れよ、言い忘れ」

「そう。言い忘れなの」

「そうそう。言い忘れ言い忘れ」

だが、そんなことを正直に言える雰囲気ではなかった。

思わず話が脱線してしまったが、残る四人に考える時間ができたのはそのお蔭かもしれない。

「北山さんには縁起でもない推測かもしれないけど……北山さんの御父上が来られていることに関係があるのかもしれない」

幹比古の発言に、エリカとレオが顔を顰めた。二人ともその可能性が高いと思っていたからだ。

「もしそうだったら知らん顔もできないよ」

「そうです！　私たちだけ逃げるなんて」

美月が幹比古の支持に回る。だが当の幹比古が美月に向いて頭を振った。

「いや、柴田さんは先に別荘へ帰った方が良い」

「そうね」

美月が反論の声を上げるより早く、エリカが幹比古に同調した。

「雫のお父さんに関係があるにしろ無いにしろ、危ないことが起こりそうな感じだからね」

自分に自衛の力がないから幹比古やエリカが逃げろと言っているということくらい、美月にも理解できる。何か起こったら足手纏いになるという自覚があるから、美月には反論できない。

「待って、エリカ」

そこに待ったを掛けたのは、深雪だった。

「雫。お迎えをお願いして、来てもらえるまでにどのくらい時間が掛かるかしら?」

「三十分前後は掛かると思う」

雫に頷き、深雪が改めてエリカへ顔を向ける。

「お迎えの車が来るまでの間、駐車場の近くでずっと待っているなら皆で別荘に戻る方が良いと思うわ」

もう一つ深雪が言わなかった可能性、迎えが来る前に事態が動くという可能性も、エリカはすぐに理解した。

「こういう時、達也くんなら……『何が起こっているのか、現状を把握するのが第一だ』って言うよね?」

「そうね」

　少しも似ていないエリカの声真似に、深雪が小さく失笑を漏らす。他の四人は、思わず納得、という感じに頷いていた。

　ちょうどその時、雫の携帯端末から音声通信の呼び出し音が鳴った。

「もしもし……あっ、お父さん？　……うん……うん……分かった」

　通話を切った雫へ、五人の視線が集まる。

「迎えを寄越すから自分の所に来なさいって」

　どうやら思っていたより事態は切迫しているようだ。六人はこの場で北山潮の迎えを待つことにした。

「北方から迎えが来るらしいぞ」
　休憩用に置かれたベンチの上でトランペットに偽装した集音器を弄っていたクルーカットの青年が、スキンヘッドの青年とトラッドショートの青年に話し掛けた。彼らは先ほど雫を見て犯罪臭のする相談を交わしていた五人の青年の内の三人だ。
「迎えと入れ替わるのは……無理か」

「今の通信で識別サインくらい渡しているだろう」

トラッドショートのセリフに、スキンヘッドが頷く。

「それより、彼らの行く先には北方がいる」

「後をつけるか」

「リーダーに増援を依頼しよう。十人は欲しい」

クルーカットの提案に、スキンヘッドはこう答えた。

雫が電話を受けてから十分もかからずに潮の迎えはやって来た。念の為、情報端末で受信した識別サインで身元を確認し、物陰から雫たちを見守っていた護衛四人を含めた十人は、雫を先頭にして迎えの後に続く。

二分ほど歩いたところで、レオが首を前に向けたまま隣の幹比古に話し掛けた。

「気づいてるか?」

幹比古も顔を動かさず答えた。

「つけられているね」

歩調を落としたエリカがレオと幹比古の間に割り込んだ。

「やらしいわね。男同士で何話してるの？」

レオを人の悪い笑顔で見上げながらそう言った後、エリカは顔を前に向け「それで、どうする？」と訊ねた。

「ばっきゃろぅ！　やらしいことなんかあるか！　……取り敢えず、案内の人に伝えるべきじゃないか」

「どうだか。あやしー。……深雪がもう伝えてる」

「な、何が怪しいんだよ！　……このまま北山さんの御父上の所へ向かうのは上手くないと思う。エリカ、ＣＡＤは？」

「慌てるところがまた怪しい。……ハンドバッグに入れて持って来てるよ」

「うるさいな、あっち行けよ！　……じゃあ、案内の人に何処で仕掛ければ良いか訊いて来てくれないか」

「おー怖！　……分かった」

エリカが幹比古から逃げ出すように最前列まで駆けていく。そして、雫に話し掛けるふりをして案内人に声を掛けた。

美月の隣に並んでいた深雪が振り返って幹比古を招き寄せる。幹比古に美月をエスコートさせ、深雪が再び前に出た。そしてエリカがレオと共に殿の位置につく。護衛の四人は最後尾、エリカとレオの外側に一人ずつ、深雪と雫の外側に一人ずつ。雫たちを囲んで守る陣形だ。

案内人が振り返って雫に目で合図した。アイコンタクトは雫から深雪へ、深雪から幹比古へ、レオへ、エリカへと伝わる。

案内人を含めた全員が一斉に走り出した。いつの間にか深雪は左手にいつものＣＡＤを、雫は腕に巻くＣＡＤを左手に持って、幹比古は呪符を右手に、エリカは右手に警棒部分を畳んだままのＣＡＤを握っていた。

美月には幹比古が、深雪と雫は自分に加速の魔法を掛ける。そうすることでレオやエリカのスピードに遅れず集団を維持したまま走る。

その背後から追い掛ける足音は五人分。

地下駐車場に駆け込んだところで護衛の四人が立ち止まり追跡者を迎え撃つ。レオとエリカは撃ち漏らしを迎撃すべく足を止め、振り返って——もう一度振り返った。

「気をつけて！」

「待ち伏せだ！」

その声をかき消す轟音と、眩い光が地下駐車場を満たした。

別荘に戻ってすぐ、ほのかは自分の部屋に引きこもった。その気持ちは理解できるし掛けら

れる言葉も無かったので、達也にはそっとしておく以外の選択肢は無かった。

自分だけリビングにいても仕方が無かったので、達也も自分の部屋へ戻る。しばらく読書の続きをしていた達也だが、ふと思いついて荷物の中からＣＡＤを取り出した。

それは思いつきというより、予感だったのかもしれない。彼は拳銃形態特化型ＣＡＤ、シルバーホーンカスタム『トライデント』を南側の窓へ向けて構え、しばし宙を睨み――引き金を引いた。

光と音の衝撃に身体の自由が奪われ意識が朦朧となる。

それは深雪も例外では無かった。どんなに優れた魔法師でも、防御の為の魔法を使っていない状態で物理的な攻撃を受ければ普通の人間と変わらないダメージを負う。いや、魔法師も魔法が使えるという一点を除けば普通の人間でしかない。

前と後ろから近寄ってくる足音も、聴覚が麻痺した今の深雪には聞こえない。

「グワッ！」

「ギャッ！」

「何だ一体？　うぎゃあぁ！」

深雪たちに襲い掛かる賊が次々と上げる悲鳴も、聞こえていない。

だが、自分を害しようと襲い掛かってくる者たちを射貫く弾丸の正体は、意識が霞んでいる深雪にもはっきりと分かった。

(お兄様……ありがとうございます)

その認識が、深雪の意識に掛かったヴェールを取り除く。深雪は回復した意識で、自分に対する治癒の術式を発動した。達也のように完全な自己修復はできなくても、応急治療の魔法を自分に掛けるくらいは深雪にも可能だった。

「ギャアッ!」「ウギャッ!」「ガァッ!」

回復した視界に、悶絶した青年たちの姿が映る。聴覚も正常に復していたが、新たな悲鳴は聞こえない。駐車場の舗装された地面に転がる人影は前と後ろで合わせて十。全員がごく短時間の内に、両足と両肩を射貫かれていた。

深雪が仲間たち一人一人に向けて治癒魔法を行使する。ここも魔法に対するセンサーの有効範囲だろうが、この程度の強さの魔法ならセンサーを誤魔化すのは彼女にとって難しくない。それに今頃、監視システムのオペレーターは超遠距離から放たれた魔法の発生源を解析できずにさぞ混乱していることだろう。

最後に案内人の応急処置を済ませたところで、エリカがこちらへ寄って来た。

「一体、何があったの……?」

深雪はぐらかすように含み笑いを漏らした。

「最初の音と光はエリカの方が詳しいんじゃない？　この人たちは……何処かの素敵な魔法師さんがわたしたちを助けてくれたのではないかしら」

「素敵な、ねぇ……深雪が達也くん以外の男の人を『素敵』とか褒めるとは思わなかった」

「あら、男の人とは限らないわよ？」

深雪は笑いながら、彼女の守護者に胸の中で感謝の祈りを捧げていた。

あんな事件に遭遇して皆疲れていたのか、夕食が終わるとすぐに一人、二人と部屋に引っ込んだ。留守番をしていたほのかはショッピングモールの事件に当然無関係だったが、達也と顔を合わせているのが辛かったので部屋に戻る雫の後についてリビングを後にした。

雫はかなり眠そうな目をしていたが、嫌な顔一つ見せずほのかを部屋に招き入れた。雫は絨毯の上のクッションに腰を下ろし、丸い座卓の向かい側の席をほのかに勧めた。

ほのかは躊躇いがちに腰を下ろした。

「今日は大変だったみたいだね」

ほのかが口にしたセリフは、夕食の席でも散々話題になったものだ。

——時間稼ぎだということは、明らかだった。

「ほのか」

「な、何？　急に怖い声を出して」

雫の声は「怖い」ではなく「真剣な」ものだったが、ほのかにとっては恐ろしいものに違いなかった。

「どうだったの？」

声そのものではなく、この質問が。

いきなり、ほのかの両目からぽろぽろと涙がこぼれ落ちる。

雫は慌てず立ち上がり、ほのかの隣に座って優しく彼女の肩を抱いた。

「頑張ったね、ほのか」

「達也さん、私の気持ちに気づいてた」

「そう」

「でも、応えられないって」

「そう……」

雫が泣いているほのかの背中を優しく叩く。ここまでは雫にとって、想定したパターンの一つだった。

「達也さん、恋愛が分からないんだって」

「えっ……？」

しかしこのセリフは、完全な想定外だった。

「昔、魔法事故に遭ったんだって」

ほのかも感情の堰が切れてしまったのだろう。冷静な時なら、こんな重大なプライバシーは決して口外しなかったはずだ。おそらく、相手が雫ということもあって気が緩んでいたのだ。

「えっ？　えっ？」

もっとも、打ち明けられる方が受ける動揺は「気が緩んでいた」の一言で済まされるものではなかった。

「その事故のせいで、達也さん、精神に欠落が……」

「ちょっと、ちょっと待って、ほのか」

雫は慌てて、それ以上のプライバシー垂れ流しを止めようとする。

しかし、ほのかは雫の言葉を聞いていなかった。

「その時に、恋愛感情も無くしちゃったって……」

泣きじゃくるほのかを抱えて、雫は途方に暮れた。

（大変なこと、聞いちゃった。これ、どうしよう……）

どんなに悩んでも、知ってしまったことはどうしようもなかった。

「ほのか、落ち着いた？」

ようやくほのかが泣き止んだ頃には、雫の考えも纏まっていた。

——私が誰にも喋らなければ良いんだ。

それが雫の結論である。つまりは、開き直った。

「うん……ごめんね、雫」

落ち着きを取り戻したほのかに、罪の意識は見られない。もしかしたら明日あたり顔が青くなっているかもしれないが、今は落ち込まれると困るので考えようによっては都合良かった。

「ほのか、今から私が言うことを、良く聞いて」

「えっ、何？　どうしたの？」

赤くなっている目で、ほのかが不思議そうな眼差しを雫へ向ける。

雫はほのかの瞳をのぞき込んで、ゆっくり言い聞かせた。

「ほのかはまだ、失恋していないよ」

「えっ、だって……」

「聞いて」

反論しようとしたほのかが口を閉ざす。それは雫の語気に押されたからばかりではなかった。ほのかに自覚は無かったが、彼女は雫の言葉の続きを聞きたがっていた。

「達也さんは、恋愛感情が分からない、って言ったんでしょう？」

「うん……」

「それはつまり、深雪に対しても恋愛感情は無いってことだよ。少なくとも、達也さんはそう思ってる」

「あっ……」

ほのかが目を見開いた。彼女の瞳に、理解の光が点る。

「深雪だけじゃないよ。達也さんはどんな女性に対しても、恋愛感情を持たない」

「でもそれって……」

しかし、ほのかの瞳に点った光は、すぐ落胆に翳った。「どんな女性にも」の中には自分も含まれると気づいて。

だが当然ながら、雫が言いたいことはそんなことではなかった。

「誰かが達也さんに、恋をさせるまでは」

「恋をさせる？　でも達也さんは……」

「ほのか。多分、初恋もまだの私が言うことじゃないけど、恋愛感情は『持っている』ものでも『知っている』ものでもなくて、『芽生える』ものだと思う」

「雫……」

「ほのか。達也さんが恋をするまで、誰も達也さんの恋人じゃないんだよ。それでも、諦めるの？」

ほのかの瞳に、さっきよりずっと強い輝きが宿った。

「ううん！　私、諦めない。諦められない！」

ほのかが雫に向き直り、その両手をがっしり掴んだ。

「雫、ありがとう！　私、まだまだ頑張るよ！」

もしかしたら、自分のしていることは親友を深く傷つける結果になるかもしれない。

それでも今はこれで良い。この方が良い。

――ほのかの手を握り返しながら、雫はそう思った。

ほのかがリビングから引き上げてすぐ、達也も自分の部屋に戻った。それからほどなくして、彼の部屋を深雪が訪ねてきた。

「お兄様、本日はありがとうございました」

深々としたお辞儀と共に発せられたその言葉が、部屋に入った深雪の第一声だった。

「いや、何事も無くて良かった」

達也はあの射撃が自分の魔法だということを誤魔化さなかった。深雪に対して誤魔化す必要のないことだったし、同じくらい自慢することでもなかった。あれは彼にとって、当然の務めを果たしたに過ぎないものだった。

　それでも、この妹は大袈裟にお礼を言うだろう。その程度の予想は、達也にもついていた。

「それにしても、危ないところだったようだな。俺が側についていれば……」

「きっと、罰が当たったんです……」

「罰？」

　しかしこの懺悔は、予想外だった。

「はい。自分の気持ちを誤魔化して、お兄様に嘘までついて。自分だけ良い子になろうとした罰が当たったんです」

「すまん、深雪。何を言っているのか、よく分からないんだが？」

　深雪が寂しげな笑みを浮かべた。

　その笑顔に、達也が眉を顰める。

　二人とも座るのを忘れて、立ったまま互いを見つめ合っていた。

「お兄様。今日、ほのかに何か言われませんでしたか？」

　ようやく達也は妹が何を言おうとしているのか理解した。

「あれは深雪のお膳立てだったのか？」

　深雪が小さく頷く。

「ほのかに発破を掛けたのは、多分、雫です。でも、お兄様とほのかを二人きりにしようと言ったのは、わたしです」

「何故（なぜ）、そんなことを？」

達也（たつや）は怒っているのではなかった。何故（なぜ）深雪（みゆき）がそんなことをしたのか、ただ疑問を覚えていた。

「昨日の夜、雫（しずく）に訊（き）かれたのです。わたしはお兄様のことを、どう思っているのかと」

「それは……」

達也（たつや）はこの時、自分が何を言うべきか分からなかった。

深雪（みゆき）は達也（たつや）の言葉を待たず、自分のセリフを続けた。

「わたしは、恋愛感情ではないと答えました」

「そうか」

それは達也にとって、当然の回答だった。深雪（みゆき）は彼の妹なのだから。

「わたしは自分の言葉に説得力を持たせる為（ため）、ほのかの恋を手助けする演出を考えました。ほのかの怪我（けが）を理由に、お兄様とほのかを二人きりにする。それがわたしの、愚かな企（たくら）みでした」

深雪（みゆき）は俯（うつむ）いて達也（たつや）の眼差（まなざ）しから目を逸（そ）らした。

「お兄様と別行動なんて本当は嫌だったのに……しかも、お兄様を偽って、罠（わな）に掛けるような真似（まね）をして……その罰が当たったんです」

「深雪」

達也が半歩、深雪に近づく。

深雪の身体がビクッと震える。

「考えすぎだ。俺を騙したといっても、それは友達の為を思ってやったことだろう？　お前の優しさが何者かに罰せられるべきものだとは、俺は決して思わない」

達也の掌が、深雪の肩に横から置かれる。

「お兄様……」

深雪が顔を上げた。彼女の目は、少し潤んでいた。

「だが、自分が嫌なことは、もうしなくて良いんだぞ」

「はい……」

深雪が微笑んで頷く。

「さあ、そろそろお風呂に入って休みなさい」

「はい。失礼します、お兄様」

深雪が達也の掌から離れ、ドアの横で達也に一礼した。

ノブに手を掛けたところで振り返った深雪の顔は、悪戯っぽく笑っていた。

「お兄様。ほのかに何とお返事なさったのかは、家に戻りましてからじっくりとお聞かせくださいね」

深雪は達也の返事を待たずに、扉の向こうへ消えた。

北山家別荘滞在三日目。

ほのかは朝から、極めて挙動不審だった。達也に近づいては、何事かに苦悩する表情で離れていった。

雫にはそれが、達也の重大なプライバシーを漏洩させてしまったことに対する罪の意識の故の奇行だと分かっていたが、誰にも説明はしなかった。

深雪は朝から、随分と浮ついていた。空元気、との印象すらあった。昨日離れていた分を取り戻すように、朝から達也にべったりだった。

達也に甘える深雪を、ほのかが恨めしげに眺める。

達也に一定以上近づこうとしないほのかを、深雪が不思議そうに眺める。

別荘からの帰路につくまで、そんな光景がずっと繰り返されていた。

（夏の休日――Another――　完）

The irregular at magic high school

# 十一月のハロウィンパーティ

横浜事変による混乱がようやく収まりを見せてきた西暦二〇九五年十一月第二金曜日。

「全生徒参加でハロウィンパーティを開催することになりました」

帰りの電車の中で告げられた深雪のこの発言に、達也は「はっ？」と間抜けな声で訊き返す醜態を曝した。


ここに至る経緯のそもそもの発端は「論文コンペが台無しになったからその埋め合わせに何か全校的なレクリエーションを企画しよう」と前生徒会長の真由美が言い出したことにあった。この話を聞いた時点で達也には色々と突っ込みたいことがあったのだが——例えば「論文コンペはレクリエーションでないはず」とか「何故生徒会を退任した真由美が音頭を取っているのか」とかだ——、生徒会役員でない自分には関係ないと思って何も言わなかった。と言うか、放置していた。まさしくその論文コンペの会場で遭遇したアクシデントの後始末にあずさをはじめとした生徒会役員は手一杯だったし、真由美たち三年生は受験勉強の追い込みに入らなければならない時期でそんなことに手を割いている時間は無いだろう、と思ったからだ。それは達也だけの思い込みではなく、生徒の大半が何となく同じようなことを考えていた。

ところが生徒会役員は、達也を含めた大方の予想を超えて頑張った。その結果が冒頭の深雪のセリフだ。その努力は大したものだ、と達也も思うのだが、同時に色々な疑問が脳裏に浮かんだ。

「深雪(みゆき)」

「はい」

　努力は努力として尊重すべきものなので、否定的に聞こえないよう達也(たつや)は口調に注意しながら妹に質問した。

「何故(なぜ)ハロウィンなんだ？　もう十一月中旬だが」

　第一の疑問。ハロウィンは本来十月三十一日だ。今日はもう十一月十一日。正直かなり時季外れ、というか時機を逸しているように思える。

「十月三十一日は甲種警戒令が出ていてパーティどころではありませんでしたから」

　甲種警戒令とは前(さき)の世界大戦中に制定された「国家緊急事態対策法」に定められている緊急時対応の一つで、夜間外出禁止、交通規制が含まれる。日没後の外出と公共交通機関の利用を制限されては、確かにパーティなど無理だ。

　しかし達也(たつや)の言いたかったのはそこではない。

「いや、だから何故(なぜ)ハロウィンなんだ？」

「だってお兄様、十一月は適当な年中行事が無いではありませんか。まさか高校生が七五三を祝うわけには参りませんでしょう？」

「そういう理由か……」

　達也(たつや)がうめき声を漏らしながら目を宙にさまよわせる。視線を外したのは呆(あき)れ顔(がお)を見せないようにという思いやりの故だったが、その所為で達也は深雪が何故か恥じらいの表情を浮かべていたのに気づかなかった。

次の日、一高内は朝一番で正式発表されたハロウィンパーティの話題で持ちきりだった。休み時間になれば、教室で、廊下で、学校中のあちらこちらで浮ついた会話が交わされ、校内が騒然とした活気に満たされた。

生徒たちの反応は好意的なものが大半だ。生徒会の快挙だと賞賛する声も多い。その大きな理由として、魔法科高校には娯楽行事がほとんど無い、という事情が挙げられるだろう。目立つ行事は卒業式の後に行われる送別会くらいで、魔法科高校には文化祭も体育祭も修学旅行も無い。

その送別会も一科生と二科生で分かれて開催されるものだが、今回のハロウィンパーティは一科・二科の区別無く全校生徒対象だ。確かに快挙と言って良いかもしれない。

とはいっても、一科生と二科生の間に刻まれた溝がすっかり埋まったとは、まだ言えない状態だ。そもそも送別会がわざわざ二会場に分かれて開催されるのもこの一科生と二科生の間の溝が理由。今回のパーティが一会場開催となったのにはもちろん、からくりがある。一年E組の教室で、達也たちもまさにその話をしているところだ。

「それにしても仮面なんて何処で買えば良いんだろう？」

幹比古が割と真剣に困った顔で達也に問い掛けると、

「仮面仮装パーティだからなぁ……仮装になってりゃ、能面とかでもいいんじゃねえか？」

俺に訊くな、と達也が答えるより先に、レオが横から口を挿んだ。

幹比古とレオの遣り取りから分かるとおり、今回のパーティは仮装・仮面が条件だ。制服を着用せず顔も隠す為、ちょっと見ただけでは一科生か二科生か分からない。もちろん魔法的な感覚を働かせれば見分けることはできるのだが、そんな野暮は魔法力の高低に拘わらず軽蔑の対象だ。

ちなみに最初は仮面舞踏会のプランだった。深雪にそう聞かされた時は密かに胸を撫で下ろした達也だったが、よくよく考えてみれば恥ずかしさの度合いは大して変わらない。今となっては、むしろ仮面舞踏会の方が開き直れたのではないか、という気に達也はなっていた。

（それにしても能面はないだろ……）

達也が心の中で呟いたのと同時に、

「いやいや、能面はないでしょ……」

エリカが憎まれ口を忘れてレオの発言に突っ込んだ。示し合わせたわけでもなく意見が一致していたが、これは別に達也とエリカに限ったことではないと思われる。

「三週間遅れでも一応ハロウィンパーティなんだから」

「むっ、そうすっとやっぱ、南瓜男か?」

「……アンタがそれで良いなら構わないんじゃない?」

ピントのずれた問い掛けに投げ遣りな答えが返るその隣では、

「パーティグッズのお店でも売っているけど、デザインのバリエーションが少ないから自作する人も多いみたいです」

「マスクを自作?」

「ええ……その、吉田君のマスクも作ってあげましょうか?」

「えっ? 柴田さんが僕のマスクを? いや、悪いよ、それは」

「ううん、私、自分の分はどうせ自作するつもりだったから、大して手間は変わらないし……」

「そ、そう? じゃあお願いしようかな」

という具合に、背中がむず痒くなる会話が繰り広げられていた。

達也は二組のカップル(?)を生温かい目で見ながら、自分はパーティグッズ店で適当に済ませるか、と考えていた。

無論、そんなことが許されるはずもなかったが。

◇◇◇

ハロウィンパーティの開催日は十一月十九日、来週の土曜日だ。オンライン店舗を使った買い物は学校のある平日の夜でも全く支障がない。だが直前になって慌てない為にも日曜日の今日、パーティ用の衣装を準備しておくべきだと考えた達也は、朝からリビングのアイビジョン(Intelligent Television)で雑貨店巡りをしていた。――結局オンラインショッピングになっているのは達也が出不精だから、ではなく午後からFLTに行く予定があるからだ。

しかし「ハロウィングッズ」「仮装」「仮面」で検索を掛けて上位五店舗を回ったところで、達也は早くも飽きていた。元々、熱意はゼロに等しい。最初の店で見つけた、布製の飾り気のない黒一色のマスカレードマスクと足首まである丈のフード付きローブを達也は注文することに決めた。だが、注文確定のボタンは押せなかった。

ちょうどその時リビングに入って来た深雪が、

「お兄様、その注文は少しお待ちください」

と珍しく押しの強い口調で制止したからだ。

「……深雪、どうした？」

ただ、達也の反問に一呼吸の間があったのは、勢いに押されたからではなかった。

「その布は？」

深雪が山のような布地を抱えていたからだった。ほとんどが暗色系、赤系統の布も黒っぽいダーククリムゾンだ。例外は装飾用の、銀糸のレース生地だけだった。

見ればレースを除いてどれも洋服一着分はありそうな幅と長さだ。何となく嫌な予感を覚えた達也が訊ねてみれば、深雪は待ってましたとばかり満面の笑みを浮かべた。

「はい、お兄様が今度のパーティでお召しになる服を、深雪がご用意したいと存じまして」

その答えを聞いて、遅ればせながら達也は妹の意図に気がついた。

「その生地はサンプルじゃないよな」

「見てのとおりです」

念の為の質問は、間接的にではあるが明確に否定された。

「わざわざ自分で作るのか？」

「はい！　一度やってみたかったんです」

達也はため息を堪えた。妹の笑顔に水を差したくなかったからだ。

布地から洋服を縫うこと自体はそれ程難しくない。今は自動仕立て機、と言うより服を作る為のロボット「テーラーマシン」が普及しており、大型ファッション店に行けばお手軽な値段で使用することができる。デザインのインプットも簡略化されており、複数のテンプレートを組み合わせるだけでＯＫだ。無論、一からプログラムすることも大して難しくない。中学校の家庭科（もちろん選択授業だ）ではテーラーマシンの操作が学課に組み込まれている。だから服を作る手間や仕上りを心配しているのではない。達也は学校行事、それも臨時に企画されたレクリエーションでしかないパーティに、何故そこまで気合を入れるのか理解できなかっただけだ。

「ダメでしょうか……」

兄の反応が芳しくないと見て、恐る恐る訊ねる深雪。

「いや、構わないよ」

妹にこんな顔をされては、首を横に振ることができない達也だった。もとよりノリについて行けないだけで、彼に深雪のやろうとしていることを止める気は無かった。

「ありがとうございます！」

深雪は再びあふれんばかりの笑顔になって達也のそばへ駆け寄ると、手にした布地の山をソファの上に置いた。

そして、笑顔のまま言い放つ。

「では、脱いでください」

達也は自分の表情筋が硬直したのを自覚した。

「……何だって？」

達也の耳は正常に機能している。言葉の意味もちゃんと理解できた。ただ、意識がその受け入れを拒否していた。

「ですから、脱いでください、お兄様。上も下も全部。あっ、下の下着は着けたままでお願いします」

自分の口から紡ぎ出された早口言葉のようなフレーズに、深雪はほんのり頰を染めた。その表情はいつもどおり可愛かったが、ただ可愛いで済まされるものでは無論なかった。

「何の為に、と訊いてもいいか？」

「それはもちろん、採寸の為です」

「採寸だったら服を着たままでも問題無いはずだが」

「ダメです。お兄様のお身体にぴったりフィットするお召し物を作るんですから」

もしかして深雪は酔っているのだろうか。そんな疑念が達也の意識をよぎった。

(家にアルコールの類いは置いていないはずだが……もしかして調理酒か？)

言うまでもなく深雪はお酒に酔っているのではなかった。達也の服を作る、という思念が果てしない連想（妄想とも言う）を生み出して多幸感に酔っていたのだが、達也もそこまで考えが及ばなかった。

とにかく、聞く耳を持たない状態になっているのだから何を言っても無駄だ。達也は早々に説得を諦めた。別に、下着姿を見られることに抵抗はない。彼は毎週、妹の下着姿を見ているのだ。それを思えば、自分の下着一枚の姿を見られることくらい何ということは無かった。

ただ、この点だけは言っておきたかった。

「分かった。脱ぐのは構わないが、今、ここでか？」

まだお昼にもならない内から、妹と二人きりのリビングで半裸の姿になる。それはいくら何でも、モラルとか常識とか色々なものから逸脱しているように達也には思えた。

達也から改めて訊ねられて、深雪はさっきと別の意味で頬を赤く染めながら「お兄様のお部屋でお願いします」と消え入りそうな声で答えた。それはそれで問題のような気もしたが、達也はこれ以上、考えないことにした。


首尾良く兄の寸法を手に入れた深雪は、意気揚々と馴染みのブティックへ向かった。いつもなら達也と一緒だが、今日は兄のスケジュールと深雪の思惑もあって一人である。途中、深雪をナンパしようとした剛の者もいたが、深雪に冷たく一瞥されただけで轟沈した。名も無きナンパ君が頭文字Mのアブノーマルな趣味に目覚めないことを祈ろう。

とにかく、誰にも邪魔をされたくないという雰囲気をまき散らしていた深雪の前に立ち塞がる者は他に無く、彼女は無事、大きな袋をぶら下げて目当ての店にたどり着いた。と言っても家から駅、駅から店の移動はコミューターを使っており、重い荷物に苦労したというわけではない。

ブティックに入ると顔馴染みの店長が彼女を出迎えた。実はこの店、四葉が裏で様々な援助をしており、店長の女性も四葉の息が掛かった人物だ。だから深雪もここでは安心して買い物ができるし、多少の無理は気軽に言い出せるのだった。

「店長さん、すみません。先日申し上げたとおり、テーラーマシンをお借りしたいのですが」

「ええ、どうぞ」

深雪が頭を下げると、店長はにこやかに頷いた。ちなみに彼女はこの店のオーナーであり、「店長」ではなく「店主」が正しいのだが、店長と呼ばれることを好んでいて客にもそう名乗っている。本人の弁によれば、「店長さん」と呼ばれることに子供の頃から憧れていたらしい。

「場所はお分かりですか？」

「大丈夫です。ありがとうございます」

深雪はもう一度頭を下げて、店の奥の作業室へ向かった。

テーラーマシンは多腕式の自動工作機械だ。基本機能は産業用ロボットと同じ。腕は六本から十二本で、高級機種ほど腕が多い。この店に置いてあるテーラーマシンは、腕が十二本の最上位機種だった。

深雪はまず作業台の上に用意した布地をセットして、デザインエディターに向かった。デザインと兄の寸法を入力した情報端末をテーラーマシンの近距離通信パネルに接触させ、データをマシンに読み込ませる。

後は出来上がるのを待つだけだ。

（次は仮面ね）

そちらの方の手配ももうできている。

深雪はそんなことを考えながら、服を仕立て上げていく十二本のアームをにこにこと見詰めていた。

一週間が過ぎるのはあっという間だった。準備に忙しい思いをしながら楽しいイベントを待つ時間は瞬く間に過ぎ去っていく。
今日は十一月十九日土曜日。そして時刻は午後六時。第一高校はまさに、時季外れのハロウィンパーティ真っ最中だ。
ダンスパーティ仕様にレイアウトを変えた講堂は、仮面・仮装の少年少女で溢れていた。壁際から片目でこうして見渡すと、実に異様な光景だ。ゴシック調ドレスにキラキラした金ラメ入りのマスカレードマスクをつけた少女がいるかと思えば、タキシードに黒のマスク、シルクハットの男子生徒もいる。逆に目の周りだけを露出させたヴェールにサリー姿の女子生徒、ラフなジーンズとシャツにバックスキンのチョッキ、テンガロンハットに鼻から下を赤いスカーフで隠した男子生徒もいる（彼らは最初から飲食を諦めているに違いない）。メタリックなつなぎにゴーグルをつけたSFスタイルの生徒もいたし、嘘のようだが狩衣に鼻から上の木の面をつけている生徒もいた。洋の東西、過去現在未来、実に様々で節操が無い。

しかし、主流を占めるのはやはりフード付きローブの魔法使いスタイルと、とんがり帽子にくるぶしまであるゆったりしたロングワンピースの魔女スタイルだ。一応、ハロウィンという名目は意識しているらしい。

深雪は今、仮装をしていない制服姿で生徒会のお仕事中だ。飲み物の手配とか給仕の打合せとか生徒の案内とか、そういう仕事で走り回っている。ただそれもあと少しで終わるはずだ。生徒会役員はそれから仮装の衣装に着替えてこっそりパーティに混ざるらしい。

会場の中央はダンス用に空けられていて、さっきから大勢の生徒が管弦の音に合わせてステップを踏んでいる。踊っていない生徒（その多くは衣装の関係で踊りたくても踊れない生徒）は壁際にずらっと並べられた料理をつついたりお喋りしたり思い思いに過ごしている。楽しく盛り上がる、というテーマは大成功のようだ。

料理の置かれていない壁際で会場を見回している達也の元へ、一人の女子生徒が近づいて来た。ロココ調のクラシックなドレスに、蝶をかたどった虹色のマスカレードマスク。随分と気合いの入った仮装だ。

「トリック・オア・トリート！」

実に楽しげな声で、真由美が達也にそう話し掛けた。顔を隠しても声で分かる。そもそも仮面もドレスも、真由美の正体を隠すのにあまり役立っているようには見えなかった。

「トリート」

達也はそう言って、マントの下からキャンディを取り出した。差し出された棒付きキャンディを受け取りながら、真由美はおかしそうに達也の仮装を眺めた。

「中々珍しいスタイルね。オーディン？」

達也は片方だけ穴が空けられた仮面の奥から右目だけで真由美を見返しながら、模造の槍を持ったまま軽く肩をすくめた。

「どちらかというと偽オーディンですかね。髭は勘弁してもらいました」

偽オーディン、または「オーディンの姿をした悪魔」。キリスト教改宗後のノルウェー国王を誘惑したという、まあ、いつものパターンで悪魔にされてしまった旧時代の神だ。もちろん深雪にそんな意図は無く、「魔法使いの王」をモチーフにしたコーディネートだろう。

ただ、あまり似合っているとは言えない。サイズはぴったりなのだが、デザインが合っていない。つば広の帽子はともかくそれとセットになった長い銀髪のカツラは達也のイメージでなかったし、逆に裾の長いチュニックと細めのズボンの組み合わせは達也に合っていても北欧神話のイメージではなかった。

「コーディネーターは深雪さん？　達也くん、相変わらず妹さんには甘いのね」

「仮装ですからね。別に、似合っている必要も無いかと」

真由美にクスッと笑われて、反射的に言い返した達也のセリフは……客観的に見て、負け惜しみに近かった。

この会場で最も気合いの入った仮装をしているのは誰か、と訊かれたなら、目の前の南瓜男に過半数の支持が集まるだろう、と達也は思った。

「トリック・オア・トリート！」

「トリート……本当にその仮装をするとは思わなかったぞ」

マントの下から細長い飴を取り出して手渡しながら、達也は南瓜男の仮装をしたレオに呆れ声で話し掛けた。

「姉貴に相談したら、ハロウィンはやっぱりこれだろう、って張り切って作ってくれたんだが……おかしかったか？」

「いや、確かにハロウィンと言えばジャック・オ・ランタンだろうが……」

レオが振り返って辺りを見回すと、さり気なく視線を外す生徒が大勢いた。達也も大概目立つ格好をしているところに、レオのこれだ。二人はかなり注目を集めていた。

「良いんじゃない？　受けてるみたいだし」

二人へ横から話し掛けてきたのは、ピーターパンの仮装をして目の周りを緑のマスクで隠したスレンダーな少女。

「トリック・オア・トリート！」

達也はマントの下から小粒のトリュフチョコレートを取り出してピーターパン姿のエリカに手渡した。

「それにしても俺だってよく分かったな。自分で言うのも何だが、かなりいつもとイメージの違う格好をしていると思うんだが」

「うん、そうじゃないかな～とは思っていたけど、確信はなかったよ。達也くんだって分かったのは、そこの南瓜男と仲良く話してたから。こんな仮装をするのはコイツくらいだもんね」

なる程、と達也は思った。レオがジャック・オ・ランタンの仮装をするかもしれないという話をしていた相手は他ならぬエリカだ。南瓜男の仮装を見たなら、それをレオと結びつけるのは自然だろう。

しかしそうすると、レオはどうやって達也を見分けたのか、という話になるが……

「そんな面倒くせえこと考えなくても、ハロウィンパーティなんだろ？　誰が相手でもあいさつは『トリック・オア・トリート』でいいじゃねえか」

どうやら当てずっぽうだったらしい。それもまたこの友人らしかった。

レオとエリカが口げんかしながら食べ物の置いてあるテーブルへ去って行くと、今度はチロル風の町娘とスイス風の狩人のカップルが達也に向かって歩いてきた。

「あ、あの、トリック・オア・トリート」

どうやら野ウサギをイメージしたらしい仮面をつけた美月が、少し恥ずかしそうに達也へそう言った。

「トリート」

達也はマントの下からハート型のクッキーを取り出して美月に手渡す。

「幹比古にはこっちだな」

スイス風狩人には、先の尖った、見ようによっては矢に見える棒状のプレッツェルを差し出した。幹比古の仮面は狼をイメージしているように見える。あの時の約束どおり、この仮面を作ったのが美月だとしたら。

(もしかして食べて欲しいという意思表示か?)

と達也はこっそり考えたのだが、これは邪推というものだろう。

「あ、ありがとう、達也。ゴメン、僕は用意してないんだけど」

「じゃあ、悪戯していいか?　……冗談だ」

達也の返しは本当に軽い冗談だったのだが、その言葉を口にした途端、美月も幹比古も予想外の警戒を見せた。美月など仮面越しに怯えているのが分かったくらいだ。自分が友人たちにどう見られているのか、達也は地味にショックを受けた。幸い、顔に掛かる長い髪と片目しか見えない仮面の組み合わせで表情を読まれることはなかったが、達也は早々に話題を変えることにした。

「その仮面は美月が縫ったのか？」

その質問に、美月は恥ずかしそうに俯き、幹比古は照れくさそうに頷いた。――どうやらこの二人の仲は順調に進展しているらしい、と達也は思った。

「上手いものだな。手縫いだろう？」

「えっ、そうなの？」

達也の指摘に、幹比古が仮面をつけていても分かる驚いた顔で美月に訊ねる。

（前言撤回。この二人、先は長いな）

人の悪い笑みをつば広の帽子で隠し、達也は心の中でそう呟いた。

友人たちの相手をしている内に、深雪やあずさの姿が見えなくなっていた。どうやら生徒会の仕事は終わったらしい。

ふと気配を感じて振り返ると、達也が立っていた壁のすぐ横にある非常口から海賊風ペアルックの男女がこそこそと入って来たのを目撃した。

（なる程、役員は非常口から入ってくるのか）

達也はそう思っただけだったが、バッチリ目が合ったカップルの方はすっかり慌てていた。

「え、えっと」

こういう場面で開き直れるのは、やはり女性の方なのだろう。

「ト、トリック・オア・トリート！」

やけくそ気味に叫んだ声は、思った通り、風紀委員長の花音だった。……しかし彼女は委員の達也たちに仕事を命じておいて、自分は何をしているのだろうか。よほど嫌味を言ってやろうかと達也は思ったが、それも野暮かと思い直した。今宵はパーティなのだ。相手がいるなら二人で楽しみたいだろう。

「トリート」

達也はマントの下から小さな袋に入った金平糖を取り出して五十里に手渡した。

「えーと……もしかして、司波君かい？」

「そうです、よく分かりましたね」

「あ、うん、手の大きさと形がね」

達也は仮面の奥で軽く目を見張っていた。正直なところ、意表を突く視点だった。確かに手袋をしていないのだから手の形である程度の人物特定も可能だろう。しかしこれは、手を使う者ならではの視点にも思える。五十里は理論畑だと摩利は言っていたが、どうしてどうして、技術者っぽいところもたくさん有るじゃないか、と達也は思った。

「それにしてもよくお菓子なんて持っていたね」

一方、五十里の方もしきりにウンウンと頷いている。いきなりだったにも拘わらず、すぐにお菓子が出て来たことに感心しているのだろう。達也としては、褒められても微妙なところなのだが。

「ムードに流されて羽目を外す生徒がいるかもしれないと思いましたので。当校の生徒の『トリック』は洒落になりませんからね」

四月の新入部員勧誘週間で達也は一高生の「トリック」に散々苦い思いをしている。深雪には「取り越し苦労ですよ」と笑われてしまったが、達也は備えをしておく必要を感じたのだ。まあ、そのお蔭で友人たちのノリに対応できたのだからこれで良かったと考えるべきだろう。

「そうね……」

達也の思いを知ってか知らずか、花音が気の毒そうに相槌を打った。

花音と五十里はダンススペースへ去って行った。どうやら風紀委員長はこのパーティを存分に楽しむつもりのようだ。見れば真面目に目を配っているのは、達也を除いて一人だけ（場所からして森崎だ）。持ち場に姿を留めている委員の方が少ない。そろそろ達也はやる気を失っていた。

「トリック・オア・トリート！」

気を抜いた瞬間にいきなり声を掛けられて、達也は少々大袈裟な反応を示してしまった。大急ぎで振り返ったのだ。長い銀色のカツラがなびき、マントが大きく翻る。随分と芝居染みたそのモーションに、声を掛けて来た「メイドさん」が何故か固まっている。

メイドではなく「メイドさん」。今世紀初頭に流行った、フリル満載のコスプレだ。仮面までもがフリフリで、しかも顔を隠している面積が他の生徒に比べて圧倒的に少ない。正体を隠すより可愛らしさを優先したコスチュームだった。

「トリート」

達也はそう答えて、掌に隠れる大きさのホワイトチョコレートをメイド少女のほのかに差しだした。

しかし、ほのかは固まったままだ。心なしか、眼差しが熱っぽい気がする。

「ほのか、ほのか」

彼女の隣に立った少年執事——の仮装をした少女が、ほのかの脇腹をチョンチョンと肘で突く。それでも反応がない親友に「だめだこれは」とばかり首を横に振って、執事の男装をした雫が達也に向かい「トリック・オア・トリート？」と小声で話し掛けた。

「トリート」

達也は一度マントの下に手を戻して、お揃いのホワイトチョコレートを二粒、雫に向かって差し出した。

「ほのかがもらわないのなら私が二つとも貰っちゃうよ？」

「ダメッ！」

親友の気性を知り尽くした雫のショック療法（？）は実に効果的だった。達也の（良く言えば）劇的なアクションに（あばたもえくぼで）見とれていたほのかが、達也からの贈り物を奪われまいと我を取り戻す。そうして、自分の示した反応が何だか食い意地の張ったもののように思えて、ほのかは顔を真っ赤に茹で上がらせた。

「でも、よく俺だって分かったね」

こういう時のほのかは、とりあえず普通に話し掛けるのが良い。その程度には、彼女のことを理解している達也だった。

「分かります！　私が達也さんのことを分からないなんてあり得ません！」

達也の狙い通り、ほのかは羞恥の淵から立ち直った。

その代わり、変なスイッチが入ってしまったが。

「ほのかは物の形とか見分けるの、得意だから」

そう言いながら雫がもう一度、親友の脇腹を突く。

「あの……達也さんは踊らないんですか？」

音楽はウィンナーワルツに変わっていた。二人で踊りに加わるにはちょうど良い曲だ。

「本当は委員会の仕事があるんだが……」

そう言いながら達也は苦笑していた。既に会場は、割り当てられた仕事をしているなんて馬鹿馬鹿しい、という雰囲気になっていた。

「それ、持ってる」

雫が小さな仕草で達也の持つ槍（の模造品）を指差した。達也が「踊る」とも「付き合う」とも答えない内から、ほのかのエスコートをすると決めつけたセリフだ。いつもなら達也はこういう強引な真似をされても取り合わない、あるいは明確な抵抗を示すのだが、今回は大人しく雫に槍（の模造品）を手渡した。既にほのかの誘いを受ける気になっていたし、そろそろこの大きな変装用の小道具が鬱陶しくもなっていたのである。

「ほのか」

達也は身軽になった手をほのかへ差し出した。この流れは九校戦の後夜祭パーティで経験済みだ。今更戸惑ったり躊躇ったりする理由は無かった。

「踊ろうか」

「はいっ」

無論、ほのかに否やは無かった。

（あれは……ほのかね。また先を越されちゃったわ）

　ダンスの輪に加わった兄にエスコートされている「メイドさん」を見て、深雪は自分を取り囲む人垣の中で他人に聞かれぬよう小さくため息を漏らした。

　深雪も生徒会の仕事が終わって真っ先に達也と合流しようとしたのだ。しかし、会場に忍び込む非常口の場所を間違えた。本当は達也が立っている場所のすぐ近くの入り口を使ったつもりだったのが、講堂の四分の一周分離れた所に出てしまった。そこはダンススペースのすぐ横だった。ダンスを楽しもうとしている生徒が相手を探して熱心に動き回っているエリアだ。

　深雪もこのパーティの趣旨に従ってちゃんと仮装している。仮面も衣装も真由美やほのかに比べればずっとしっかりした仮装だ。だがあいにく、正体は隠せても華は隠せなかった。いや、おそらく正体も隠し切れてはいなかっただろう。深雪はたちまち男子生徒に群がられてしまった。分厚い人の輪に身動きが取れなくなってしまう。今も彼女の困惑を余所に、聖徳太子にも聞き取り不能な音声多重で熱いアピールが繰り広げられている。

　最初はただ困惑しているだけの深雪だったが、人の壁の隙間から達也がほのかと踊っているのを垣間見ている内に彼女は段々腹が立ってきた。

（お兄様ったら……深雪がこんなに困っているのに、ご自分は……）

　何故助けに来てくれないのか、とか、あんなに鼻の下を伸ばして、とかそういう理不尽な思いが深雪の中で渦巻き始める。

　とはいっても夏休みのあの夜、雫に宣言したとおり、深雪にほのかの邪魔をするつもりは無かった。今、自分を取り囲んでいる男子生徒に悪気が無いことも理解できていた。だから深雪も魔法を暴走させない程度には自制できていたが、苛立ちまでは抑えられない。時間が経つにつれてイライラを顔に出さないようにするのが段々難しくなってきていた。

痺れを切らした深雪が「邪魔をしない」という約束をあっさり忘れて「多少強引でも自分の方から人垣を抜けてお兄様の所へ行こう」と決意したちょうどその時、音楽が終わった。ワルツは曲を変えてすぐに再開されたが、達也とほのかはダンスのラインから離れた。

深雪の眼差しの先で達也がカツラのついた帽子を脱いでほのかに手渡す。仮面を外してこれもほのかに預けると、彼はふくらはぎまであるマントを左側だけ跳ね上げた。その身体はボリュームのあるチュニックの所為で、いつもより一回りたくましく見える。まるで中世騎士道映画に出て来る武将のような風格だ。仮面を外した方が仮装っぽく見える(と本人に言えば嫌がったに違いない)。

むき出しになった左袖には風紀委員の腕章。それを見せつけるようにゆったりとした、ただし大幅のストライドで達也が人垣に割って入った。深雪を囲んでいた男子生徒の過半数が上級生だったが、彼らは達也の醸し出す芝居がかった雰囲気に呑まれたのか、呆気にとられた顔で彼に道を空ける。達也は特に妨害を受けること無く深雪の隣に到達した。

「風紀委員です」

彼が風紀委員であることは左腕の腕章で一目瞭然だったが、達也は威圧的な声であえて名乗りを上げた。

「ダンスパートナーの申し込みもどうか程々に願います。あまりしつこいようでは本人の意思に反する拘束と見做しますよ」

態度に反して達也の口調はさして高圧的なものではなかった。それがかえって良かったのだろう。深雪に群がっていた男子生徒は達也の発言に心当たりがあったのか、決まり悪そうな顔で（顔は隠れているからどちらかと言えば雰囲気で）会場に散っていった。

無事に深雪の救出を果たした達也は、彼女に軽く笑いかけて講堂の出口へ足を向けた。

「あっ、お兄様、どちらへ？」

その背中を深雪が慌てて呼び止める。振り返った達也は、自分が足止めされた理由が分からないという戸惑いの表情を浮かべていた。

「どこって……衣装を替えに行くんだが」

今宵は仮装パーティ。たとえ正体がバレバレであっても、素顔を曝すのはルール違反だ。あのちぐはぐな「偽オーディン」の格好では締まらないと思って達也は帽子と仮面を取ったのだが、素顔のままではパーティ会場に居続けることはできない。もう一度仮面を被っても既に正体を明かしている以上、仮装パーティの参加者としては不適格だ。だから更衣室で衣装ごと予備の物に替えようと考えたのである。――何故替えの衣装まであるのか？　その答えは「深雪が頑張りすぎたから」に他ならない。

「でしたら、お手伝いします」

深雪の申し出を聞いて、達也は表情の選択に窮した。妹は自分の口にしたセリフの意味が分かっているのだろうか、と達也は疑問に思った。家の中とは違うのだ。まさか学校の男子更衣室に入ってくるなんてつもりは……

「ち、違いますよ！」

ポーカーフェイスを保っていたつもりだったが、どうやら顔に出ていたらしい。無言で考え込んでいた達也に向かい、深雪が慌てて潔白を主張した。

「仕上げをお手伝い致します、という意味です！　仮面をつけていては鏡もよく見えないでしょうから」

鏡がよく見えないような仮面を用意したのは深雪本人である。その心配は出発点からおかしいような気もした達也だが、拒む理由も無い。

「そういうことなら手伝ってもらおうか」

達也が頷くと、深雪は仮面越しでも分かるくらい顔を輝かせた。

達也が講堂を出てパーティ用に更衣室が開放されている小体育館へ向かおうとすると、深雪が彼の手を取って「少し歩きませんか？」と甘えた口調でねだった。ほのかと雫に小道具を預かってもらっている手前、達也としてはなるべく早く会場に復帰したかったのだが、基本的にと言うも疎か妹に何処までも甘い達也は首を横に振れなかった。

並木道を外れて木立の間を縫うように歩く。星明かりは足元を照らすに力足りず外灯の光もすぐに届かなくなる。達也は真っ暗闇でも足を取られることは無いが深雪はそうも行かない。二人の歩みは必然的にゆっくりとしたものになり、手をつないだ二人の距離はほとんど密着しているも同然となる。

やがて、木々の間にぽっかりと広がる狭い空き地にたどり着いた二人は、そこで足を止めた。達也に言われて思い出したように深雪が仮面を外す。足元のおぼつかない暗闇の中で視界を制限する仮面をつけたままでも邪魔に感じなかったのは、深雪がすっかり達也に頼り切っていた証拠だった。この空き地は広場として造られたものではなく偶然の産物なので照明の類いは取り付けられていないが、今日は雲一つ無い星空だ。木立に遮られなければ月が無くとも相手の姿を見分けられる程度の明るさがあった。

つばの広いとんがり帽子に黒いマント。膝丈のスカートがフワリと広がり袖と襟に銀のレースをあしらった黒のワンピース。黒いタイツに光沢のある踵の低い黒のパンプス。どうやらこれが深雪の考える「ハロウィンの魔女」らしかった。

「お兄様、その……と、トリック・オア・トリート！」

深雪は勢いよく、ただし恥ずかしそうに、達也へそう問い掛けた。

真由美の「何かレクリエーションを」という声に、副会長たる妹が三週間遅れの生徒会主催ハロウィンパーティを提案したと聞いた時は何故そんなことをと首をひねったものだが、我が妹はもしかしてこれがやりたかったのだろうか、と達也は思った。

ざわめきは遠くから微かに聞こえてくる程度。今ここにいるのは達也と深雪の二人だけ。もじもじと恥ずかしげに彼の答えを待つ妹を見ている内に、達也の中でちょっとした悪戯心が湧き上がる。

「トリック」

「……あの、お兄様？」

「トリック」

深雪の大きな瞳が忙しなく左右に動いた。さて、どんな悪戯を見せてくれるのだろうか。達也は柄にもなくワクワクしてしまう。

「えっと、それでは……」

何事か思いついた顔で頷いた深雪が帽子を脱いで二歩、前に進んだ。

（おいおい!?）

達也が驚愕と共に心の中で呟くも、声にも出さない制止のセリフで深雪が止まるはずはない。

深雪は背伸びして兄の首に腕を回し、色っぽく目を細めて顔を近づけ……達也の鼻に噛み付いた。

「お、おしおきです！」

呆然と立ち尽くす達也に向かって、深雪が声高らかに、ただしちょっと吃りながら宣告した。

先月、似たような前振りで達也が深雪の鼻をつまんだことがある。これはその報復というわけだ。本当は何でもいいから——それこそ駄菓子でもいいから、達也から何かプレゼントをもらいたかったのだが、これも良い機会だと深雪は考えたのだった。

確かに深雪の悪戯は成功した。

達也は目を白黒させている。

しかしこれは、本人にも致命的なダメージを与える自爆テロのようなものだった。むしろ、ダメージは深雪の方が大きいかもしれない。

兄の顔を正視できなくなり、耳まで真っ赤にして背中を向け羞恥に震える深雪と、絶賛混乱中の達也。

「…………」

「…………」

「……お兄様」

「……あ、ああ」

「その……」

「……深雪」

「……は、はい⁉」

「あのな……」

「………」

　こんな調子で中々会話が成立しない。

　──結局、二人はパーティ閉会に間に合わず、「二人で何をしていたのか」とあらぬ疑いを掛けられる羽目に陥った。エリカに散々冷やかされ、レオに生温かい目で見られ、幹比古に目を逸らされ、美月に真顔でいさめられ、ほのかに拗ねられ、雫に冷たい目を向けられた。

　達也は友人たちの誤解を解くのに丸一週間を要した。


（十一月のハロウィンパーティ　完）

The irregular at magic high school

# 美少女魔法戦士プラズマリーナ

アンジェリーナ＝クドウ＝シールズ。子供の頃の愛称はアンジー。だがある時期から、彼女は周囲の者に自分のことをリーナと呼ばせている。

彼女は母方の祖父に日本出身の魔法師を持つ日系クォーターだ。

クドウのミドルネームはその祖父に由来する。クドウは「九島」。祖父は日本魔法界の長老、九島烈の弟。

彼女はその血筋に恥じぬ、かつて「世界最巧」と称賛された大伯父をある意味で凌駕する名声を手にしている。

世界最強の魔法師軍団、USNA軍参謀本部直属のエリート部隊『スターズ』の総隊長。

国家公認戦略級魔法師『十三使徒』の一人、アンジー・シリウス。

それが現在の、彼女の肩書きだ。

しかし彼女も入隊当初から『スターズ』総隊長に与えられるコードネーム『シリウス』だったわけではない。

最初から『スターズ』の一員に抜擢されていたわけではなかった。

その類い希な魔法の素質を見出され、幼い頃から軍で教育を受けてきた彼女も、最初はスターズ候補生部隊『スターライト』からスタートした。

これは彼女がスターズに正式採用される直前の時期、スターライトの卒業課題として与えられた任務のエピソード。

◇◇◇

「ポラリス少尉殿、シールズ准尉であります」

幼い声が鯱張った口調で叫ぶ。小柄で、まだ子供っぽさが残る少女だが、彼女は歴としたＵＳＮＡ軍所属の魔法師だ。

それも、大変強力な。

いや、強力な魔法師だからこそ、子供であるにも拘わらず軍に所属させられていると言うべきか。

ここはＵＳＮＡ、北アメリカ大陸合衆国アリゾナ州フェニックスの郊外に造られた、ＵＳＮＡ軍参謀本部直属魔法師部隊の育成施設。アメリカ最強の魔法師部隊『スターズ』の隊員候補で構成される部隊『スターライト』の為の訓練所だ。

そのスターライトの一員である彼女、アンジェリーナ＝クドウ＝シールズ准尉は直属の上官であるユーマ・ポラリス少尉に呼ばれて作戦指令室に出頭したところだった。

「入れ」

「失礼します」

意外に簡素な木製の扉を自分の手で開けて、金髪碧眼の少女が室内に進む。

訓練で散々叩き込まれたとおり、ポラリス少尉ともう一人の上官に敬礼して……、その「もう一人」が誰なのかようやく認識し、アンジェリーナは挙手敬礼の姿勢のまま固まった。

「准尉、楽になさい」

いつまでも敬礼したままの少女にポラリスは小さな訝しさを覚えていたが、特に言及はせず彼女にそう命じる。

言う迄も無いことだが、「楽にしろ」という指示は「姿勢を崩してもいい」という意味ではない。アンジェリーナは肩幅に足を開き、両手を腰の後ろで組んで背筋を伸ばす。

これも訓練で、条件反射に等しいレベルになるまで叩き込まれた動作だ。自動的に身体が動いてくれたお蔭で、彼女は思い掛けない人物を目にした驚愕から脱出できた。

(何故カノープス隊長がここに……？)

ポラリス少尉の隣にいたのは教育機関の形式上の最高責任者である大佐ではなかった。

そこにいたのは十二の部隊に分かれたスターズの第一隊隊長。総隊長である『シリウス』が空席の現状において、総隊長代行としてスターズの実質的なトップであるカノープス少佐だった。

(カノープス隊長はロズウェルの本部基地にいらっしゃるはずなのに)

スターズはUSNA軍に所属する魔法師から特に優秀な者を選抜して構成される部隊だ。このフェニックス基地はスターズの候補に選ばれた魔法師士卒を訓練する為の拠点であり、スターズの隊員になる者を最終的に選抜する試験場でもある。

（まさか私……）

アンジェリーナの心に、期待と不安が同時に湧き起こった。

彼女が受けている訓練はスターズの隊員を選抜する為のものだ。少なくともアンジェリーナはそう聞いている。

しかし具体的な訓練期間や採用人数については教えられていない。彼女と一緒に訓練を受けているスターズ候補生の間では、そもそも何人採用されるのか決まっていないのではないか、という囁きが交わされている。部隊を拡充するのでも欠員を補充するのでもなく、現役の隊員よりも高い戦闘能力を示した者が入れ替わる形でスターズに入隊するのだ、という噂もある。

採用人数枠の有無についてはともかく、入れ替え説については「まさかそんなことはないだろう」とアンジェリーナは思っている。ただでさえスターズは現在、大きく定員割れしている状態だ。

だからといって、上層部が何を考え、自分たちをどうしようとしているのか、彼女には全く見当がついていない。ただ確実なのは、いつまで訓練が続くのか、自分たちにはゴールが明示されていないということだ。

アンジェリーナが懐いた期待は、自分がスターズに採用されたのでは、ということ。

彼女が懐いた不安は、自分がスターズ候補から脱落したのでは、ということだった。

「シールズ准尉。君の訓練評定を見せてもらった。素晴らしい成績だ。魔法力だけで評価するなら、既に一等星級の能力がある」

ポラリス少尉の言葉に続くセリフは、総隊長代行のカノープス少佐の口から放たれた。

「光栄です、サー」

答えるアンジェリーナの声は硬い。彼女は緊張を隠せずにいる。だが同時に、隠し切れない誇らしさも滲み出ている。

単純なようだが仕方あるまい。何と言っても彼女はまだ十二歳。魔法師でなければミドルスクールに通っている年齢だ。無邪気なだけの幼年期は過ぎているが、感情を上手くコントロールできる大人にはまだ遠い。

一等星級とはその名のとおり、一等星の恒星名をコードネームとして与えられた隊員のことだ。一等星のコードはスターズの中でも最高の実力者たちに与えられる。アンジェリーナが自らを誇ってもおかしくはない。いや、むしろ得意にならなければ不自然だと言える。

「准尉も知っているとは思うが、現在スターズは総隊長職をはじめとして大きく欠員が出ている状態だ」

もちろんこの基地に所属する候補生として、アンジェリーナはスターズの現状を、表面的にではあれ、認識していた。

二年前、ベーリング海峡を挟んで行われた新ソ連との武力衝突は、世界群発戦争の再発を恐れた米ソ両国指導部の思惑により、大規模な部隊を投入しない密かな戦いとなった。この両大国間の小規模紛争は『アークティック・ヒドゥン・ウォー』(The Arctic Hidden War：北極の隠された戦争)、あるいは単に『ヒドゥン・ウォー』と呼ばれている。

図らずも一致した両国政府の方針により、ヒドゥン・ウォーは戦車や戦闘機や戦闘艦艇を投入しない非公式の暗闘、少人数の魔法師部隊が何度も激突する戦いになった。

この歪な戦争はUSNAと新ソ連の魔法師戦力に大きな打撃を与えた。新ソ連の極東方面における魔法師戦力は壊滅状態となり、軍事的プレゼンスが数年にわたり大きく低下することになる。大亜連合による沖縄侵攻も、北方の脅威が薄れたことが大きな動機となった。

一方USNAは、先代スターズ総隊長、ウィリアム・シリウスを失っている。スターズからは他にも恒星級だけで二桁の戦闘魔法師が犠牲になった。また、戦略級魔法師エリオット・ミラーがスターズからアメリカ北方軍指揮下のアラスカ軍へ転属になり、アラスカおよびその周辺海域の防衛の為、身動きが取れない状態に陥っている。

その後、二等星級以下の欠員は大急ぎで埋められた。だが一等星のコードに相応しい魔法師は、大国USNAといえどもそう容易くは育成できない。総隊長『シリウス』を含め、一等星級は今でも六人分の席が空いていた。

「欠員の可及的速やかな補充を望んでいる我々としては、准尉をすぐにでも恒星級の隊員として迎え入れたい。だが、ここで問題になるのは君の年齢だ」

アンジェリーナは声を漏らさぬようグッと奥歯に力を込めた。嘆きも不平も、今この場では自分に不利益をもたらす。それを理解できる程度には、彼女は自分が大人であるつもりだった。

「魔法師の能力と年齢は直接結びつかない。だが軍人としての任務遂行能力には、やはり年齢に伴う思慮と自制心が必要だという意見が多い」

「小官は戦術シミュレーションでも要求されている水準を満たしております」

この反論は、おかしなものではないだろう。この程度のアピールは普通だと思われる。ただし、口にしたのがアンジェリーナのような子供でなければ、だが。

「そうだな。知性の面でも不足は見られない」

だがこの場面では、カノープスが大人の度量を見せた。

あるいはビジネスライクに彼女を「生意気な子供」ではなく一軍人として扱っただけなのかもしれないが、アンジェリーナの不満と苛立ちは爆発前に鎮火した。

「シールズ准尉。それをシミュレーションだけではなく、実際の任務でも証明してもらいたいと我々は考えている」

アンジェリーナが「休め」の姿勢のまま、背筋を強張らせる。カノープスが何を示唆しているのか、それを理解する知性が確かに彼女にはあった。

カノープスに代わり、ポラリスが口を開く。

「シールズ准尉、任務を伝える」

「ハッ」

　アンジェリーナは視線を真っ直ぐ正面に固定したまま、声だけでそれに答えた。

「ボストンにおいて、軍が委託している魔法研究に対する工作が行われている。未登録魔法師の犯行と推測されており、地元の警察では対処できない状況だ。ただでさえその研究には我が軍の機密が絡んでいる。警察にも詳細は明らかにしたくない」

　理解できる話だ。軍事機密は、たとえ警察に対してであろうと漏らすべきではないし、軍の研究に携わる研究所を相手に破壊工作を仕掛けるような魔法師の相手は、地方警察レベルでは難しいに違いない。少女は相槌を打つべきかどうか迷ったが、どちらにするか彼女が決める前にポラリスが命令の申渡しを続けた。

「准尉にはボストンへ赴き、犯罪魔法師を捜索、拘束してもらいたい。スターズの任務には警察の手に負えない魔法師犯罪に対処することも含まれている。それを踏まえた上で、この任務に当たってほしい」

「了解しました、サー」

　ポラリスが語ったスターズの務めは、この訓練施設で少女を含めた候補生たちに、何度も教えられてきたことだった。

　だが、彼女たちには知らされていないこともある。

　恒星級に限っても、スターズの全員が同国人の犯罪魔法師を相手にする責務を負っているわけではない。それは一部の、限られた立場の隊員に与えられる任務だ。

　カノープスやポラリス、スターズの上層部は、今回の正体が判明していない工作員を軍から脱走した魔法師に見立てて、アンジェリーナが脱走魔法師の処理という過酷な任務を果たしうるかどうか、そのテストをしようとしているのだった。

「アシスタントとしてアンジェラ・ミザール少尉を付ける。だが彼女はあくまで准尉のアシストだ。上官ではあるが、准尉に命令する立場ではない。むしろ、試験官と考えてほしい」

「了解しました、サー」

　少女には、カノープスたちの真の思惑など分からない。

　ただ「試験官」というフレーズに、一層の緊張を覚えただけだった。


「シールズ准尉、紹介しよう。アンジェラ・ミザール少尉だ」

　カノープスが退席した後、アンジェリーナはアンジェラ・ミザール少尉に引き合わされた。

　ミザール少尉は現在二十二歳。アンジェリーナより十歳年上だが、軍人としては――軍人としてだけでなく一般的な職業人としても――若い方である。この年齢差は単に、アンジェリーナが若年過ぎる為に生じているものだ。

　白人にしては濃いめの色の肌と、ややくすんだ黒髪の長い巻き毛。身長は百六十五センチ程度で、今のアンジェリーナより十センチちょっと高い。魔法師の例に漏れず整った顔立ちだが、人目を惹く華やかさはない。穏やかな感じの容貌だ。体格も中肉中背で、人混みに巻き込まれれば簡単に埋没してしまうと思われる。アンジェリーナが懐いた第一印象では、ミザールはそんな女性だった。

見た目の派手さでいえば、煌めく金髪にサファイアブルーの瞳、白皙の肌のアンジェリーナとは対照的だ。ミザールとアンジェリーナが並んでいれば、人々の目はアンジェリーナばかりへ向かうに違いない。

「アンジェリーナ・シールズ准尉です。よろしくお願い致します、少尉殿」

アンジェリーナが鯱張った口調でミザールに挨拶し、緊張でガチガチになった敬礼をする。どうやら彼女は「試験官」というカノープスの言葉を意識しすぎている様子だ。

「こちらこそよろしく、シールズ准尉」

ミザールはその外見の印象を裏切らない温和な口調で答えた。

「ユーマ、後は彼女と二人で打ち合わせをしたいのだけど」

そして砕けた口調で、ポラリスに話し掛ける。ユーマというのは彼のファーストネームだ。同じ恒星級の少尉同士、この二人は気安い付き合いをしている間柄なのだろう。

「分かった。アンジー、後の説明は君に任せる」

それはポラリスのセリフからも窺われた。

ポラリスが部屋を出て行く。

その背中がドアに遮られたのを見届けて、ミザールは椅子に腰を下ろした。

「シールズ准尉も掛けて」

そしてアンジェリーナにも席を勧める。その口調は上官のものというより「お姉さん」をイメージさせるものだった。

「ええと、シールズ准尉も『アンジー』なのかしら?」

ミザールがそう訊ねたのは、自分の愛称も「アンジー」だからだろう。それと任務の性質上、何も知らない市民の中で「准尉」「少尉」と階級で呼び合うのは避けたいからという事情もあると思われる。

「はい、いえ、私のことは『リーナ』とお呼びください」

アンジェリーナが一瞬でそこまで洞察していたかどうかは分からない。もしかしたら単に「アンジー」という呼称を上官に譲っただけかもしれないが、とにかく彼女は咄嗟にそう答えた。

「そう? 分かったわ。じゃあ今回の任務では、貴女はリーナ・シールズ。私はアンジー・サイモン。OK?」

「はい、了解しました」

アンジェリーナ——いや、ここから先は少女をリーナと呼ぶことにしよう。リーナの答えは、決してスムーズなものではなかった。不自然に間が空くことこそなかったが、戸惑っていることが分かる程度には反応が鈍かった。

「リーナ、訊きたいことがあれば遠慮しなくて良いわ」

「いえ、まだ任務の具体的な内容をうかがっておりませんので、今の段階では特に」

リーナの答えに、ミザールは小さく苦笑した。

「それもそうね。しっかりしている……いえ、こんな言い方は准尉に失礼ね」

「いえ」

客観的に見て、自分はまだ子供でしかない。リーナは本気でそう思っている。

だから、否定の言葉は、強がりではなかった。

ただ、短く否定する以上のそつがない答えを返すには、やはり経験値が不足していた。

そんなリーナの「子供らしい」反応に、ミザールは苦笑いを元のにこやかな表情へと戻す。

「ごめんなさい、確かに任務の詳細を説明する方が先だわ。じゃあ、そこから打ち合わせを始めましょうか」

ミザールはリーナにタブレット型の端末を渡し、自分の端末と同期して表示される資料を見ながらリーナに作戦の詳細を説明する。

端末の画面を目で追いながらその説明を聞いていたリーナは、ミザールの「何か質問は？」という問い掛けに顔を上げた。

「少尉殿。この任務における小官の役割は陽動なのですか？」

「ものすごく単純化すれば、そういうことね。リーナはボストン地区で活動中の犯罪魔法師と敵性工作員を、今回の任務のターゲットか否(いな)かに拘(かか)わらず片っ端からやっつける。ターゲット一味が焦(あせ)ってヘマを仕出かせば、それを手掛かりに組織を潰す。そうでなくてもスパイ工作が中止されれば私たちにとって悪い結果じゃない。警告を兼ねた陽動といったところかしら」

「了解しました」

「それと……そうね、もう一度、今の内に注意しておくわ」

ミザールがリーナに向けた視線は決して厳しいものではなかったが、リーナは椅子の上で改めて姿勢を正した。

「国内の仕事だけど、今回の任務は潜入作戦に近い。私たちは軍人の身分を隠して行動します」

「理解しております、マム」

「だから、この基地を出た瞬間から、私は『ミザール少尉(しょうい)』ではなく『アンジー』。貴女(あなた)は『シールズ准尉(じゅんい)』ではなく『リーナ』。私たちは上官と部下ではなく、同じ研究所で被験体になる年が離れた友人同士。それを忘れないように」

「はい。自分が演じる人物像は、先程説明していただきましたので把握しております」

「よろしい。では明朝、出発します」

「イエス、マム」

　リーナが立ち上がり、緊張で硬くなっていることが丸分かりの敬礼で答える。
　そんな少女を、ミザールは「大丈夫かしら」という表情で見上げていた。

　フェニックス・スカイハーバー空港からジェネラル・エドワード・ローレンス・ローガン空港へ。空路でボストンに到着したリーナとミザールは、空港からタクシーでウエストエンド地区にあるショーマット魔法研究所へ向かった。
　今回の任務におけるリーナの表向きの肩書きは、ショーマット魔法研究所で魔法実験に協力する魔法師の少女である。十二歳の子供を実験台にするというのは非人道的に聞こえるが、十二歳の少女を軍人にするよりは普通に行われていることだ。
　魔法師を使った実験といっても現代のアメリカでは「人体実験」で連想される非道な真似は許されない。そもそも魔法師を実験動物扱いして無茶ができたのは二〇四〇年代から二〇六〇年代にかけての二十数年間のことであり、戦争という時代背景があってこそだ。二〇三〇年代以前も、人道に反する「人体実験」は、見つかれば厳しく罰せられていた。
　連邦政府から補助金を支給されているような有名魔法研究機関であれば、スキャンダルに鈍感ではいられない。イエロージャーナリズムに付け入られる隙を作らないよう、所内における相互監視は徹底している。

ショーマット魔法研究所もそうした研究機関の一つだ。ショーマットの協力者になっても、命に関わるリスクは無い（ことになっている）。子供を使うことが好ましくない点は同じだが、前線に送られることが前提の戦闘魔法師より研究所の実験台の方がまだ人道的に許容される余地があると言えよう。

リーナの年齢ならば、ミドルスクールの生徒の方が自然だ。それでも敢えて研究所の所属としたのは時間に拘束されない行動の自由を優先したのと、リーナが普通の学校に普通の転校生として潜り込むのは難しいと判断されたからだった。

既にスターズの一等星メンバーに匹敵、あるいは凌駕する魔法力。だが彼女の心は十二歳の少女のものだ。スターライトの一員として知識と強さは教え込まれているが、精神的な成熟度は、訓練だけではどうにもならない。

天性と、経験。

先天的に成熟した精神、経験により成長した精神。

リーナは、そのどちらも不十分だ。それはポラリスをはじめとしたフェニックスのスタッフの、一致した見解だった。

ミドルスクールの生徒にとって、リーナは異質な存在だ。いや、「異質」という言葉には収まらない。個人の力で一度に数百、数千の人命を奪い、戦車を退け戦闘機を墜とす。並の魔法師から見ても、リーナの魔法力は驚異的と言える。ただの生徒からすれば「怪物」そのものだろう。

軍の上官が懸念しているのは、リーナが「怪物」の力を隠し果せないことではない。彼女がそんなうっかり者であるなら、訓練期間を切り上げて正規メンバーのテストが行われたりはしなかっただろう。

軍が案じているのは、一般人から見れば自分は「怪物」であると、リーナが自ら悟ってショックを受けることだった。

心の在り方が善良で普通。それがリーナをスターズの隊員とするにあたり唯一、問題となったポイントだ。

今はまだ、力に振り回されて自分のことを深く考えている余裕は無いように見える。しかし同年代の子供たちと交流を持つことで自分の異常性に恐怖を懐くようなことがあれば、ＵＳＮＡ軍は貴重な戦力を手に入れ損なってしまうだろう。リーナを学校に入れなかったのは、それを警戒したからでもあった。

こうした思惑を背景に、リーナはショーマット研究所の門をくぐった。

リーナがまだ少ない経験の中から学んだ常識では、新しい組織に所属する場合、それが仮初めのものであっても、責任者に挨拶するものだ。今回もまず所長の部屋か、その代理の者の許へ向かうのだと思っていた。

だが彼女がミザールに連れて行かれた部屋には、若い女性、いや、少女が一人いるだけだった。

若いといってもリーナよりは年上だ。だがせいぜいハイスクールの生徒程度にしか見えない。無論、頭脳は必ずしも年齢に依存しないということくらい、リーナも知っている。だがこのお姉さんが研究所の責任者だとは、彼女にはどうしても思えなかった。

「アビー、お邪魔するわよ」

「アンジー、久し振りだね」

リーナは「アビー」と呼ばれた少女のことが、一瞬少年に見えた。赤毛のショートヘアーといいシャツ+パンツ+白衣という服装といいユニセックスな外見だとは最初から感じていたが、口を開くまでは確かに少女に見えていた。声も男性のように低いということはない。ハスキーだが、確かに女性の声だ。しかしその口調と表情がアビーという少女に少年的な印象を与えていたのである。

もしかしたら少女という第一印象が誤りで、少女的な外見の美少年だったのだろうか。

いや、アビーというのは女性につける名前だったはず……。

「リーナ、いらっしゃい。紹介するわ」

そんなことを考えて勝手に混乱していたリーナだが、上官にこう言われては何時までも呆けていられない。身分を隠して行動するのだとしても、ミザールがリーナの上官であることに変わりはないのだ。リーナは騒々しくならない程度の小走りでミザールの隣に並んだ。

「この子が今回お世話になるリーナよ」

「リーナ・シールズです。よろしくお願いします」

「それでこちらが、アビゲイル・ステューアット博士。あらかじめ教えておくけど、美少年に見えても彼女は女性だから。恋しちゃ駄目よ？」

「よろしく、リーナ。私のことはアビーと呼んでね」

外見のことは言われ慣れているのか、悪戯っぽい口調で告げられたミザールの言葉に苦笑しながらステューアットが右手を差し出す。

リーナは驚きを押し殺して、もう一度「よろしくお願いします、博士」と言いながらその手を握り返した。半ば予測していたこととはいえ、こんな美少年的少女が「博士」と呼ばれる立場であることにリーナは驚きを禁じ得ない。

ショーマットに来たのは初めてだが、西海岸の魔法研究所には地元ということもあり、リーナは何度も出入りしていて、内部の事情もある程度知っている。軍が研究を委託するような所は大体何処でも博士課程修了者ばかりだ。公式の場では「博士」と呼ばれるのが当たり前だとしても、軍の士官が非公式の場で「博士」をつけて呼ぶ相手は普通、チームリーダー格以上。ミザールがそれなりに親しい相手であるにも拘わらず——二人が気安い関係であることは「美少年」発言で分かる——「ステューアット博士」と呼んだのは、彼女が研究所で高い評価を受けていることをうかがわせる。

リーナの推測は、ミザールの言葉ですぐに裏付けられた。

「リーナ、アビーはこのＣＰＢＭ研究室のリーダーよ。貴女は表向き、アビーの研究に協力することになるわ」

「ＣＰＢＭ……ですか？」

「荷電粒子線魔法兵器（Charged Particle Beam Magic-Weapon）。私はその実現を研究しているんだ」

思わず発したリーナの質問に答えたのは、ステューアットだった。

「リーナは放出系が得意なんだよね？　任務のことは聞いているけど、私の研究にも力を貸してくれたら嬉しい」

「はい、私にできることでしたら喜んで」

リーナの立場では、他に答えようがない。たとえもっと年齢が上で経験豊富な人間でも、こう言わざるを得なかっただろう。

しかし自分の答えにステューアットが見せた楽しげな笑みに、リーナは訳もなく「まずいことを言ったかも」と後悔を覚えた。

◇◇◇

次の日から、リーナの二足草鞋が始まった。

昼間は午後二時過ぎまで研究所で実験台。スターライトの訓練ほどきつくはなかったが、任務のついでとは思えない量と密度だ。「任務のことは聞いている」とステューアットは言っていたが、一体どういう風に聞いているのだろうとリーナは初日から疑問を覚えた。

そして夕方、ボストンの街を徒歩で歩き回り、自転車で走り回る。土地勘をつけるのが主な目的だが、何処に潜んでいるのか分からない「敵」に自分の姿を見せるという趣旨もあった。

街中で勝手に魔法を使うことは法律で禁止されている。それは日本もアメリカも同じだ。USNAでは州によって規制される程度が異なっている。だが魔法を無許可で実際に行使することを禁止する点は各州同じだ。ボストンがあるマサチューセッツ州では公的、私的空間を問わず、第三者の有無を問わず、事前の許可なく魔法を行使することを禁じている。

しかしマサチューセッツの場合、実際に発動させなければ魔法式を構築しても犯罪にはならない。想子を放射する無系統魔法は「魔法かどうか」の区別が付きにくいこともあって事実上黙認されている。――無系統魔法を厳しく取り締まると、教会のミサまで規制の対象になってしまうという点が過去、問題になった経緯がある。

その規則を逆手にとって、リーナは弱い無系統魔法で想子をまき散らしながら街を走り回った。こうすれば分かり易く「敵」の目に付くと考えたのである。

そして日が暮れてからが——ある意味で——本番だった。

「リーナ、三ブロック先でひったくりが発生しました。犯人は魔法師ではありませんが、近くに有名な魔工師ショップがあります」

「了解」

ワゴン車の運転手を務めるドライバーの声にリーナは出動の準備を整えた。——なお「ドライバー」というのは今回の作戦の支援要員のコードネームだ。他に「ブラッシー」「スプーン」「バッフィー」「クリーク」「ロング」「ミドル」「ショート」「ウェッジ」などのコードネームで呼ばれる支援メンバーがいる。

準備といっても既に服を着替え装備を身に付けている。後は目の周りを覆う仮面を着けるだけだ。

言う迄も無く、ひったくりの取り締まりはスターズの仕事ではない。軍の仕事ですらない。

だが、現場付近は魔法関係の店舗や小規模工場が集まっている地域だ。USNAの魔法工学技術はドイツと並んで最先端と評価されており、個人の製品であっても輸出規制の対象になっている関係で、有名な魔工師のチューンナップ製品はスパイにとって十分成果になり得る。
ここでリーナが無意味な活躍を見せれば、闇に潜んでいる工作員の間で噂してくれるかもしれない。

昨夜までは魔法師による犯罪を追いかけていたのだが、中々その現場に遭遇できなかったので――魔法師の稀少さを考えれば不思議ではない――今夜から方針を変えたのである。

リーナは素顔を隠す仮面を装着し――その割には豪華な金髪がまるで隠れていない――夜空の下に飛び出した。

街灯の明かりに、古風な街並みが影絵の中から浮かび上がっている。

ボストンが魔法研究者の人気を集めたのは、この一見古い街並みが魔法のオカルティックなイメージにマッチしていると考えられたからだとか。ボストンに来てみるまで、リーナはこの話を単純すぎて胡散臭いと感じていた。だが実際にこの街を見て、リーナは理屈抜きの納得感を覚えた。確かにこの街は、陽光眩しいロサンゼルスや乾き切ったフェニックスより魔法に相応しい。リーナはボストンに到着した瞬間、そう思った。

夜になるとそのイメージは更に強くなる。石造り、レンガ造りの外観を持つ建物の陰から、この世のものならざる者たちがふと顔をのぞかせそうな雰囲気。この時間、この街ならば、魔女や魔法使いが勝手気ままに歩いていてもおかしくない気がする。童話やジャパニメーションのキャラクターの仮装をした少女魔法使い――魔法少女が飛び跳ねていても。

ただ、夜といってもまだ日が暮れてから然程経っていない。街路には少なくない人通りがある。だからこそひったくりなどという犯罪も発生するのだが、それはリーナにとってどうでも良いことだった。

（恥ずかしぃ……）

（上官命令だから仕方無いけど、この格好はやっぱり恥ずかしすぎる……）

今、リーナの心を占めているのはこの一念だ。

小さな女の子が着るような、フリルでいっぱいに飾られたミニスカート。しかも、アンダースコートを着けているとはいえ丈は膝上十センチだ。

脚にはこれまた小さな女の子が履くような、膝上まであるボーダー柄のソックス。ローヒールのパンプスはストラップ付きの可愛いデザイン。

オフショルダーのぴちっとしたカットソーは丈が短くおへそが見えている。

両手にはリボンが付いた手袋。

頭にも大きなリボンをつけている。

それが、リーナのコスチュームだ。

仮面を着けているとはいえ、猛烈に恥ずかしかった。

その仮面も隠しているのは目の周りだけ。鼻も口もむき出しだ。これで本当に身許を隠せるものかどうか、リーナは正直なところ、不安を覚えている。もしこんな格好をしていると知り合いに知られたら、しばらく外を歩けない。リーナはそう思っていた。

（上官命令。上官命令だから。ミッションが終わるまでだから！）

とにかく、一刻も早く人目に付かない所へ行きたい。その為には大至急ミッションを終わらせなければならない。

仕事を放り出して逃げ出す、という選択肢を思い付きもしないリーナは、気合いを入れて事件現場へ急いだ。

犯罪現場といっても、所詮はひったくりだ。一応強盗ではあるが、凶悪犯罪というほどではない。

USAがUSNAになってもこの国では未だに銃の所持が国民の権利として認められているが、不意を突かれない限り戦闘訓練を受けた高レベルの魔法師に通常の銃は脅威とならない。対魔法師用に威力を高めた弾丸でなければ、一流の魔法師の防御は貫けない。

普通の拳銃で武装した泥棒は、リーナの敵ではないのである。

「止まりなさい！」

モーターボード（動力付きスケートボード）で逃走するひったくり強盗の前に降り立ったリーナは、そう叫ぶと同時に強盗の腰から上の高さに対物障壁を展開する。

魔法による防御を纏っていない生身の人間がリーナの魔法障壁を突破できるはずもなく。

ひったくり犯は、もんどりを打って背中から落ちた。

ひっくり返ったモーターボードの車輪が小さな軋みを上げながら空回りする。

コメディ映画のような光景に、夜道を歩いていた人々が呆気に取られた目を向けている。

髪に隠れたイヤーフック型の通信機から、呆れ声がリーナの耳に届いた。

『リーナ……すぐ目の前に壁を作ったのでは、止まる暇なんて無いでしょうに……』

「ル、っ、アンジー⁉ いえ、今のは、その」

危うく「少尉」と言い掛けて、リーナは慌てて「アンジー」と言い直した。

彼女のセリフは釈明の為のものだったが、周りに通行人がいる状況では、声が少々大きすぎた。通信機に話し掛けた言葉が、通行人にも届いてしまう。

「アンジーって？」「あの子の名前じゃない？ ほら、コミックヒーローって、こういう場面で名乗りを上げるでしょう？」「あの子、アンジーって言うんだ」

「ち、違います！」

リーナは反射的に、野次馬に向かって言い返す。本当は「コミックヒーローじゃありません！」まで一続きのセリフだったのだが、羞恥心と動揺の余り言葉が続かなかったのだ。

「えっ、アンジーじゃないの？」「じゃあ、アンジーって誰だ？」

まずい、とリーナは思った。ミザールは「アンジー」の名前で隠密行動を取る予定になっている。ありふれた愛称とはいえ、「アンジー」の名前が人々の記憶に強く刻まれるのは好ましくない。

「わ、私はリーナ！　魔法戦士リーナ！」

破れかぶれで、リーナが叫ぶ。

彼女は恥ずかしさの余り卒倒しそうになっていた。だがリーナには、咄嗟にアドリブを利かせる機転が無い。自分が否定しようとしていた「コミックヒーロー」のイメージに引きずられたアクションしか、取るべき行動を思いつかなかったのである。

「魔法戦士だって」「これって、何かのアトラクション？」

何も知らない人たちが、今にも恥辱で張り裂けそうな、彼女の小さなハートを理解してくれるはずもない。

悪意の無い言葉と視線の矢がリーナに次々と突き刺さる。彼女の心情を映像化できたなら、ハリネズミの着ぐるみに包まれた涙目の少女が描き出されていただろう。

『リーナ……貴女、何を言っているの？』

ミザールの少しも笑っていない、純粋に心配そうな声がリーナの胸を更に抉った。

「いかれた小娘が！」

そこへ投げ込まれた、異質な罵声。

人々の恐怖をかき立てる敵意に満ちた叫びは、この時のリーナにとって、むしろ救いだった。

「ふざけやがって！」

声の主へ、リーナが視線を巡らせる。

少し先の道端に駐(と)められたワゴン車の横で、中年の男が銃を構えていた。

おそらくひったくり犯の仲間。モーターボードの航続距離は短い。まだ路上で呻(うめ)いているひったくり犯人は、このワゴン車で逃亡するつもりだったのだろう。リーナに向けて銃を構えているあの男は、ひったくり強盗の仲間か。

リーナにとっては、自分を羞恥心の底無し沼から救ってくれた恩人。とはいえ、大人しく撃たれる義理も心算も彼女には無い。

男の銃の腕がとんでもなく下手で、銃弾が明後日(あさって)の方向へ飛んでいく可能性を考慮して、リーナは防御ではなく先制攻撃を選択した。

彼女が最も得意な放出系の基礎と言える魔法「スパーク」。物質中の電子を強制的に排出する事象改変は、使い方次第で物質崩壊の魔法にもつながるものだが、ここでリーナが使った「スパーク」は小さな火花を散らすレベルだ。

――リーナ本人は、そのつもりだった。

しかし実際には、閃光(せんこう)が男の右腕を這(は)った。

「うがあぁぁあっ！」

獣のような叫びを上げて、男がのたうち回る。しかしリーナに、それを見ている余裕は無い。

彼女は慌てて拳銃を対物シールドで包んだ。

　幸い、暴発は起こらなかった。銃弾の雷管は電気式ではないので、あくまでも万が一に備えた反射的な行動だったが、何事も無くすんでリーナはホッと胸を撫で下ろした。

　しかし、心に余裕が生まれて魔法を撃ち込んだ男に目を向け……リーナは自分の顔から血の気が引いていくのを実感した。

　男は路上で、ビクビクと痙攣している。時々ガクッ、ガクッという感じで手足が勝手に動いているのは、プラズマ放電の影響で運動神経に狂いが生じているからか。

　どうしよう、という狼狽と後悔で、リーナはパニックを起こしそうだった。命令されてトリガーを引く覚悟はできている（つもりだ）。しかし意図しない過剰攻撃で人を死なせてしまうには、まだ心の準備ができていない。

　今の攻撃はリーナが意図したものではなかった。彼女が意図した威力ではなかった。リーナはスタンガンと同程度の電気ショックを与えて無力化するつもりだったのだ。

　過剰攻撃となったのは、一刻も早く終わらせたいという焦りが制御を狂わせた為だ。人前でこんな格好をしていたくないと思う余り、力を出しすぎてしまった結果だった。

『リーナ、後の処理はブラッシーチームが引き継ぎます。貴女はドライバーに合流して帰還しなさい』

「りょ、了解です」

　まともに思考できない状態になっていたリーナの身体を動かしたのは、通信機が伝えたミザールの命令だった。

リーナは言われたとおりに、言われるがままに、その場を離れる。

夜空に跳び上がった彼女の後ろ姿を、今更ながら野次馬のカメラが追いかけた。

翌日。朝食のテーブルで、リーナは頭を抱えていた。

「リーナ、食べないの？」

ミザールに問われても、リーナは顔を上げられない。上官に対して取るべき態度ではないと分かっていたが、それでも彼女はテーブルに突っ伏したままだった。

「まあまあ。そっとしておいてやれよ、アンジー。リーナが顔を上げたくない気持ちも分かるだろう？」

何故か同じテーブルにいるステューアットの取りなしに、ミザールは「仕方無いわねぇ」とでも言いたげな苦笑いを漏らす。

「はい、テレビを消したわよ。リーナ、もう大丈夫でしょう？」

テレビを消した、という一言にリーナが顔を上げる。彼女が頭を抱えてテーブルに突っ伏していたのは、昨晩の事件がニュースになって流れていたからだった。

　恐る恐るテレビを見て、ブラックアウトしているパネルにホッと一息吐く。だが顔色は悪いままだ。何と言うか、生気が無い。普段は快晴の青空を封じ込めたサファイアのように煌めいている瞳も、今は死んだ魚の目のようにどんより曇っている。

「リーナ、元気を出しなさい。陽動の役目は上手く果たしたんだから」

「そうだよ。多少トラブルもあったみたいだけど、その点で言えばこの上ない結果じゃないか」

　ミザールに続いてステューアットがリーナを慰める。

　しかしそのセリフに反応したのは、ミザールだった。

「ちょっと待ちなさい、アビー。何故貴女がトラブルのことまで知ってるの」

　ミザールの視線はそれなりに鋭いものだった。昨夜のトラブル――共犯の男を危うく殺してしまうところだったこと――は、テレビでも新聞でも報道されていないはずのことだ。

　だがステューアットの顔面筋は、小揺るぎもしなかった。

「魔法に関わるニュースなら、テレビや新聞だけで満足していられないのが私たちの立場なんだよ、アンジー」

　――つまり、ステューアットには独自の情報網で、テレビのニュースより詳しくあの時のことを知られているらしい。

　リーナは絶望に空を仰いだ。

いや、ここは屋内だから見えるのは天井だけだが。ああ、神は何処に。

「そう……。まあ、ここは貴女の地元みたいなものだから、そういうこともあるかもしれないわね。取り敢えず納得しておくわ」

「取り敢えずとは失敬だね。私は嘘など吐いていないよ」

リーナは自分のことで頭がいっぱいで、微妙な雰囲気の中、ミザールとステューアットの間で繰り広げられた腹の探り合いには気づかなかった。もっとも彼女の年齢では、何の気掛かりもない状態でも気がつかなかったかもしれない。

「それにしても、予想外に効果的だったんじゃないか？」

話題は再び、リーナの気分を地の底へ突き落とすものに戻った。これでは他人のことに気が回るはずもない。

もしかしたらステューアットは、自分とミザールの間に形成された緊張を無かったことにしたくて、敢えてリーナを「いぢめて」――苛めて、ではなく――いるのかもしれない。

「何処の所属かは知らないが、君たちが探している敵性工作員も疑心暗鬼に陥っていることだろう。あの『魔法少女』は一体何なんだ、とね」

再びテーブルに突っ伏しそうになるのを、リーナは懸命に堪えた。上官がテレビを消すという譲歩を示しているのだ。階級が下の彼女がその気遣いを無にする真似は許されない。

「『魔法少女』ねぇ……。ジャパニメーションの一分野だったかしら」

「未だに大勢のファンを持つ人気分野さ。かくいう私も時々見ている」

「O・TA・KU」

「いやいや。あれには、魔法研究者にとって中々興味深いところがあるんだよ。それに、一口に魔法少女と言っても本当にメルヘンチックなものからサイバーパンクなものまで、実に多種多様なんだ。リーナのコンセプトは……」

ステューアットが思案顔でリーナに目を向ける。

コンセプトって何だ、とリーナは思ったが、何も言わなかった。どうやらこの、アビゲイル・ステューアットという女性がUSNA軍にとって重要な研究者らしいということはここ数日の観察で何となく分かっていたし、リーナが何を言おうが彼女のろくでもない思考を止められるものではないということも理解できていた。

「美少女魔法戦士、かな」

「魔法戦士じゃダメなの？」

ミザールのツッコミに、リーナは心の中で大きく頷いていた。

いや、彼女は心の中に止めたつもりだったが、実際には動作に表れていた。

そんな無言の抗議も、ステューアットには意味をなさなかったが。

「それではリーナの、ほんの一面しか表現していないだろう？　やはり『美少女』は必要だよ。お約束というやつさ」

「お約束、ねぇ……」

ミザールが呟く横で、OTAKUの科学者が人の話を聞かないのも「お約束」なのでしょうね……とリーナは考えていた。

無論、リーナの心の声は、ステューアットには届かない。仮に聞こえていたとしても、気に掛けたかどうか疑わしいが。

「あの、私は仮面で顔を隠しておりましたが」

これがリーナにできた、精一杯の抵抗だった。

「あの程度の小さな仮面で君の美貌は隠せるものではないさ」

そうですよね、とリーナは心の中でやさぐれた。美貌かどうかは横に置いておくとして、あんな目の周りを隠すだけの仮面で人相を隠すのは無理だというのは、リーナ自身が思っていたことだ。

「仮面の美少女魔法戦士、プラズマリーナ。うん、ヒロインに相応しい」

せめて「プラズマリーナ」は止めてくれ、とリーナは切実に願った。

しかし、世間（？）は無情だった。

「プラズマリーナというコードネームは良いわね。インパクトがあるわ」

ミザールもこの言い種である。

リーナの心を、諦めが支配した。

◇　◇　◇

軍が計画した以上にリーナの「美少女魔法戦士」姿が広まったので、日がある内の活動は今後控えることにした。リーナは素顔を知られても他人に覚られず行動する魔法を持っているが、彼女自身が――少なくとも今日のところは――外出したくない気分だったのだ。

しかしリーナは、バカンスでボストンに来たのではない。夜は予定どおり陽動任務に携わるとしても、日中は研究所の実験に協力しなければならない。いや、本当は夜に備えて休んでいても良いのだが、彼女はまだ、そこまで厚かましくなれなかった。

その少女らしい生真面目な心理に、ステューアットはつけ込んでいた。大人の狡さ、とは言えまい。アビゲイル・ステューアットはまだ十七歳だ。リーナが若過ぎるだけで、大抵のケースでは年上ばかりに囲まれて仕事をしている少女である。

ステューアットの場合は狡さではなく、天才肌の人間にありがちな、他人の都合に目が行かないという面があるのだろう。

ステューアットに悪気は無いのだ。また事実、リーナにとっても悪いことではなかった。

アビゲイル・ステューアット博士の新魔法開発に協力することは。

「リーナ、『ムスペルスヘイム』という魔法を知っているだろうか？」

この日、ステューアットの研究室に赴いたリーナは、最初にこんな質問を投げ掛けられた。

「はい、博士。十秒間であれば発動できます」

知っているも何も、スターライトの中でリーナがスターズ候補一番手に挙げられているのはムスペルスヘイムという高等魔法を使えるからだ。持続時間は短いが、出力と範囲は実戦に堪え得ると評価されている。

「それはすごい」

そこまではステューアットも知らなかったようで、彼女はリーナに対しお世辞ではない賛辞を口にした。

「恐縮です」

ステューアットの称賛にリーナは誇らしさを隠し切れない。彼女の年齢を考慮すれば、当然の態度だろう。むしろ「でも硬いなぁ。もう少し可愛らしい態度の方が好みなんだけど」というステューアットの呟きをスルーした自制心は、「年齢に似合わぬ」と高めに評価されるべきものだと思われる。

「君があの魔法を使えるのであれば、色々と説明する手間が省ける。私が現在取り組んでいる新魔法は、ムスペルスヘイムを開放型の軍事魔法にすることだ」

「開放型、ですか？」

聞き慣れない単語だ。いや、言葉としてはありふれたものだが、この文脈で使われるのは聞いたことがない。リーナは思わず、オウム返しに問い返していた。

「ムスペルスヘイムをはじめとする領域魔法は、魔法の効果を一定の空間にのみ及ぼすものであり、魔法の効果を限定空間に閉じ込めるものと言い換えることができる」

答えるステューアットの声は、控えめにではあるが、弾んでいた。どうやら彼女は、他人に「教える」のが好きなタイプらしい。

「開放型というのは魔法により新たに生み出された事象を、限られた領域に閉じ込めず拡散させるタイプのことだ。魔法により改変された事象は、魔法の作用が無ければ消えてしまうものと、魔法とは独立の物理現象として残るものがある。後者の、例えば高エネルギープラズマを、魔法力を使って狭い範囲にわざわざ閉じ込めておくのは無駄だろう？」

「それは……そうですね」

「とはいうものの、ただ拡散させるだけでは威力がすぐに減衰してしまう。それでは、兵器として使えない」

「あの、博士」

この時リーナは、ふと心を過った疑問を口にせずにはいられなかった。

「何だい、リーナ」

「博士は何故、魔法を兵器にする研究をしようと思われたのですか？」

それは軍人として不適当な質問だったかもしれない。ミザールに聞かれれば、叱責は免れなかっただろう。

しかしこの場にミザールはいない。

「平和利用の途は考えなかったのか、ということかな?」

そしてステューアットは、リーナを咎めなかった。

「はい、いえ……」

改めて質問の趣旨を訊ねられ、「まずい」と悟ったリーナは言葉を濁そうとするが、

「魔法を兵器として利用することが、良いことだとは思わない」

ステューアットはそれに構わず答えを返す。

「だが現実に、その需要がある。魔法は兵器として使われている。ならば魔法を抑止力にすることも考えなければならない」

「抑止力、ですか?」

「魔法は魔法でしか防げない。単に威力だけなら魔法より核兵器や化学兵器の方が上だろう。だが軍事的有用性は、戦闘目的に開発された魔法が勝る。大規模な輸送手段を用意しなくても、魔法師がいれば魔法は使えるからな」

「博士は戦略級魔法を開発しようとされているのですか?」

リーナのストレートな質問に、ステューアットは苦笑未満の表情を返した。

「最終的には、それを目標にしている。だが戦略級魔法の定義に拘る必要は無いと考えてい

る」

ステューアットの真意がくみ取れず、リーナは心の中で首を傾げた。その疑問を彼女は言葉にも表情にも出さなかったが、ステューアットは雰囲気でそれを察したようだ。

「戦略級魔法の定義は知っているね？」

「はい」

ステューアットの問い掛けにリーナが頷く。

彼女はスターズ候補として、軍事用魔法に関する知識は一通り教え込まれている。

「一回の発動で人口五万人クラス以上の都市を破壊する、または一艦隊を壊滅に追い込む魔法です」

「そのとおり」

リーナの回答に、ステューアットは教師的な態度で頷いた。ステューアットの年齢からして教壇に立ったことはないはずだが、もしかしたら大人ぶりたいお年頃なのかもしれない。

「しかし局地戦では、そういう大規模な攻撃手段が使えないケースもある。狭い範囲、限られた対象に高い威力を集中させることができる魔法の方が、敵の戦意を奪うのに有効なケースは決してレアではない」

ステューアットは一旦言葉を切ってリーナの表情をうかがった。

残念ながらリーナは、よく分からないという顔をしていた。

「そうだね……。例えば先年のアークティック・ヒドゥン・ウォー、ベーリング海峡を挟んだ新ソ連との紛争では、『リヴァイアサン』の出番は無かった。戦いの規模が限定されすぎていて、あの大規模魔法を投入する機会が摑めなかったんだ」

戦略級魔法『リヴァイアサン』は基本的に対艦隊用魔法だ。沿海部の都市であれば陸上攻撃に使えないわけではないが、その場合も破壊は大規模な、言い換えれば大雑把なものになる。USNAも新ソ連も、紛争当事国の両方が戦闘を限定的なものに留めたかった『ヒドゥン・ウォー』のようなシチュエーションでは、『リヴァイアサン』は確かに、使えない魔法だった。

「だから効果範囲が狭く、威力が高い戦闘用魔法を開発するのですか？」

具体的な例を出されて、リーナも今度は理解できた様子だ。

「しかし、単に威力が高いだけで抑止力になるものでしょうか？　軍が問題にするのは、結局のところ被害の量だと思いますが」

「軍という集団は、脅威度を損害の数字で判断する」

スチューアットはリーナの主張を否定しなかった。少なくとも、表面的には。

「だが兵士という個人は、己の命を脅かすか否かで判断する」

しかし自分の発言内容が正解ではなかったことを、リーナは認めずにいられない。

説得されたのは、リーナの方だった。

「ヒドゥン・ウォーのように少人数の魔法師が密かにぶつかり合う戦いであれば、敵魔法師の防御障壁を派手に撃ち抜く魔法が抑止力になるだろう。敵は貴重な魔法師戦力を失うことを恐れ、戦闘続行を断念することになるからだ」

「それが、戦略級魔法ではない抑止力としての攻撃用魔法なのですか？」

「そうだ。ついてきてくれ」

ステューアットはリーナにそう言って、部屋の奥へと進む。

部屋の奥に置かれていたのは一見、歩兵用ミサイルランチャーにも見える金属製の筒だった。ただしミサイルを発射した後のように、円筒は空洞になっている。

「これが現在開発中の魔法兵器『ブリオネイク』の試作器だ」

ステューアットはそう言いながら、使用済みミサイルランチャーもどきの円筒を持ち上げてリーナに渡した。

大人しく試作器を持ったリーナがよろけることはなかった。見掛けよりも円筒は軽くできていた。

「その円筒の奥にはナノレベルでサイズを揃えた銅の粉末が押し固められている。その銅粉末を放出系魔法でイオン化し、荷電粒子として放出する。大雑把に言えば、それがそのブリオネイク試作器の仕組みだ」

ステューアットが挑発気味に、リーナへ笑い掛ける。

「詳しいことは、私が口で説明するより起動式を読み込んでもらった方が早いだろうけどね」

「分かりました。念の為、荷電粒子線が発射されても問題無い部屋をお借りできますでしょうか」

リーナがステューアットの注文通りの答えを返したのは、単純だからというより意地が働いたからだと思われる。

「良いとも。こっちだ」

ステューアットは無論、二つ返事で頷いた。


リーナが連れて行かれたのは、強固な対爆・耐熱壁に囲まれた実験室だった。

出入り口は一つ。その反対側の壁の前に的が設置されている。リーナはこれと同じ構造の部屋を、フェニックスの訓練施設でも経験している。

『リーナ、聞こえるかな?』

ステューアットは隣の部屋にいる。透明な大窓でお互いの様子が見えるタイプの造りだ。

「聞こえます、博士」

ただ音は完全に遮断されていて、意思の疎通は耳につけたワイヤレスマイクと骨伝導スピーカーで行わなければならない。

『その部屋ならば試作器の性能を百パーセント発揮しても問題無く耐えられる。早速起動式を

　読み込んでみてくれ』

　暴発などさせません、とリーナは言い掛けたが、そのセリフは心の中にしまっておいた。

「了解」

　リーナはこう答えて、念の為、砲口を標的に向けて試作器を構える。

　隣の部屋と視界をつないでいた窓の前にシャッターが降りる。いや、これは「隔壁」と言うべきだろう。

　リーナの技術を信用していないとも見える措置に、彼女はムッと表情を険しくする。

　しかし不満の表明はそれだけだ。リーナは何も言わず、改めて的に向かい構え直した。

　グリップにトリガーの類はついていない。想子を流し込めば、自動的に起動式が出力されると説明を受けている。

　リーナはそのとおりに、グリップを握る掌から想子を注入した。

　わずかなタイムラグをおいて、『ブリオネイク』と名付けられた試作器から起動式が出力される。

（何、これ……お、重い）

　起動式はサイズも然ることながら、内容が極めて複雑だった。

　とは言っても、リーナは起動式に記述された内容を意識的に理解しているわけではない。これはリーナに限らず魔法師一般に当てはまることだが、一瞬に等しい短時間で読み込まれる起動式は意識で理解するものではなく、無意識で処理するものだ。

魔法師は起動式を読み込むというより読み込まされて、それを無意識領域に存在する魔法演算領域へ送り込む。魔法演算領域で何がどのように行われているのかは、魔法師自身にとってもブラックボックスになっている。魔法師はただその結果を利用できるだけだ。通常、魔法師が起動式を読み込んで知り得るのはどんな効果をもたらす魔法式が構築されるかということと、魔法式の構築で自分の魔法演算領域にどのくらいの負荷が掛かっているのかということだ。

そして、ブリオネイクが出力した起動式の処理は、リーナにとっても重かった。

彼女の魔法処理能力は十二歳にして既に、大抵の魔法師を凌駕(りょうが)している。スターズがリーナの魔法力を「一等星級に相当する」と評価したのがその証拠だ。

そのリーナが、起動式を「読み込んだ」だけで大きな負担を感じている。彼女が把握した限りでは、事象改変の空間的、時間的な広がりはそれ程大した規模ではない。この負荷の重さは、事象改変の深さがもたらすものだ。より基本的な、世界の基礎となる物理法則をねじ曲げる為(ため)に相乗的な効果を持つ魔法を幾重にも重複発動しようとしている。構築されようとしているのは、そういう魔法式だ。

とにかく、ブリオネイクが何をする為(ため)のものなのか、この武装一体型ＣＡＤでステューアットが何をしたいのか、概(おおむ)ね理解できた。リーナはそう判断して、構築途中の魔法式を破棄しようとした。

『リーナ、そのまま撃ってくれ！』

しかしまさしく、彼女がそう考えたのを読み取ったようなタイミングで、ステューアットの指示が通信機を通じてリーナの耳に届いた。

切羽詰まった、必死な、懇願にも似た声音。

リーナは反射的に「魔法発動プロセスの中止」を中止した。

起動式に基づく魔法式の構築が完了する。この起動式には魔法の対象座標と範囲、事象改変の強度、継続時間と実行のタイミングまで記述されていた。

つまり魔法式を最後まで構築すれば、魔法は自動的に発動する。

リーナの身体を薄く覆う魔法の力場が発生した。ムスペルスヘイムに代表される高威力放出系魔法を使用する場合に術者を保護するシールドで、一定レベルを超えた電磁波を遮断するフィルターの性質を持つ。

その防御シールド発生の直後、激しい閃光が試作器の先端で生じた。

円筒形の砲口から射出された途端、重金属プラズマの塊が爆発的に拡散したのだ。

それはまさしく、プラズマの爆発。

試作器の砲身は、そのエネルギーに耐えきれず裂けて飛び散った。

試作器を破壊したプラズマがリーナにも襲い掛かる。

シールド越しにプラズマを浴びたリーナは、その直後、試作器を放り投げて床に伏せた。プラズマの爆風を浴びてしまった後だから無駄な真似にも思えるが、そんなことを判断している暇が無い反射的な行動だ。

　イヤーフック型のスピーカーが立てる耳障りな雑音に、リーナは伏せた体勢のまま顔を顰めた。過剰な電磁波を遮断する防御シールドはまだ生きているが、近距離通信に使われる程度の電波は透過する。それがプラズマ放電のノイズまで通しているのだ。

『……ナ、聞こえないのか、リーナ⁉』

「……聞こえています、博士」

　放電がようやく収まり、通信も回復する。

　リーナは念の為防御シールドを維持したまま、立ち上がった。

　窓を塞いでいたシャッターも上げられ、隣の部屋が見えている。ステューアットは遠目にも分かり易く安堵していた。

『リーナ、シールドを解除しても大丈夫だ』

「了解です」

　リーナは対電磁波防御の魔法を解除し――正確には更新を中止し――ステューアットと視線を合わせた。

「すみません、博士。試作器を壊してしまいました」

『謝るのは私の方だよ！　でも、お蔭で貴重なデータが取れた。今日はもう上がってくれて良いよ』

「は？　……はい」

上がって良いよ、と言われてもまだ実験を始めたばかり。時刻も朝と言って良い時間帯だ。

しかし試作器が壊れてしまった以上、今日はもうリーナの出番が無いのも確かだろう。予備の試作器があるようには見えない。

「それでは、失礼します」

リーナはそう言って、耳に通信機を着けたまま実験室を後にした。

◇　◇　◇

日没までリーナは研究所内の与えられた部屋にこもっていた。といってもだらだらしていたのではなく、端末で軍に義務づけられた座学に取り組んでいたのである。特例で軍に入ったからといって、義務教育を無視しているわけではない。学校に在籍することを免除されている代わりに、ハイスクールまでの課程に匹敵する教育を軍の責任で行うことになっている。

夕方になり苦手の代数に頭痛を覚えていたリーナは、作戦開始の呼び出しにホッとした顔で立ち上がった。

――もっともすぐに、彼女の表情は曇ってしまうのだが。

着替えようとクローゼットを開いて作戦用のコスチュームを目にした途端、リーナは代数の課題を前にした時以上の憂鬱な表情を浮かべた。

小さな女の子が着るような、フリルでいっぱいに飾られた膝上十センチのミニスカート。

脚にはこれまた小さな女の子が履くような、膝上まであるボーダー柄のソックス。ローヒールのパンプスはストラップ付きの可愛(かわい)いデザイン。

おへそが見える丈の、オフショルダーのぴちっとしたカットソー。

リボンが付いた手袋。

頭につける大きなリボン。

目の周りだけしか隠さない、鼻も口もむき出しの仮面。

もうすぐティーンエイジャーの仲間入りだというのに、とリーナは情けない気持ちに襲われた。

――しかしこれは任務だ。れっきとした作戦だ。

そう自分を奮い立たせて、リーナは魔法少女のコスチュームに手を伸ばした。

(これは魔法戦士の変装。これは魔法戦士の変装。魔法少女じゃなくて、魔法戦士なのよ)

……と、自分に必死で言い聞かせながら。なお「魔法戦士」の前に「美少女」を付けることは、声に出さない独白の中でも、頑(かたく)なに拒んでいた。

出動の時間を一時間遅らせたにも拘わらず、夜の街を行き交う人々は昨日より増えていた。そして昨晩とは異なり、カメラを持つ男性の姿が目立っていた。

（勘弁して……）

それを見て、リーナが心の中で泣き言を漏らす。彼女の年齢を考えれば、口にしないだけ立派と言えよう。

ただ、口に出さなければ他人には分からない。

「リーナ、今夜はサウスエンドに出動せよとの指示を受けています」

昨晩のドライバーに代わってワゴン車を運転するバッフィーが、リーナの心情をまるで斟酌していない口調で彼女にそう告げる。既にミザールから指示があったのであればリーナがそれを覆すことはできないのだが、リーナは形式上、承諾の言葉と共に頷いた。

ワゴン車が発進する。ウエストエンドからサウスエンドへ、リーナを乗せた車は夜のボストンをゆっくり走っていく。急ぎでもなければ決まった目的地も無い。彼女の任務は、犯罪現場に駆け付けて魔法を使って見せること。人目を惹く犯罪が発生しない限り街中をグルグル回るだけだ。

何事も起こりませんように。

犯罪が発生しても、すぐに解決しますように。

リーナは心の中で善良な願いを、純粋とは言えない動機で唱えていた。

しかし残念ながら、彼女の不純な願いは叶えられない。

「強盗事件発生。場所は現在地点から北へ約三百メートル。宝飾店です」

「警察は？」

「既に現場を包囲していますが、逃げ場を失った犯人が店員を人質に取っている為、踏み込むタイミングを計っている模様です。犯人は自動小銃で武装しています」

同乗者の目がなければ、リーナは空を仰いで大きなため息を吐きたかった。

凶悪犯罪ではないか。ＵＳＮＡにおける魔法研究の中心地であるボストンは治安が良いと彼女は聞いていたのだが。

「アサルトライフルですか？」

「いえ、そこまでは」

「……ハイパワーライフルでなければライフルでもカービンでも同じですね。ここから出動します。サンルーフを開けてください」

「停車しますか？」

「いえ、むしろスピードを上げてください。その方が出るところを見つからずに済むと思いますので」

「了解です」

バッフィーの操作により、リーナの座席の上のサンルーフが開く。

リーナは仮面を装着して車から飛び出した。

光学迷彩を纏って事件現場の向かい側の屋根に降り立つ。彼女の光学迷彩魔法は完全な透明化を実現するものではないが、夜間、薄ぼんやりとしか光が届かない場所で見つからないように身を潜めるには十分な隠蔽効果がある。

（取り敢えず、明るい場所に出なければ偽装できるみたいね）

誰にも見つかった様子がないことに一安心したリーナは、自分が使える別の偽装魔法を連想して思わず「しまった！」と声を上げそうになった。

（『パレード』を作戦時間中ずっと維持できれば、こんな格好をする必要なんて無かったじゃない……！）

声に出すのは自重したが、心の中で後悔に呻くのは止められなかった。『パレード』というのは日本人の祖父から母へ、そしてリーナへと受け継がれた系統外魔法で、自分自身の外見に関するエイドスを書き換えて別人に偽装する魔法だ。

魔法による変身は不可能。これは現代魔法学の定説だ。昔話には人間を蛙に変えたり自らドラゴンに変化したりする魔法がある。しかしこれらの古い術式は、光を操って幻影を見せたり精神干渉により幻覚を見せたりするものであることが分かっている。変身を実現する為には肉体を構成する分子の配置を変更するだけに留まらず、物質変換や質量変換まで必要になる。それは、魔法に可能な限界を超えている。

リーナの母親が祖父から教わった『パレード』も自分の外形を変える魔法ではない。変えられるのはあくまでも外見だ。

可視光の操作による幻影と、赤外線の操作による幻温と、加重系魔法による幻体。それに精神干渉系魔法を使った幻覚を被せ、無系統魔法でエイドスを読み取る魔法師の眼を偽る。

様々な魔法を少しずつ組み合わせ足し合わせることで、魔法を使っていること自体を覚らせない偽装魔法の一つの極致。それが『九島』の『パレード』だ。

残念ながら今のリーナの技量では、パレードを五分以上維持できない。変装は五分で解けてしまう。それでは任務に使えない。

(この任務が終わったら真面目に『パレード』の練習をしよう)

今までは戦闘の役に立たないからという理由で、リーナはこの魔法に余り熱心ではなかった。しかし戦力にならなくても、役に立つ。少なくとも自分(の自尊心)を守ることができる。

リーナは目の前の状況とは関係が無い決意を固めながら、パトカーに包囲された店内に飛び込むタイミングをうかがった。

◇◇◇

次の日も日中の活動は自重することになった。ミザールは独自に情報収集へ出掛けたので、リーナは研究所で待機だ。

ミザールがいないので任務の話をする相手はいない。

昨晩の活躍に誰も触れないでいてくれるのは、リーナにとってありがたかった。

昨日は自動小銃まで用意していた凶悪犯が相手だったこともあり、現場にカメラを構えた素人はいなかった。

その代わり、記者がカメラマンを連れてきていた。

リーナが向かい側の屋根から直接店内に飛び込んだ姿は、カメラにばっちり捉えられていた。

直前の思い付きでパレードを発動して微妙に鼻の形や顎の線、ボディラインを変えていたので写真から身許がばれるおそれはひとまず無くなったが、記事の見出しが「美少女魔法戦士プラズマリーナ、強盗をノックアウト」だったのには落ち込まずにいられない。

どの新聞社も申し合わせたように「美少女魔法戦士プラズマリーナ」なのだ。恥ずかしすぎて何処か遠くへ逃げたいというのが、リーナの偽らざる思いだった。

現実には、任務を放棄して脱走などできないのだが。能力的にできないのではなく、性格的に。善良で生真面目な彼女に、責任を放り捨ててしまうことなど不可能なことだった。

彼女は余計なことを忘れようと教科書を開いていたのだが——言う迄もなく紙の本ではない——、残念ながらまるで頭には入っていなかった。

何もかもが思いどおりにならない時間を過ごしていた彼女にお呼びが掛かったのは、昼食後のことだった。

「博士」

「やあ、リーナ。良く来たね」

同じ研究所にいたのに「良く来たね」というセリフは不自然に思えたが、リーナはわざわざそんなことを口にして雰囲気を悪くするような真似はしなかった。

実験室の様子が気になったから、という面もある。リーナが案内されたのは、昨日とは別の部屋だ。壁が対爆・耐熱仕様になっているのは同じだが、部屋の奥にターゲットがおかれているのではなく、部屋の中央に一本足のテーブルが固定されている。その上には小さな分銅が一つ、置かれていた。

それをリーナは、隣の部屋から窓越しに見ている状態だ。これでは昨日の、ブリオネイクという名前の試作器を試すことはできないのではないか。彼女はそう、訝しんでいた。

「実は、ブリオネイクの改良がまだ終わっていないんだ」

リーナの疑問を表情から読み取ったのだろう。ステューアットは訊かれる前に自分から説明を始めた。

「ブリオネイクはムスペルスヘイムを基に作った物だと昨日は言ったが、本当はムスペルスヘイムを基に創ろうとした魔法を基に試作した物だというのが正しい」

創ろうとした？　では、その「基になった魔法」というのは完成しなかったのだろうか。

リーナがそう訊ねる前に、スチューアットから答えがもたらされる。

「その魔法は完成すれば『メタル・バースト』と命名されるはずだったんだが、残念ながら実際に発動させられる魔法師がいなかった。それで、威力を制限して難易度を下げたのが昨日試してもらったブリオネイクなんだよ」

「……それは、魔法式は完成しているけれども、必要とする魔法力が高すぎて誰にも使えなかったという意味でしょうか」

「私は完成していると確信している」

スチューアットの自信満々な態度に、リーナは呆れるのではなく、素直に感心した。常識的には、新魔法が完成したかどうかは実際に発動させてみなければ分からない。シミュレーションで魔法演算領域の機能を完全に再現することはできないからだ。

理論的に発動するはずの魔法式を構築する起動式を書くことはできる。しかしそれは、これまでの研究から経験的に判明している限り、という但し書きがつけられるものだ。それを「魔法師の能力が不足していたから発動しなかった」と言い切るのは相当な自信と言って良い。

リーナがもっと年長なら、その自信を「鼻持ちならない」と感じたに違いない。しかし彼女はまだ、科学者の権威を素朴に認める年頃だった。

だから簡単に、口車に乗せられてしまうのだろう。

「リーナ、君ならメタル・バーストを実行できるはずだ」

「私が、ですか？」

「試作器の限界を超えた出力で荷電粒子砲の魔法を発動した君ならば、その元になっている『メタル・バースト』も使いこなせるに違いない。いや、間違いなく使える！」

「……微力を尽くします」

両肩を摑まれ、狂気を垣間見る眼差しを向けられて、リーナは顔を引きつらせながら頷いた。

手渡されたCADは、小銃よりも銃身が短いアサルトカービン形態の特化型だった。リーナは普段汎用型を使っているが、特化型も戸惑うことなく使える。昨日のブリオネイクも、武装一体型CADという特化型の一種だった。

リーナはその銃口を、隣の部屋のテーブルへ、その上に載せられたステンレス製の分銅へ向けた。窓にはシャッターが降りていて隣の部屋を肉眼で確認することはできないが、CADの照準補助機能が分銅の位置を覚えていた。

「始めてくれ」

背後のデスクからステューアットが合図を送る。

「了解です」

リーナはそう答えて、ＣＡＤの引き金を引いた。

起動式がリーナの魔法演算領域に流れ込む。

異例と言えるほどサイズが大きな起動式だったが、魔法式構築処理の負荷自体は昨日のブリオネイクが上だ。それがリーナの実感だった。

ただ、要求される干渉力が大きい。桁違いに強い干渉力を求められている。確かにこれでは、魔法式を構築し目標へ撃ち込むことはできても、魔法式が定義した事象改変を成し遂げることはできないかもしれない。

意識の中をそんな思考が走り抜けるその下で、無意識領域では魔法式の構築が着実に進んでいた。

特化型ＣＡＤには照準補助機能がある。魔法が撃ち込まれる座標は、ＣＡＤが起動式に書き加える。魔法の規模、強度、持続時間も今回は起動式が指定している。術者はただ、魔法発動のプロセスを維持するだけだ。

魔法式が標的に撃ち込まれ、要求される事象干渉力をリーナが半ば無意識、半自動的に注ぎ込む。

隣の部屋のテーブルに置かれた分銅が崩れた。

形を失い火花を散らす雲、プラズマ塊に変化する。

空中放電の光が「分銅だった物」を水平に取り囲む輪を形成した。

魔法を放ったリーナには、それがステンレス製の分銅の中から強制分離された電子が作り出したものだと分かった。

テーブルの上に残っているのは鉄、クロム、ニッケルの原子核気体。オーステナイト系ステンレス分銅を構成していた重金属が、核外電子を残らず引きはがされて原子核のみとなった陽イオンで構成されるプラズマだ。

それが電気的な斥力で拡散してしまわないのは、リーナの魔法により拘束されているから。ただ一箇所にまとめられているだけでなく、次の瞬間、重金属の原子核プラズマは上下から押し潰され平たい円盤状になった。

水平方向の拘束が解除される。

正の電荷を持つプラズマが、円環を形成していた電子の雲目掛けて猛スピードで飛び出した。

水平全方位に飛び散ったプラズマが電離と再結合を繰り返し、高温の衝撃波を形成する。実験室の壁と床と天井を構成していた対爆隔壁が、小さな分銅から生み出された衝撃波で揺らぐ。リーナは思わず、自分とステューアットの周りに対物理シールドを張った。

壁の振動は、すぐに収まった。安全が確認できたからだろう、ステューアットが窓を遮っていたシャッターを上げる。

隣の実験室は、ひどい有様になっていた。

床に固定されていたテーブルの支柱は折れ曲がり、耐熱鋼で作られたテーブルの表面が少し融けている。

直撃を受けた側面の壁は、表面が薄く焦げていた。

「これはまた……大した威力だ。素晴らしい！　グレートだよ、リーナ！」

わずかなタイムラグを置いて、ステューアットが躍り上がる。

感情の高ぶりを抑えられないのか、リーナの両手を取って上下にブンブン振り回す。

「あの、博士……？」

「この威力、『メタル・バースト』なんてちゃちなものじゃない。それではこの魔法の真価を言い表せない。そうだ、『ヘヴィ・メタル・バースト』。この魔法は『ヘヴィ・メタル・バースト』と命名しよう！」

困惑するリーナを余所に、ステューアットは興奮を露わにして叫んだ。

ミザールが戻ってきた時には、『メタル・バースト』改め『ヘヴィ・メタル・バースト』の実験成功から三時間が経過していた。だが、ステューアットの興奮はほとんど収まっていなか

った。

「リーナ、アビーに何かあったの？」

ミザールがリーナに訊ねる声は冗談ではなく、割と真剣に心配している感じのものだった。

「いえ、何かと言いますか……」

「何でもないよ、アンジー」

言い淀んだリーナを、ステューアットの上機嫌な声が遮る。いや、これは助け船を出したのか。少なくともステューアットはそのつもりに違いない。

「それより、思ったより早かったね。成果が上がらなくて打ち切ったのかい？」

ステューアットの言い種は結構失礼なものだったが、今の彼女が普通の状態ではないと考えて、ミザールはクレームを付けなかった。

「逆よ」

無駄口を叩くのではなく、任務について話すことをミザールは選んだ。

「思ったより早く網に掛かったわ。私たちが追っていた工作員が、今夜、サウスボストンから出港する小型客船で逃亡を図っている。どうやら彼らは新ソ連と通じていたみたいね」

「へぇ」

ステューアットが真顔に戻った。さすがに、はしゃいでいる場合ではないと感じたようだ。

「本当に、随分早いね。プラズマリーナは、まだ二回しか出動していないというのに」

リーナが頬を赤らめながら苦い顔をしている。だが残念ながら、ステューアットにもミザールにも取り合ってもらえなかった。

「仮面の美少女魔法戦士なんて意味不明な者の登場が、予想以上に彼らの警戒心を刺激したみたいね」

ミザールのセリフに、リーナがショックを受けた表情で「意味不明……」と呟く。

「仮に私が彼らの立場でも警戒すると思うわ」

リーナの呟きは、ミザールに無視された。

「あれだけ目立つ格好で魔法を使って暴れていたら、デモンストレーションとしか思えないもの。こちらは魔法の行使を躊躇わない、ってね。あの扮装は、違法捜査をカモフラージュする為のものだって深読みしてくれたんじゃないかしら」

「おや、違ったのか？」

「百パーセントの否定はしないわ」

リーナが「えっ⁉」という表情を浮かべる。あの仮装にそんな意図があったなどという話は聞いていない。だがリーナが質問するより早く、ミザールとステューアットの会話は先に進んでいた。

「それで、どうするんだい？　今晩出て行く工作員が全員というわけじゃないだろう？　下手に手を出すと、草を抜いて根を残す結果になりかねないと思うけど」

「確かにその可能性もあるけど、黙って逃がしてあげるわけにもいかないわね」

「では、踏み込むと」

「手を出すのは海上に出てからよ」

「船に乗り込んで捕らえるか」

「人員は既に手配済み。具体的にどうするかは内緒」

「作戦上の秘密か」

ミザールは「当然でしょ」という顔でステューアットを見返した。

「アンジー。いえ、少尉殿」

二人の会話に割り込むチャンスを窺っていたリーナが、視線の遣り取りで言葉が途切れた隙に口を挿む。

「捕縛作戦には小官も参加できませんでしょうか」

「リーナ、貴女の気持ちは分かるけど、船に乗り込むのは秘密強襲作戦に慣れたメンバーばかりなの。残念だけど、諦めてちょうだい」

「──了解しました」

しかしミザールから返ってきた答えは、リーナを落胆させるものだった。

「差し障りがなければ教えてくれ。工作員を捕らえた後の船はどうする」

ステューアットは俯くリーナを無視して、ミザールに問い掛ける。

ミザールも下手に慰めるより、自分で納得する方がリーナの為だと考えたのだろう。再び身体をステューアットへ向けた。

「爆破するわ」

「乗客もクルーも行方不明、というわけか」

「ええ」

ボストン港内やマサチューセッツ湾で船を爆破すれば、ボストンの海運に小さくない被害が出る。しかし軍は、機密の保持をそれより優先するということだ。

「だったらその船を実験に使わせてもらえないか？」

ステューアットの提案も、他人の被害をまるきり考慮しないものだった。

「実験？　新しい魔法の？」

「リーナのお蔭で『ヘヴィ・メタル・バースト』が完成しそうなんだ。後は実戦テストで上手くいけば、スターズは強力な戦術級魔法を手に入れることになる」

ミザールが軽く目を見張る。

「本部に問い合わせてみるわ」

戦術級魔法と聞いて、無視できないと判断したのだろう。ミザールは然程考える素振りも見せず、ステューアットにこう答えた。

夜九時。太陽光エネルギーシステムを動力源とする船舶は午前中に出港することが多い。この時間帯に動いている船舶は、もっぱら入港する物だ。

その中で例外的に、小型船舶が埠頭(ふとう)を離れていく。わざわざ目立つ真似(まね)をするのは下策だと思われるが、それより一刻も早く撤収することを優先したのだろう。リーナはそう考えながら、もうすぐ見えてくるはずの小型客船を待っていた。

彼女が立っているのはボストン郊外、ウィンスロップの南に位置するディア島の東岸に浮かぶ小型クルーザーの上だ。例の「魔法少女」の扮装(ふんそう)ではなく、目立たない色のセーターとパンツ姿。ミラーシェード型のゴーグルで鮮やかな瞳を隠し、煌(きら)めく金髪をキャスケットに押し込んでいる。

『リーナ、準備は良いかい？』

耳に掛けた通信機からスチューアットの声が聞こえる。彼女も同じクルーザーに乗っているのだが、今はキャビンで各種計器を監視している。

「いつでも行けます」

リーナは手に持ったアサルトカービン形態の特化型ＣＡＤを抱え直しながら答えを返した。

新魔法『メタル・バースト』改め『ヘヴィ・メタル・バースト』の起動式を出力するCADだ。

ミザールが新魔法による船舶破壊の是非を問い合わせたところ、本部の回答はゴーサイン。ミザールが引くくらい本部は前向き、いや、前のめりだった。

やはりヒドゥン・ウォーで失った戦力の補充を急いでいるのだろう。二等星級のミザールは一等星級で構成される幹部層が何を考えているのか詳しく知る立場にはないのだが、一等星級に六人も欠員が出ている今の状況に焦りを覚えているであろうことは容易に想像できる。

この任務にリーナが選ばれたのも、魔法力だけなら一等星級に相当すると評価されたからだ。新魔法の威力によっては、リーナをすぐにでもスターズの正規メンバーに採用したいと考えているに違いない。ミザールはそう推測した。

それが正解であれ誤解であれ、ミザールは本部の決定に従うだけだ。本音ではリーナのような少女を修羅の戦場に引きずり込みたくはないのだが、ミザールは私情を挿まなかった。彼女はリーナとステューアットに許可が下りたことを伝えると共に、二人の為に新たな船を手配し、攻撃ポイントを細かく指定した。

そうして今、リーナはステューアットと共に海上で待ち伏せている。

工作員が逃亡に使う船を沈めるのはディア島とカフ諸島との間の海域、ボストンサウスチャンネル。その時点で船は無人航行になっているはずだから、「使う船」ではなく「使っていた船」と表現すべきか。

『例の船を発見した。君にもデータを送る』

「お願いします」

工作員が逃亡に使う船のデータは、形状からスクリュー音に至るまで詳細に調べ上げたものが用意されていた。この船を手配したミザールが、船の電子頭脳にあらかじめインプットしておいたものだ。

本当に至れり尽くせりだ、とリーナは思った。彼女が本格的な任務に就くのはこれが初めてだ。だからこの周到ぶりがスターズとして当たり前のものなのか、それともミザールが特に行き届いているのか判断がつかない。

『それにしても、アンジーの仕事ぶりは相変わらず完璧だ。さすがは元情報部の秘蔵っ子だけのことはある』

彼女の疑問が届いたわけではないだろうが、ステューアットがそんなことを口にした。リーナに聞かせる為のものではないだろう。多分、独り言だ。

『おっと……』

その証拠に、すぐ「しまった！」とでも言いたげな声がスピーカーから出てきた。

通信機が沈黙する。ステューアットはリーナに口止めもしなければ、それ以上説明するつもりもないようだ。

リーナもステューアットの「失言」には触れなかった。聞かなかった振りをするのが大人の対応だろうし、今は他に意識を集中しなければならないことがある。

リーナは試しにCADを工作員の船に向けてみた。特化型CADには照準補助機能がついている。銃口を向けるだけで、対象物の情報次元における大まかな座標が分かる。座標が分かれば、その中に、その周りに、何があるのか程度の情報は読み取ることができる。

世界には『エレメンタル・サイト』という異能を持つ魔法師がいて、ブラウジングをするようにエイドスに記録された詳細な情報を読み取ることが可能だと聞いている。だがリーナにできるのは、何かが存在しているとおぼろげに把握することだけだ。照準補助システムの助けを借りても、露出している物の存在を読み取れるにすぎない。

しかし逆に言えばリーナは、特化型CADを使うことにより遠く離れた物の存在を把握することができる。密閉された船内に隠されているような物は分からないが、望遠鏡と違って障碍物の向こう側にある物も、CADが正しく向けられていれば認識することができる。

リーナは今、特化型CADを通して、闇に紛れ小型客船に乗り込もうとしている複数の人影を認めた。

「少尉殿たちが敵船に突入したようです」

『こちらにはまだ連絡が来ていないが……分かるのか。さすがはスターズ正規隊員の座に最も近い候補生だ』

リーナは今回もステューアットの余計なセリフを無視した。

最も近いかどうかなんてリーナ本人には知り得ないことだから、答えようがない。

『んっ？　ああ、今、私の方にも連絡が来た。特に抵抗は無かったようだね。裁判所に軍の横暴を訴える作戦か？　それとも訴える相手はマスコミかな？』

「そんな機会は訪れません」

リーナが答えを返したのは、しつこく話し掛けてくるステューアットに根負けしたからだろうか。

『そうだね。アンジーが――スターズがそんな甘い真似をするはずがない。彼らは軍に拘束されたのではなく、船が原因不明の爆発を起こして行方不明になる。誰にも訴えることなどできない』

答えが得られて満足したのか、ステューアットは一旦口を閉ざした。

彼女が再び話し掛けてきたのは、ターゲットの小型客船から乗員乗客が一人残らずいなくなったのをリーナが認識した直後だった。

『アンジーの作戦は完了した。後は君の仕事だ』

「了解」

『およそ……五分後にターゲットは撃沈ポイントに到達する。攻撃のタイミングは私が合図するよ』

「了解しました。待機します」

リーナが乗っている船も沖へ進んでいる。魔法が届かないのではなく、陸上から魔法の行使を観測されない為(ため)だ。

波はそれ程激しくない。リーナは甲板上でゆったりと揺られながら、アサルトカービン形態のCADを身体(からだ)の前に両手で抱えて合図を待つ。

『――リーナ、ターゲットがポイントに到達した』

ピッタリ五分後に、ステューアットから合図があった。

「了解」

リーナが特化型CADを立射の姿勢で構える。

「CAD、異状無し」

ミラーシェード型のHMD(ヘッド・マウント・ディスプレイ)に表示されたデータだけでなく、想子(サイオン)を流し込んだ感触でCADに問題が無いことを確認する。

『起動式展開』

「ヘヴィ・メタル・バースト、起動式を展開します」

ステューアットの指示を復唱して、リーナは引き金の形をしたスイッチを引いた。

デジタルデータを想子(サイオン)信号に変換した起動式が、CADからリーナの身体(からだ)に吸い込まれ、彼女の精神の無意識下にある魔法演算領域へと送り込まれる。

『ヘヴィ・メタル・バースト、発動』

「ヘヴィ・メタル・バースト、発動します」

ステューアットの指示と、リーナの言葉はほとんど同時だった。

およそ二キロの距離を隔てて、リーナにより構築された魔法式が小型客船の機関部に撃ち込まれる。

次の瞬間。


海の上で、稲妻が荒れ狂った。

船の爆発音をかき消す雷鳴と共に、激しく火花を散らす光の雲が広がる。

迫ってくる。

リーナは反射的に、ベルトに仕込んだ非常用の単一目的特化型CADのボタンを押して、対電磁波防御シールドの魔法を発動し船を包んだ。

幸いと言って良いのか、押し寄せるプラズマ雲はリーナの乗る船まで五百メートルを残して海に沈んだ。

プラズマ雲の代わり、とでも言うかのように、魚が浮かび上がってくる。

海面を横倒しになった魚が埋めていく。

感電したのだろう。

『何と言うかこれは……惨状だね』

ステューアットの芸が無いセリフを、リーナは笑えなかった。

彼女には、言葉も無かった。

これはもしかして、環境破壊ではないだろうか？　それとも漁業に対する営業妨害……？

『実戦条件下における初めての発動で、破壊規模直径二キロ超か……。戦術級魔法という私の見立ては間違っていた。ヘヴィ・メタル・バーストは戦略級魔法だ』

ステューアットの声に歓喜は無い。興奮も無い。淡白な声音は、度肝を抜かれているからか。

「…………」

リーナは完全に混乱していた。

（戦略級魔法？　私が戦略級魔法師に……？）

現在、国家により公表され公認された戦略級魔法師は十二人。自分はその仲間入りをするのだろうか……。

それは畏れ多いことのように、リーナには思えた。

『十二使徒』改め『十三使徒』。

最も新しく、最も強力な国家公認戦略級魔法師が誕生した瞬間だった。

戦略級魔法の発現という予想外の事態に、リーナに与えられた「魔法少女作戦」の任務は急遽中断され、そのまま有耶無耶の内に中止となった。

まだボストンに潜んでいるであろう工作員への対処は、ミザールに任せられた。

リーナはフェニックスではなくロズウェル郊外のスターズ本部に呼ばれ、アビゲイル・ステューアットも半ば強制的にスターズ本部へ招かれた。

ステューアットは戦略級魔法『ヘヴィ・メタル・バースト』の早急な完成と、『ヘヴィ・メタル・バースト』を局地戦でも使用できるように『ブリオネイク』の完成を急ぐことを、強く要請された。

リーナは少尉に昇任の上、一等星級に任命されることが決まった。だがどのコードを与えるかはまだ決定に時間を要する為、当分はスターライトの身分のまま本部で研修を命じられた。

彼女はしばらく外の任務には赴かず、基地内で第一隊隊長カノープスが面倒を見ることになった。類い希な美少女でありながら親しみやすい性格の彼女はたちまち、第一隊でマスコット的な扱いを受けることになる。

「プラズマリーナ、コーヒーをくれないか」

「プラズマリーナじゃありません！」

「美少女魔法戦士プラズマリーナ、俺にも冷たいのを」

「せめてリーナと呼んでください！」

こうして素顔のアンジェリーナ・シールズは『リーナ』になった。


（美少女魔法戦士プラズマリーナ　完）

The irregular at magic high school

# IF

※この物語は原作『魔法科高校の劣等生⑲ 師族会議編〈下〉』直後の物語です。
　未読の方はネタバレにご注意ください。

あと二週間で高校二年生の三学期が終わる。四月からはいよいよ三年生。

俺には波乱の無い日々などやってこないだろう。もうそのことについては、諦めている。

だが深雪(みゆき)には、平穏な高校生生活を過ごさせてやりたいものだ。

――おそらくは、叶(かな)わぬ夢だろうが。

しかし平凡が望めないのであれば、せめて平和な時を過ごさせてやれないものだろうか。

非凡でも良い。せめて、血生臭い闘争とは無縁な、平和な月日を。

それを実現する為(ため)ならば、俺はどんなことでもするだろう。だが、何をすれば良いのか分からない。

無数の選択肢。その先にある無数の可能性。

しかし、選び取れる未来はただ一つ。人生にセーブ&ロードは無い。

全ての選択肢を自由に選び取れるわけでもない。結局、与えられた状況で、最適と思われる選択を採り続けるしかないと分かっている。

だがそれでも、時々考えてしまうのだ。

深雪(みゆき)に平和な暮らしをさせてやれる未来へ続く正しい選択肢の組み合わせを、あらかじめシミュレーションできないものかと。

無数に枝分かれした因果の系統樹――『時間樹』とでも呼ぶべきか。時間樹の上で現在と過去を往復した経験が、自分にそんな夢想を懐(いだ)かせる。

無数に枝分かれした可能性が作る、未来の時間樹。その一つ一つの選択の先へと、時間樹の上を旅することはできないか、と。

〔1〕

二〇九七年三月十日。一時的な措置として一高に席を与えられていた――籍を与えられていた、の間違いではない――一条将輝が金沢に帰るのを見送った後、俺と深雪は魔法協会関東支部の応接室に戻った。

名目上の母であり実際には叔母である四葉真夜は、既にソファに座って待っていた。

「母上、お待たせしてしまいましたか？」

ここは魔法協会関東支部。まさか四葉家当主と次期当主の会話を盗み聞きする度胸の持ち主はいないだろうが、念の為に俺は名目上の呼称を使った。

「いいえ、達也さん。まだ約束の時間にはなっていないわ」

叔母は何時もの、蠱惑的なだけの作り笑いでそう答えた。

時計は確認している。まだ予定時間前であることは分かっていた。だが、叔母が待たされたと感じていればそんなことは意味を失う。

その返事に俺はひとまず安堵した。身内の争いなど、時間と労力の無駄でしかない。避けられればそれに越したことはないのだ。隣にいる深雪からも、ホッとした気配が伝わってきた。

「二人とも、お掛けなさい」

叔母が命令口調ではなく、柔らかな口調で深雪と俺に席を勧める。まるで俺たちの機嫌をうかがうような声音は、いつもの「四葉真夜」のものではなかった。

俺は、難癖を付けられなかったことで弛んでいた気持ちを引き締め直した。

深雪が戸惑っている。俺と違い深雪に対しては、叔母はこれまでも表面的には柔らかい態度で接してきたはずだ。それでも今の四葉真夜の態度には、訝しさを禁じ得ないようだ。

だがこの場合、立ったままというのもかえって不調法。俺は自分が先に腰を下ろすことで、深雪に着席を促した。

幸い深雪は、すぐに俺の意図をくみ取ってくれた。

二人でソファに浅く腰掛け、叔母に目を向ける。

俺たちが口を開くより先に、叔母が言葉を発した。

「達也さん、顧傑の件が片付いたばかりで申し訳ないのだけど」

背筋に冷たい緊張が走る。

大漢出身のテロリストが引き起こした事件は「終わった」という意味では片付いている。だが、解決したとは言えない。

例えば警察はまだ捜査を続けているし、国会でも事件続発の防止策が——再発防止策ではない——賑やかに議論されていた。

テロ事件を望ましい形で解決できなかった件については既に、謝罪して許しを得ている。だがそんなものは何時でもひっくり返し、蒸し返せるのだ。こんなに早く掌をひっくり返すとは思わないが、いつもより多少難易度が高い用事を言い付けられるかもしれない。

「またお仕事をお願いしたいの」

警戒感を露わにしたつもりはない。にこやかに告げる叔母の態度も、今度はいつもと変わらない。

「仰っていただければ、俺の方から参上しましたが」

だが俺は、いつも以上に慎重を心掛けて言葉を返した。

「そんなに気を遣わなくても良いわ。私もこちらに用があったのよ」

それはそうだろう。自分に任務を与えるだけなら、電話一本で呼び出せば良い。あるいは葉山さんか花菱さん、または分家の誰かに命令書を届けさせれば良い。

こうして東京・横浜方面に出てきたからには何か用事があるのだと察しがつくし、その用事がどんなものかも推測できる。

四葉家も霞を食べて生きている仙人ではない。あの山間部の村で自給自足ができているわけでもない。

いや、あの村は丸ごと、元は軍の秘密研究施設だ。いざという時は外部との接触を断って研究成果を守り続けることを前提としていたから自給自足もやってやれないことはない。だが、たとえ自分たちで消費する衣食住を自給できたとしても、金銭は何かと必要になる。

その金銭を稼ぐ為の傘下企業や取引先やスポンサーが四葉にも存在している。例えば、F

ＬＴは四葉が秘密裏に支配している企業の一つだ。時には裏の事情を知る取引先やスポンサーに、当主自ら挨拶をして回ることも必要だろう。

この推測が間違っているとは思わない。だから、どんな用事があったのかに興味は無い。俺は叔母が本題を切り出すのを待った。

「頼みたいお仕事というのは……これは達也さんにというより、深雪さんがメインになるのだけど」

だが叔母のこの発言に、俺は自分でも理由が分からない、激しい意外感を覚えた。言葉にするなら、「何かが違う」という感覚。

「やっぱり、恐れられてばかりでは駄目だと思うのよ」

「そうですね」

心の中に湧き起こった正体不明の違和感に当惑しながら、俺は相槌を打った。

叔母が言うように、四葉家が置かれている現状は決して望ましいものではない。

アンタッチャブル。

触れ得ざるもの。触れてはならない禁忌。魔法師でなくても、魔法師の世界に少し通じていれば、四葉の悪名を一度は耳にするだろう。しかし、その実態を詳しく知る者は少ないはずだ。

「ほとんどいない」という表現の方が妥当かもしれない。

一族の外の人々に事実として知られているのは、かつて四葉が単独で一国家を事実上転覆させたということだけだ。後はただ、「日本の四葉に手を出すな。手を出した者は破滅する」という、根拠が示されていない警句が独り歩きしているのみ。

四葉家に関する禍々しい噂の中には、事実を捉えているものもある。

例えば「二〇九五年十月末の『灼熱のハロウィン』を引き起こしたのは四葉の魔法師である」という噂は事実だ。他ならぬ、俺が張本人なのだから。

「国際犯罪シンジケート『無頭竜』の壊滅には四葉の魔法師が関わっている」という噂も事実である。これも、俺が関わっている。

「北アメリカ大陸合衆国の最強魔法師部隊スターズが四葉家の魔法師に敗れた」という噂も、部分的にではあるが事実である。本当は「スターズ総隊長アンジー・シリウス個人が四葉家の次期当主とその婚約者に後れを取った」と言うべきなのだが、もしかしたらこちらの方が衝撃的だと感じる者もいるかもしれない。

ただ先日は俺の方がスターズに出し抜かれて、顧傑を始末されてしまった。裏は取れていないが、あの分子ディバイダーはスターズの隊長クラスの仕業だろう。もしかしたらスターズのナンバーツー、『カノープス』のコードを持つ魔法師の仕業かもしれない。そういう意味では、四葉がスターズに対して一方的な力の優位を持っているとは言えない。

この点からも「四葉家の力は国家に対抗し得る」という評価は間違いなのだが、根拠が全く無いとは言えない。「四葉家の力は一国の政府を転覆し得る」と修正すれば、間違いではなくなるのだから。近代の戦争に関する有名な著作では、防御は攻撃より容易であり防御側が有利と説かれている。だが軍隊同士が正面からぶつかり合うのではなく、闇に紛れて秘密裏に破壊工作を仕掛けるのであれば、攻撃側が圧倒的に有利なのだ。

こうした事実、あるいは部分的な事実を反映した噂がある反面、実際には全く無関係な事件が四葉家の所為にされているケースも少なくない。

例えば現在、香港で発生している軍からの大量脱走事件。背後で四葉が糸を引いていると噂する者は多いが、この件には本家も分家も関与していないはずだ。日本とアメリカを騒がせた「吸血鬼事件」も「四葉家が危険な実験をした結果ではないか」という噂がかなり広く流布していたが、日本の事件では解決に奔走した側だし、アメリカの事件には一切関わっていない。

要するに、魔法絡みで何か大きな凶事が発生したら取り敢えず四葉の関与を疑ってみる、という風潮が日本ばかりかアジア及び北米地域には出来上がっているのだ。さすがにヨーロッパやアフリカで起こったトラブルまで四葉家の所為にされることはないようだが、そんなのは当たり前のことであって、何の慰めにもなっていない。

恐れられるのは、悪いことばかりではない。畏怖であろうと恐怖であろうと、あるいは悪名であろうとも、「手を出せばただでは済まない」という評判は敵を遠ざける抑止力になる。

とはいえ悪名ならともかく濡れ衣を着せられてしまう状況は、敵を抑止するというメリットがあっても、やはり好ましくないものだ。文明社会の一員として生きる為には平和的な取引が不可欠だし、本当にいざという時には、味方がいないよりいた方が良いに決まっている。

だから「恐れられてばかりの状態を何とかしたい」という意見が出るのを不思議とは思わない。むしろ当然と言うべきだろう。しかし、それが叔母の——四葉真夜の口から出てきたことについては、彼女の破滅願望を知っているだけに疑問を禁じ得ない。


まして、それが今、この場で語られることについては。

俺が今日、この場で命じられる任務は、もっと別のことではなかったか……？


だが叔母の発言は、俺の聞き間違いではない。今はこれが現実だ。思考を鈍らせる雑念は断ち切るべきだ。

「確かに四葉家は誤解されています。警戒されるだけならばともかく、濡れ衣を着せられるような状態は好ましくないでしょう。しかし具体的には、何をすれば良いのでしょうか」

俺は意識を目の前の現実に集中すべく、自分から話を進めた。

「別に、四葉家だけに限った話ではないのよ。魔法師は決して、国民の敵ではないわ。少なくない国民が魔法師を敵視しているこの状況は、この国にとって好ましいことじゃない」

しかし、叔母の回答で違和感はますます高まった。この叔母が、一族だけでなく魔法師全体の利益、魔法師だけに留まらず国全体の利益を説くのは「おかしい」。俺の知っている叔母が「四葉真夜」の全てではないだろうが、今の彼女の姿は俺が知っている「四葉真夜」と、何かが決定的にずれている。

「達也さん、どうしたの？」

「いえ」

どう誤魔化すか、という思考が、一瞬意識を過る。だがすぐに、ここは正直に答えるべきだと思い直した。

「少々意外に感じまして。母上が魔法師の利益のみならず、国益を口にされるのは珍しいと思ったものですから」

こんなセリフはもしかしたら、叔母の不興を招くかもしれない。しかし叔母の反応次第では、俺がさっきから感じている「ずれ」の正体を摑む手掛かりが得られるかもしれない。俺はそう思って、敢えて本音に近い答えを返した。

これは一種の賭だ。

「確かに珍しいわね。でも普段は口にしないだけで、心の中では常に考えていることなのよ」

だが結果は、こちらが拍子抜けするものだった。

そしてここまでいつもと違うきれい事を聞かせられると、これ以上探りを入れても無駄だと悟らざるを得ない。

「これは真に失礼しました」

「謝罪は必要ありませんよ。むしろ、私が四葉家のことしか考えていないと達也さんにまで思わせられていたということが分かって、自分の演技力に自信がつきました」

演技？　と俺は思わず心の中で呟いていた。口に出さずに済んだのは、我ながら運が良かったとしか言えない。

どうも、いつもに比べて自分のコントロールが甘い気がする。行動よりも思考がままならない。まるでもう一人の自分がいて、その相手の思考や言動を薄紙一枚隔てたところから観察しているようなもどかしさがある。

このままでは、思わぬ落とし穴に嵌まってしまうかもしれない。

「それで叔母様。わたしは何をすればよろしいのでしょうか」

深雪がそう訊ねたのは、俺の乱調を見抜いてフォローしてくれているのかもしれない。かばうべき相手にかばわれるのは心苦しくもあったが、態勢を立て直す時間を稼げるのは正直、ありがたかった。

「魔法師には人々に愛される象徴が必要だと思うのよ」

真意が読めない叔母の答えに、俺と深雪はその続きを待たねばならなかった。

「貴方たちには改めて説明する必要も無いでしょうけど、魔法師は主に国防、治安維持、災害対策の分野で社会に大きく貢献しているわ。でも私たちはこれまで、自らの功績を強く主張することはしなかった。むしろ魔法師の関与が目立たないように気を配ってきました」

　確かに叔母の言うとおりだが、それは決して、魔法師が謙譲の美徳に溢れているからではないはずだ。

「わたしたち魔法師が功を隠してきたのは、魔法を使えぬ人々の警戒心を刺激しない為ではないのですか？」

　深雪が指摘するように、魔法師が社会への貢献を主張しなかったのは、恐れられ、妬まれるのを避けたかったからだ。

　人は大きな力を恐れる。それが自分たちには利用できない力だと分かれば、遠ざけ、閉じ込め、抹殺しようとする。

　人は大きな力を妬む。それが自分たちには利用できない力だとしても、奪い、腐らせ、壊そうとする。

　魔法が社会にとって有益なものだと分かっても、その貢献する力が大きければ大きい程、魔法を使えぬ人々は、魔法を無かったことにしたいという欲求を大きく膨らませていく。

　魔法が無くても社会は成り立つ。現状において、魔法は社会基盤の一部となっていない。ただ、あった方が有利というだけだ。魔法師が立つ足場は脆弱で、それを自覚しているから、魔法師は目立ちすぎないよう自重してきた。当然、中には声高に自らの実績を主張しようとする血気盛んな者もいたが、魔法師を率いる長老・リーダーはそういう者たちを抑えつけてきた。

「そうね。でも私たちは既に、恐れられ、妬まれてしまっている」

「反魔法師運動は、魔法師に対する恐怖と嫉妬が動機になっているとお考えなのですね？」

　俺は論点を明らかにする為、敢えてはっきりと口にした。

「そのとおりよ」

「そして母上は、魔法師の社会貢献を積極的にアピールすることで、人々の共感に訴えようと計画していらっしゃるのでしょうか」

「そうですけど、それだけではありませんよ」

　俺は、「単に魔法師の社会貢献を訴えるだけならスポークスマンが深雪である必要は無い」と反論するつもりだった。しかしどうやら、そんなに単純な問題では無かったようだ。

「これだけ社会に貢献しているのだから社会の一員として認めて欲しい。そういう消極的なアピールだけではなく、もっと積極的に、魔法師に対して人々が好意を懐くようなアピールが必要だと思っています」

「魔法師に対して積極的に好意を持たせる、ですか？　そのようなことが可能でしょうか？」

「勝算はあると思いますよ。世の人々全てに対してというわけにはいかないでしょうけど」

　深雪の反論に、叔母は楽しげな笑みを浮かべた。

「……根拠をうかがってもよろしいでしょうか」

　叔母の笑顔が余りに邪で、そのくせ悪意が感じられないという矛盾したものだったので、俺はこう訊かずにいられなかった。

——だがすぐに、訊かなければ良かったと後悔した。

「だって、深雪さんはとてもきれいじゃない。美女が嫌いな殿方なんていないでしょう？」

家に逃げ帰った俺たちは、リビングのソファにぐったりと座り込んだ。そう、気分はまさしく敗走兵だ。——実際に敗走を経験したことは無いが。

深雪が珍しく背筋の力を抜いて椅子にもたれ掛かっている。直接的な損害を被っていない俺でも、ひどく疲れているのだ。無理難題を押し付けられた深雪の疲労は、起きているのも辛い程ではないか。

無言でソファに埋もれている俺たちに、水波がコーヒーを持って来た。俺には濃く淹れたブラック、深雪には砂糖とミルクをたっぷり入れたカフェオレだろう。水波は俺たちの普通ではない様子に何があったのか訊ねたそうな顔をしていたが、まだそれを説明してやれるだけの気力が回復していなかった。

向かい側の席で深雪が身体を起こしてカップを手に取った。さっきの一件で精神的にダメージを負っているのは深雪の方だ。その深雪が気持ちを立て直そうとしているのだから、俺がいつまでもだらしなくしているわけにはいかないだろう。

俺も深雪を見習って、コーヒーで気持ちを切り替えることにした。

「お兄様……わたし、これから一体どうなるのでしょう」

しかしカップを置いた深雪が、頰に手を当て、ため息交じりに吐き出した物憂げなセリフに、俺は危うくコーヒーを持つ手を滑らせるところだった。水波は驚愕に大きく目を見開いている。お盆をエプロンの胸にギュッと押しつけているのは、危うく落とし掛けたからに違いない。

「それ程変わったことはしなくても良いと思う」

冒頭につく「当面は」というフレーズを、俺は危ういところでキャンセルした。

「学業を優先すると叔母上も言っていたし、次期当主のお前を本当に危ない現場に近づけるはずもない」

「しかしその……マスコミにアピールする格好をしなくてはならないのでしょう?」

「いや……災害現場で余りチャラチャラした格好をしていると、不謹慎だと思われて逆効果になるんじゃないか？　多少目立つ衣装になるかもしれないが、テレビのアクションヒロインみたいなコスチュームを着ることは無いと思うぞ」

「それでしたら良いのですが……」

口ではそう言いながら、深雪は明らかに納得していない様子だ。

それはそうだろう。俺も、気休めにしかならないと思っている。

深雪は結局、躊躇いながらも本音を口にした。

「一高の長期休暇中に、都合良く魔法師を必要とする大規模災害が連続して発生するとは思えません。幾ら叔母様でも、ご自分で火事や事故を起こすようなことはなさらないでしょう」

「そうだな」

やはり気づいていたか。

「叔母様の仰る積極的なアピールが、普段魔法師が行っているような活動に限定されるとは、わたしには到底思えないのです」

深雪の瞳が不安に揺れている。

しかし深雪の予感を「そんなことはあり得ない」と打ち消してやることは、俺にはできない。

「お前が本当に嫌がることは、たとえ叔母上が相手であろうと俺がさせない。だからもし『嫌だ』とか『できない』とか感じたら、遠慮は要らないから正直に打ち明けてくれ。俺が何とかする」

「……はい。頼りにしています、お兄様」

残念ながら、深雪の眼差しに百パーセントの信用は無かった。水波は明確に「そんなことができるのか」という疑いの目を俺に向けていた。

それを咎めるつもりはない。俺自身、叔母の意向を何処まではね除けられるか、確固たる自信は無かった。

［2］

叔母からとんでもなく不吉な予感を伴う任務を言い付けられた日の翌日。卒業式の準備で下校時間が遅くなった俺たちの帰宅を見計らっていたようなタイミングで、叔母から「プレゼント」が届いた。

無論、二週間早い深雪の誕生日プレゼントなどという気が利いたものではない。できることなら受け取りを拒否したい、「有り難迷惑」ですらない、迷惑な贈り物だ。

もっとも、品物自体はおかしな物ではなかった。品質も趣味も一流だと認めざるを得ない。ただそのことが余計に「叔母は本気だ」と俺たちに思い知らせてきて憂鬱になる。

「……これを着て活動しろ、ということでしょうか？」

「そうだろうな」

叔母が送りつけてきたのは、コスチュームだった。

ミリタリー調の長袖ミニワンピースにスリムパンツ。手袋。ストレッチブーツ。街中で着てもそれ程奇抜なデザインとは思われないだろう。それでいて、スタイルの良い女性が着れば確実に人目を惹くよう計算されている、気がする。

深雪が箱に手紙が同封されているのを見つけて手に取った。こちらに差し出そうとする手を目で制して、深雪に中を見るよう促す。

「……やはりこれは、宣伝活動用の衣装だそうです」

　何の意外感も無かった。だがこれ以上、あれこれ余計な気を回さずに済んだのは助かったと言えるかもしれない。

「念の為、着てみたらどうだ」

「……そうですね」

　深雪は気が進まない様子ながら、ワンピースとパンツを手に取った。

「試着して参ります。……サイズが合っていなかったら、返品できるでしょうか？」

「……できるんじゃないか？」

　俺たちは力無い笑みを交わした。深雪がパーティドレスをオーダーメイドで仕立てているブティックの実質的な経営者は四葉家だ。深雪のサイズが叔母に分からないはずはなかった。

　叔母が深雪に用意した衣装は、思ったより無難なものだった。街中で普通に着ても大丈夫、というのは最初の印象どおりだ。光沢の有るパンツがタイツ並みにぴっちりしている所為で短いスカートの裾からのぞく太股が艶めかしいが、それだって肌が見えているわけではない。

　全体的に見て、色っぽいというより格好良いという感じのコーディネートだった。これならメディアから視聴者に媚びているとか被害者の前で不謹慎だとかいった非難を受ける心配はないだろう。無論、そこを考慮した上のコスチュームなのだろうが。

「あの……どうでしょう？　おかしくありませんか？」

深雪が恥ずかしそうな声で俺に訊ねる。

そんなに長い時間見詰めていたつもりはないのだが、目元を朱に染め目を逸らしている様を見る限り、思わず見入ってしまったようだ。

「口惜しいが、叔母上の見立ては確かだ。良く似合っている」

「そうですか」

深雪の声には、ホッとしたような響きがあった。自分で選んだ服ではないが、やはり「似合わない」と言われるより「似合っている」と言われた方が嬉しいのだろう。

「しかし、この家から現場に直行できるケースばかりではないと思うんだが……、この服をいつも持ち歩けということなのか？　それとも、任務のたびに一旦帰宅して着替えろということなのか？」

叔母の手紙には、深雪が今着ている服が宣伝活動用の衣装だと書かれていた、と深雪は言った。つまりこの格好で出動しろということだ。しかし深雪も俺も、一日中家の中でじっとしているわけじゃない。いや、もしかしたら長期休暇中は出動に備えて家で待機していろということなのだろうか？

「お兄様、実は……」

リビングのテーブルに置きっ放しになっていた手紙へ、深雪がチラリと視線を投げた。

「この服は動きにくくないかどうか、細かなサイズを確認する為のサンプルで、同じ物を移動基地に用意しておくと……」

俺は宛先が深雪になっている叔母の手紙を手に取った。

「――見ても良いか？」

深雪が頷くのを確認して、俺は封筒の中から折り畳まれた便箋を取り出す。そこには、移動式の更衣室をメイクスタッフ常駐で準備している旨が記されていた。

今日は三月十六日、土曜日。卒業式の翌日……の、はずだ。

時間の感覚が曖昧になっている気がする。知らない内に疲れが溜まっているのだろうか。

しかし、疲れたなどと暢気なことは言っていられない。今日の放課後は、叔母の呼び出しに応じなければならない。都合がつかなければ深雪だけでも構わないという指示だが、俺に深雪だけを行かせるという選択肢は当然無い。

帰宅してからで間に合う時間だが、生徒会は早めに切り上げなければなるまい。卒業式が終わったばかりで、当面のところ終業式が控えているだけだから、それでも問題無いだろう。入学式にはまだ余裕があることだし。

そう考えて、今日は日常業務だけ片付けることにした。

しかし面白みがないルーティンワークとはいえ、妙に気が乗らない。一息入れようと顔を上げたら、俺以上に仕事が手についていない下級生を発見した。

「泉美ちゃん、今日はどうしたの？　何か困っていることでもあるのかしら？」

どうやら深雪は、俺よりかなり前から泉美の様子を気に掛けていたようだ。

「す、すみません！」

泉美が顔色を変えて立ち上がり、深々と頭を下げる。どうやら自分の変調には気づいていたようだ。本人は何とかやる気を呼び起こそうとしていたが、他に意識を占めていることがあってどうしても集中できないといったところか。

「叱っているんじゃないわ」

深雪は立ち上がりながらそう言って、泉美の側へ歩み寄った。深雪が両手で肩を包み込むように手を当てると泉美の身体がビクリと震えた。

深雪が泉美の上体を起こして、正面から顔をのぞき込む。

泉美の瞳に、霞が掛かった。

「泉美ちゃんの様子がいつもと違うから心配しているのよ。何か気掛かりなことでもあるの？良かったら、話してみない？」

深雪が泉美の横に回り、肩を抱くようにして会議用のテーブルに連れて行く。

泉美は一切逆らうことなく、深雪の為すがままだ。あの表情では、まともに意識があるのかどうかも怪しい。深雪が導くままに腰を下ろし、ピクシーがお茶を持って来ても泉美は魂を抜かれたようにぼんやりしている。

深雪が困惑の笑みを浮かべて俺を見る。

俺は、けしかける意図を込めて頷いた。

「泉美ちゃん」

深雪が泉美の名を少し強めに呼び、同時に無系統魔法を行使した。

想子の小さな塊を泉美の顔の前で弾けさせるだけの、威力皆無の猫騙しのような術式。

「あっ……！」

しかし泉美の意識を現実に引き戻す役目は果たした。

泉美がキョロキョロと目を動かす。自分がいつの間に移動したのか、戸惑っている感じだ。

どうやら冗談を抜きにして、意識を飛ばしていたらしい。

深雪は何事も無かった顔で、泉美の隣に腰を下ろした。深雪も随分泉美との付き合い方――というか、泉美のあしらい方を身に付けてきたようだ。

「泉美ちゃん。今日は何だか集中できていないみたいだけど、何か気掛かりなことでもあるの？　良かったら、話してみない？」

深雪がさっきと同じ質問を繰り返した。

「はわわっ、深雪先輩が私のことを気に掛けてくださっているなんて……光栄です！」

案の定、泉美はつい先程の会話を覚えていないと見える。

「わたしが気に掛けていることではなくて、泉美ちゃんが悩んでいることを聞かせてちょうだい？」

「あっ、はい」

泉美がピクシーの持って来たお茶で喉を潤す。……幾ら深雪の前とはいえ、そんなに緊張しなくても良いと思うのだが。

「はぁ、失礼しました。その、悩んでいるというわけではないのですけど……」

深雪が小首を傾げて続きを促す。

だが深雪。そんな可愛い仕種は自重した方が良いと思うぞ。泉美がまた、固まりそうになっているから。

「……はっ、はい！」

泉美……。上手く誤魔化したな。

「実は、姉のことなのですが……」

「七草先輩が、どうかなさったの？」

泉美の姉は七草先輩だけではない。香澄も一応、双子の姉だ。しかし泉美が「姉」と言うからには、魔法大学に在籍中の先輩のことだろう。

「どうかしたというより、これからどうかなってしまうと申しますか……実は父から姉が、妙なことを言い付けられまして」

「妙なこと？」

「はい。父は姉に、魔法師のイメージ向上の為の宣伝活動をしろ、と命じたんです」

深雪が息を呑んだ。水波はもっと分かり易く、身体をビクッと震わせている。俺も人のことは言えない。危うく、頬が引きつりそうだった。

「深雪先輩？」

さすがに泉美は、深雪のことをよく見ている。深雪が示した微かな動揺を見逃さなかった。

「何でもないわ」

しかし、深雪にこう言われれば、泉美はそれ以上追及できない。これも根っ子は同じだ。

「それより、宣伝活動というのは？　泉美ちゃんが心を悩ませるようなことなの？」

「詳しいことは教えてもらえなかったのですけど、どうやら芸能人みたいな派手な格好をして、テレビやネットで魔法師の実績を伝えるところから始めるみたいなんです」

「始めるって……、それだけではないの？」

深雪は落ち着いた笑顔を保っている。後で褒めてやろう。

「はい。実はそれが気になっていて……。父は最近、テレビ関係者とか広告代理店の社員とか芸能事務所の人とかに会っているようなのです」

泉美が目を逸らして、憂鬱そうにため息を漏らした。多分深雪も、似たような気持ちだったに違いない。

「父がその内、テレビで歌って踊れとか言い出しそうな気がして……その時は私まで巻き込まれそうな予感がして、少し気が重くなっていたのです」

「それは……大変ね」

深雪のセリフには、同情では済まない共感がこもっていた。

泉美は「光栄です」とか「なんてお優しい」とかはしゃいでいたが、深雪はきっと、泉美の未来を心配したのではない。

深雪はまさしく、泉美と同じ感情を共有していたのだ。自分たちの行く手に立ち上る不吉な暗雲に怯えていたに違いなかった。

泉美の話を聞いて、そんな予感はしていた。

「あら、達也くん。深雪さんも……もしかして、二人もこのプロジェクトに参加させられるの？」

呼び出された場所には、七草先輩が先に来ていた。

「七草先輩もなのですか？」

深雪もそれ程驚いていない。やはりこのケースを予想していたのだろう。

「俺は深雪の付き添いです」

最初に交わされるべき挨拶が行方不明になっていたが、もう今更だ。驚きは少なかったとはいえ、精神的なショックは大して軽減されていない。

叔母に呼び出された場所に、七草先輩がいる。これが意味するところは、今回の「宣伝活動」が四葉家と七草家の共同作戦であるということだ。最初に予測したより、ずっと大掛かりな計画と見るべきだろう。これは本当に、深雪の「芸能界デビュー」まで考えているかもしれない。果たして叔母は、本気なのだろうか？

本気で「四葉家次期当主」をマスコミの玩具にするつもりなのか？

……いかんな。思考が先走りしている。

俺は殺気立ちそうになる心を静めた。

「家の父ならともかく、四葉殿がこんな茶番に加わるとは思わなかったわ」

「茶番ですか……」

先輩の毒舌に、深雪が控えめな相槌を打つ。

しかし本心では、似たようなことを考えているはずだ。

俺も先輩の意見に賛成だった。

しかし俺たちにはまだ、発言力が無い。決められたことに従うしかないのだ。——腹立たしいことに。

深雪と七草先輩を呼ぶ声が聞こえた。

どうやら目の前のトレーラーが移動式の「更衣室」らしい。

深雪が俺に会釈して、先輩が俺に手を振って、トレーラーの後部に歩いていく。

二人の後ろ姿を見送る俺は、きっとため息を堪えているような顔をしていたに違いない。

先輩の衣装も、深雪の物に良く似ていた。こうして並んでいると、本当にアイドルデュオみたいだ。もっとも今時のアイドルは、大抵はCGだが。最近は歌すらも声をサンプリングしてコンピュータで合成しているらしい。

しかしそれを考えると、CG加工していないライブ映像でメディアに出演するというのは、案外受けるかもしれないな。物珍しさがあるだろうし、この二人ならCGに全く負けていない。

……いかん。ますます悪い予想が現実味を帯びてきた。

「二人とも、早かったですね」

とにかく、離れているところから眺めていても仕方が無い。俺は二人の許へ歩み寄った。

「先輩、良くお似合いですよ」

「あら、ありがと」

まず先輩にお世辞を述べる。いや、似合っているのは事実だからお世辞でもないか。

「深雪も、家で見た時より決まっているな。メイクの所為か？」

深雪の美しさは変わらないが、自宅で試着した時よりしっくりきている気がする。

「ありがとうございます。メイクと、髪型の所為でしょうか」

言われてみて、髪型が微妙に変わっていることに気がついた。何時もの髪飾りと髪紐を外し、鬢髪――左右前側の髪を細く編んで頭の後ろで留めている。頭に乗せたベレー帽と相俟って、ますますミリタリーファッションのイメージが強まっていた。

「それで、今日はこれから何をするんだ？」

俺が訊ねた相手は深雪だったが、答えはトレーラーから降りてきたばかりの女性から返ってきた。

「今日は顔合わせだけだからこれでお仕舞いよ」

その声は聞き覚えがあるものだった。

「藤林さん？」

独立魔装大隊隊長副官、藤林響子中尉。大隊の一員として活動している時は「藤林中尉」と呼ぶのだが、今の彼女は軍服ではなくスーツを着ている。その点を考慮して、階級で呼ぶのは控えた。

「達也くんには、何だか無駄足を踏ませちゃったわね」

いつもどおりの親しげな口調。それに俺は違和感を懐く。藤林中尉から、俺は精神的に距離を置かれていなかったか？

……最近こういうことが多いな。「反・既視感」とでも言えば良いのか。「この状況は既に見たことがある」ではなく「この場面はこうではなかったはずだ」という食い違いの感覚。ここまで立て続けに起こると、何か意味があるのではないかと疑ってしまう。

実際は単なる俺の思い違いで、そんなはずはないのだが。

「藤林さんも、今回のミッションに関わっているのですか？」

「祖父経由で協力要請が来てね。国防軍にとっても悪い話じゃないからということで、出向を命じられたの。ネットワーク関係なら真田少佐より私の方が向いているしね」

そう答えた後、中尉は「あらっ？」と声を上げて上着のポケットから情報端末を取りだした。

女性は一般的に、ポケットに物を入れないらしいが、携帯端末タイプのCADを使う女性魔法師はそれを何時でも取り出せるように上着のポケットを使う習慣がある。こういうところを見ると、中尉も根っからの魔法師なのだなと思ってしまう。

他人に聞かれたら、何を今更当たり前のことを言うのだと呆れられるかもしれない。だが俺は藤林中尉が魔法を使うところを余り見たことがないのだ。知り合ってから既に丸三年以上が経つのだが、彼女が外で魔法を使っている姿は無頭竜の構成員を消し去る為に横浜ベイヒルズタワーに侵入した時を含めて数える程しか目撃していない。

おそらく術式を俺に盗まれないように警戒しているのだろう。俺に言わせれば過大評価なのだが、『電子の魔女』の力が外部に漏れるのを国防軍が用心する気持ちも分かる。軍事的価値は、俺のマテリアル・バーストよりも中尉の特殊技能の方が多分、上だ。

そんなことを考えながら中尉を見ていると、その視線に気づいたのか、彼女は顔を上げて上司によく似た人の悪い笑みを浮かべた。

「気になる？」

「ええ。予定外の事態が発生していると推測しますが」

これは別に難しい推理ではない。重要度の低い用件なら、中尉はすぐに端末をポケットへ戻したはずだ。

「ご名答、という程でもないか」

そう言って中尉は表情を改めた。

「真由美さん、深雪さん」

「はい」

「何でしょう？」

中尉の声に、深雪、先輩の順で答えが返る。

「突然ですけど、初仕事です。名古屋市の超高層ビルで大規模火災が発生。消火装置が作動せず、状況は悪化の一途をたどっているそうです」

「消火装置が作動しなかったんですか？　全て？」

「ええ。消火システムがクラッキングされたみたいね」

先輩の疑問に、中尉が予想どおりの答えを返す。

「ちょっと待ってください。幾ら何でもタイミングが良すぎませんか」

俺は思わず口を挿（はさ）んだ。口を挿（はさ）まずにはいられなかった。

「超高層ビルの火災自体、二年ぶりのことだと思いますが」

超高層ビルには普通のビルより厳しい防災規制が掛けられている。消火装置も難燃化措置も高い水準のものが義務づけられているはずだ。

「しかもあの火災は、魔法師による放火でした」

二年前の火災は脱走した実験体魔法師による放火で、消火設備の能力を上回るペースで火を放ち続けた結果、火事になった。ああいう魔法が関与しない超高層ビル火災が前回発生したのは十年近く前のはずだ。

「まさか今回も、魔法師が関与しているんですか？」

もしそうなら、マスメディアに対するアピールは逆効果になるのではないだろうか。

「違うわよ。消火システムがクラッキングされたって言ったでしょう？　魔法で放火するなら、わざわざそんなことはしないわ」

それは理由にならない気がするが、中尉の言葉を否定する根拠もない。

ハッキングやクラッキングについては中尉の方が詳しいのだ。これ以上、裏付けのない空論は止めておこう。

「もう良いかしら。じゃあ、出動しましょう」

俺が頷いたのを確認して、中尉が深雪と先輩に声を掛けた。

「はい。しかし、現場は名古屋なのですよね？　今から行って間に合うのでしょうか」

「大丈夫」

深雪の質問に、中尉は即答した。この質問は想定済みだったのだろう。

しかし深雪の指摘ももっともだ。ここから名古屋まで二百七十キロメートル前後。ヘリを使えば一時間掛からないが、それでも火災対応としては時間が掛かりすぎる。名古屋にも魔法師はいるのだ。まさかこちらの到着まで、待たせておくわけにもいくまい。

「新装備を準備しているから」

そう言って中尉は、二台目のトレーラーに目を向けた。

視線による合図を受けて、トレーラーの後部ドアが開き、スロープが路面まで下ろされる。

「来て」

中尉の目は、何故か俺にも向いていた。俺は深雪に頷き返し、中尉の背中を追いかけた。

トレーラーの中に納まっていたのは、四人乗りの四輪車だった。

「これは……自走車ではありませんね。個型電車の車輌でもない」

形状としては、四人乗りの個型電車に近い。しかし個型電車の車輌をわざわざトレーラーに積み込んだりはしないだろう。完全に無意味だ。

「新装備と言ったでしょう。これこそ我が独立魔装大隊の最新傑作」

俺はこの時、焦っていたのだろう。ここには事情を知っている人間しかいないということに気づいたのは、思わず左右を見回した後だった。

もっとも、俺の間抜けな行動は中尉にも先輩にも深雪にも気づかれなかったと思う。

「重力制御魔法式飛行システム搭載の『エアカー』よ」

三人の目は「エアカー」とやらに向いていたからだ。

「……飛行魔法を四輪車に組み込んだということでしょうか」

「何故そんな無駄なことを？」

深雪のセリフに続く先輩の無遠慮な質問に、中尉が気を悪くした様子は無い。

「無駄というのは、自分の身体だけで飛べるのに何故車輌という余分な質量まで浮かべなければならないのか、という点かしら」

「ええ、まあ、そうです」

直前の質問は「口を滑らせた」類のものだったようで、中尉のセリフに頷く先輩の答えは歯切れが悪いものだった。

「飛行魔法に質量は余り関係無いからですよ」

対して、中尉は全く気にしていない模様。しかし中尉、その表現は誤解を招くと思うが。

「全く無関係ではありませんが、飛行魔法は重力の向きを変えて、その方向へ落下する魔法です。質量は加速度に大きく影響しますが、それに比べれば飛行そのものに対する影響は小さいと言えます」

だが、俺が心配するまでもなく、中尉はきちんと説明してくれた。

「それに、オリジナルの飛行魔法は地球の重力を遮断して独自の重力場を形成するものですが、このエアカーに採用している飛行魔法は地球の重力を積極的に利用する方式にアレンジしてあります。自分の運動状態によって主観的に変化する地球の重力を常に、客観的に認識してそれを魔法師の負担にならないサイズで起動式に組み込んでいかなければなりませんので、重力センサーや起動式自動書き換え用のコンピュータを追加しなければならなかったんですけどね」

それでこの車体サイズか。

「ですが地球の重力を利用していますので、この程度の質量は魔法師にとっても誤差の範囲に収まりました。何と言っても、比較対象が地球の質量ですから。理論的には大型船舶も個人の魔法力で飛ばせるはずなんですけど……、残念ながら『認識の壁』が邪魔をして今はこれが精一杯です」

なる程。この方式なら民生用の物流にも転用できるな。

「それはともかく、これなら亜音速まで加速できるから、加速と減速の時間を考慮しても名古屋まで二十分前後で済みます」

——今度実際に、魔法式改造に取り組んでみるか。

「分かりました」

「ではお二人とも乗ってください。達也くん、運転をお願いします」

先輩が頷き、中尉が乗車を促す。何故か、俺にも。

「はっ？　俺がですか？」

いきなり話を振られて、俺は強制的に思考の世界から引きずり出された。何かメタなことを考えていたような気がするが……、今は棚上げだ。

「俺は運転免許も飛行士免許も持っていませんよ？」

「エアカーは自走車でも飛行機でもないので免許は必要無いです。飛行許可は軍の方で災害出動許可の一環として包括的に取得してあります」

「包括的……？　そんなことが可能なんですか？」

俺の疑問は、中尉に無視された。

「それに、飛行魔法に対する慣熟度から言っても保有想子量の点から言っても、エアカーのドライバーには達也くんが最適なんですよ」

俺はこれ以上抗弁しないことにした。大人しくスライドドアを開けて運転席に乗り込む。

今から深雪が仕事に出るというのに、俺が何もしないわけにはいかないだろう。運転手はちょうど良い役目かもしれない。

俺が運転席に座ったのを見て、深雪が俺の斜め後ろに、先輩が俺の後ろに乗車する。

中尉は俺の隣、助手席だ。

「ナビは私が務めます」

「お願いします」

運転席の造りは、着座式の据置型ＣＡＤと余り変わらなかった。ダッシュボードの上に置いてある眼鏡式のゴーグルはＨＭＤだろう。ゴーグルを装着すると、『エアカー』の状態が視界の隅に数値で表示される。海抜六メートルはトレーラーの荷台の高さ。接地面相対高度はゼロ。速度、加速度も共にゼロ。

「達也くん、使い方は分かる？」

「ええ、大丈夫です」

俺はパームレストタイプのアクセスパネルを引き寄せ、位置を調節した。

「ガイド方式はどうしますか？」

「目的地上空まではシンプルに矢印で」

中尉の質問に答える間に、俺はエアカーの車載ＣＡＤへ想子を注入した。

「了解」

視界の上方中央に矢印が表示される。エアカーが進むべき方向ではなく、目的地の方向を指す帯状の矢印だ。

「進行方向の高層建築物は？」

「最も高い物で五百メートル」

「了解。後退して出庫、高度六百メートルまで垂直上昇し、一気に加速します。慣性の中和は自己負担でお願いします」

「うへっ」

余り淑女的とは言えない反応の主が誰なのかは詮索せず——そんな必要も無かったが——俺はエアカーを後退させ、トレーラーから完全に出たところで一気に上昇させた。

エアカーの操縦はムーバル・スーツのように思考のみで行うのではなく、アクセルペダルを併用するものだった。地球重力の増幅率をペダルで決定し、起動式に定数化して組み込む方式だ。だが初めてであるにも拘わらず、操縦に戸惑うことはなかった。まるで俺の空想がそのまま形になったかのようだ。

「目的地をマークしてください」

「了解」

名古屋の手前まで来て、俺はリクエストを追加した。

少し先に、赤く光る点が生じた。あれが被災したビルか。

高度を落としながら、エアカーを接近させる。周りには消防用のヘリと報道用のヘリも飛んでいるから、ぶつけないように神経を遣うな。

中尉が忙しく交信を始めた。おそらく、この機体は何だと問い詰められているんだろう。中尉の言を信用するなら飛行許可は取っているはずだから、外見がデータベースに載っていないということはないはずだ。自分で調べた方が早いはずなのに正直に答えるとは限らない相手に訊ねてくる者がこれ程多いとは……。

しかし、呆れていても埒が明かない。そもそもそんな場合ではない。

「中尉、地元の消防署と魔法協会に話は通っていますか」

「——ええ、大丈夫よ」

中尉はマスコミからと思しきしつこい照会に根気よく回答する合間を縫って俺の質問に答えてくれた。この我慢強さは真似できそうにない。

真似したいとも思わないが。

俺はエアカーを空中に静止させて、後部座席を振り返った。

「深雪、飛行デバイスの準備」

「既に準備できております、達也様」

……ああ、そうか。深雪は俺のことをそう呼ぶことにしたんだったな。思い出した。

「飛行魔法でビルに接近し、火を消せ。逃げ遅れた人がいるかもしれないから、気温を下げすぎるなよ」

「お任せください」

「左後方ドア開放」

深雪の返事を確認して、俺は音声コマンドでドアを開けた。

「行きます！」

深雪が空中に躍り出す。

火災の熱でかなり激しい気流が舞っているが、深雪の優美なたたずまいを乱す力は無い。

緩やかに髪がなびいているのは移動に伴い生じた空気の流れによるものであって、深雪がそれを許しているからだ。

風も熱も、深雪の意思に反してその身に触れることはできない。

深雪がビルの屋上を斜めに見下ろす位置に止まった。

報道ヘリから一斉にカメラが向けられたのが分かる。普段ならばこのように無神経な真似は許さない。しかし今回の任務はある意味でマスコミに撮られるのが仕事だ。全てのカメラをバラバラにしてやりたいところだが、今日のところは堪えよう。

俺がちっぽけな葛藤にけりを付けている間に、深雪は魔法発動の準備を終えていた。

今更深雪がこちらをうかがうことはなかった。既に指図は終えている。

「鎮まりなさい」

自分の呟きを合図にして、深雪が魔法を発動する。

使用した魔法は凍火（フリーズ・フレイム）の広域型バリエーション。凍火（フリーズ・フレイム）のオリジナルバージョンは対象物の保有する熱量を一定レベル以下に抑制する魔法だが、深雪が今使った魔法は対象領域の温度を一定レベル以下に抑制する事象改変だ。

高さ三百メートルの超高層ビルを丸ごと呑み込む巨大な事象干渉フィールド。元々深雪は広い領域に大規模な事象改変を起こす魔法を得意とする魔法師だが、最近はこの特性にますます磨きが掛かっている。この調子で成長していけば、五年以内に深雪の冷却魔法は戦略級のレベルに達するかもしれないな。それを公表するかどうかは別にして。

魔法の持続時間は三十秒間。

三十秒が経過した時、ビル火災は完全に鎮火していた。

「屋上に降ります。先輩はマルチスコープで要救助者の捜索を」

「分かったわ」

俺はエアカーをゆっくり降下させた。

途中から深雪が運転席の横に来て、ビルの屋上に、一緒に降り立った。

［3］

この日の出動はマスコミに大きく採り上げられた。そして深雪は、一躍お茶の間のアイドルになった、と言っても過言ではない。

魔法師だからという理由で深雪を敵視する勢力は、皆無ではなかった。だがそんな雑音は、「空から舞い降り大火を一瞬で鎮めた世にも美しい少女」の映像の前には何の説得力も持たない。分かっていたつもりでいたが、映像メディアの影響力と恐ろしさを再認識させられた気がする。

叔母たちの思惑は見事に的中したというわけだ。無論、無駄骨に終わるより成功する方が良いに決まっている。だが、これからのことを考えると喜んでばかりもいられない。

いや、深雪も俺も、最初から喜んではいないのだが。

幸いこの二十一世紀末は、高校生以下の私生活保護が著しく強化されている。「報道の自由」と「プライバシー保護」の綱引きは年中行事になっているが、そこに「未成年保護」が加わることで、狂信的報道自由主義を抑え込むことに、今のところ成功している。

お蔭で深雪は記者につきまとわれたりテレビに出演を強要されたりせずに済んでいるが、その煽りを受けたのは七草先輩だった。先輩も未成年だからか、それとも七草家当主が手を回しているからか、記者の取材攻勢は最初から大して激しくはなかった。しかしそれを埋め合わせるように、テレビ出演が相次いでいる。

「今日はオカルト番組のゲストか」

テレビには、おどろおどろしいムードミュージックが流れるスタジオセットの中央に座らせられた先輩の、不安げな表情が映っている。

「七草先輩、何だか表情が硬くはありませんか？」

隣に座っている深雪の、質問の形を借りた感想に、俺は失笑を漏らしてしまった。

「硬いというより、引きつっているな、あれは」

何でもない風を装っているが、怖がっているんじゃないか？　先輩もホラーが駄目な人だったと見える。

誤解されがちなことではあるが、「魔法師は怪奇現象を恐れない」という事実はない。生理的にホラーは受け付けないという女性魔法師は多い。

オカルトとホラーの違いはひとまず横に置いておくとして、正体が分からないものに恐怖を覚える点は魔法師も普通の人々と同じだ。

魔法師は魔法という現象の正体が分かる。だから魔法を恐れない。ただそれだけのことで、例えば「パラサイト」というものを知らなければ「吸血鬼」のことを、俺は恐れたに違いない。見つけ次第、問答無用で滅ぼしてしまいかねない程度には。

まあ、女性がホラーを嫌がるのはそれだけが理由ではないだろうが。

足が多い（例えば多足類）とか足が無い（例えば腹足類）とか、ぬめっているとかてかって
いるとか、そういう生き物が当たり前に備えている属性でも、苦手な人は悲鳴を上げたりする
のだ。

それを思えば、生物としてあり得ない醜悪な姿に耐え難い嫌悪を感じるのは、別におかしな
ことではない。更に言えば、テレビが好んで採り上げる怪談は往々にして、ぬめっていたりて
かっていたりするものだ。

「しかし、こういう番組に出演するというのはどうなんだろうな」

「どう、と仰いますと？」

俺の要領を得ない独り言に、深雪は律儀に反応した。

「いや……先日のビル火災とは全く関係が無いバラエティ番組に出演しているのは、あの出動
がニュースバリューを失ってきているということを示している。少数の犠牲者しか出さずに済
んだのは不幸中の幸いだが、犠牲が小さな事件や災害は忘れられるのが早いという面がある。
人々に強い印象を刻む為には、被害が拡大してから出動するか、出動回数を増やすか、そのど
ちらかが必要なんだが……」

「被害が拡大するのを待つのは論外です」

深雪がすかさず口を挿む。――いや、当たり前だが、俺もそんなことは考えていないぞ。

「無論だ。しかしだからといって、魔法師の出動を必要とする大災害や大事件は、そうそう頻

発するものではないからな」

そもそも、救助活動で世論を味方に付けるという叔母たちの計画は、前提条件から無理があるように思えてならない……。

俺の予想に反して、春休み早々再び出動が掛かった。

今度は水難救助だ。前日までの異常な豪雨で川の堤防が決壊し、数十年ぶりの大規模洪水が発生したのである。

……おおかた、大戦時の空襲でダメージを受けた箇所の修復漏れとか、そんなオチだろう。財政健全化は結構だが、水がきれいすぎては魚が住めなくなると言うではないか。必要な経費までケチるから、人々の生活ばかりか命まで脅かされることになる。

だが人命救助に否やは無い。俺はともかく深雪にとっては、戦場で敵を相手にするよりずっと楽だろう。全てをあまねく救えるわけではないから、生じてしまった犠牲を目の当たりにすれば心を痛めるに違いないが、精神的な負担は戦闘よりずっと小さい。

水波を留守番に残して、俺たちは早速出掛けた。深雪はどうせ仕事着に着替えることになるから、身嗜みは最低限で済ませる。——俺は単なる運転手だから、普段着で構わないはずだ。

駅まで行くと、例のトレーラーが二台駐まっていた。

「深雪さん、すぐに着替えて」

「はい」

今日もスーツ姿の中尉に手招きされて、深雪が更衣室の方のトレーラーに駆け込む。俺はあれこれ指図される前に、車庫の方へ乗り込んだ。

……しかし、改めてみるとこのエアカー、派手な塗装だな。パールホワイトとメタリックスカーレットのツートンカラー。紅白二色とは御目出度い。目立たなければならないという意図は分かるが……戦場ではいい標的だ。

いや、こんなことを考えている場合ではないな。それよりも出発前の安全チェックだ。俺はメカニックに声を掛けて、車体状況をモニターしている画面を見せてもらった。幾ら気が進まない任務とはいえ、気を抜いていては思わぬ失敗をしないとも限らない。

「達也様、お待たせしました」

メカニックと二、三言葉を交わしているところに、着替えを終えた深雪が入ってくる。

……達也様、か。

まだ慣れないな。

深雪よりも俺の方が、慣れるまでに時間が掛かるかもしれない。

「行こうか」

「はい」

スタッフが開けたドアから、深雪が後部座席に乗り込む。

俺と中尉は自分でドアを開けて、前の座席へ。

「まず七草邸に行ってちょうだい」

「了解です」

俺は中尉の指示に従って、エアカーを発進させた。

七草邸で仕事用のミリタリー調ワンピースに着替えた先輩を拾い、香澄の「お姉ちゃんに怪我をさせたら承知しないからな」という声と泉美の「お姉さまに怪我をさせたら決して許しませんから」という声に見送られて目的地に向かう。――香澄の「お姉ちゃん」が先輩で、泉美の「お姉さま」が深雪だということくらいは、説明されなくても理解できた。

今日の現場はそれほど遠くない。十分前後で現地上空に到着した。上から見る限り、家が流されているとか集落が孤立しているとかの、極端にひどい状況にはなっていない。過去の水害の教訓が生きているのだろう。

それでも、決壊した堤防を放っておけば被害はどんどん拡大するに違いない。災害出動した国防軍の無線は既に死者が発見されたと告げている。

先輩を連れて来なければ良かったな……。

　しかし、迷っている場合ではない。

「先輩、守秘義務を守れますか」

「いきなり何？」

　俺の質問に、先輩はひどく驚いている。まあ、当然か。突然こんなことを訊ねられれば、やましいことが一切無くても驚くに違いない。

「これから俺は、機密に指定されている魔法を使うつもりです。もし先輩が守秘義務を貫き通せないというのなら――」

「機密指定の魔法って『再成』のこと？　だったら深雪さんから教えてもらっているわよ」

　……そういえばそうだったな。横浜事変の最中、俺が五十里先輩と桐原先輩の傷を治した後に、問われて『再成』のことを説明したと深雪から謝罪を受けていた。いつもの俺であれば思い出せないはずはなかったのに、何故気づかなかったのだろうか。

「……そうでしたね。では引き続き、守秘義務遵守をお願いします」

　俺は強がりでしかないセリフを返した後、深雪に作戦を説明した。

　まだ小雨というには勢いがある雨の中、深雪は堤防が破れた箇所の上空で立ち止まった。

　先輩には万が一に備えて、逃げ遅れた住民の捜索と救助に当たってもらっている。救助活動には俺たち以外にも国防軍と消防署の魔法師が携わっているので、先輩には彼らとの調整も引き受けてもらった。

　エアカーを深雪の後ろに停止させ、中尉に運転を頼む。この規模の『再成』は俺も初めてだ。一つの魔法に集中する必要があった。

『達也様、準備ができました』

　またか。そんな場合ではないにも拘わらず、違和感が心を波立たせる。もしかして俺は、深雪の兄でいたいと思っているのか？　それが俺の本音なのだろうか。

　ただ一つ、妹に対する愛情だけが俺に残された本物の感情だと母は言った。

　叔母も同じ意味のことを口にした。

　俺から感情を奪ったやつらは、口を揃えてそう告げている。俺はそれを、深雪に対する愛情だと解釈していた。それで間違いないと感じていた。

　しかし——違ったのか？　俺の心が求めているのは、深雪という女性ではなく深雪という妹なのか？　俺の心はそこまで歪められているのか……？

『達也様？』

「すまない。こちらもOKだ。始めてくれ」

　いかんいかん。『再成』に集中する必要があると言っておきながら、他のことに気を取られるとは。俺はいつもならば考えることを無意識に避けている思念を心の片隅に追いやった。

『始めます』

良くできた婚約者である深雪は、俺の不自然な態度について問い詰めなかった。

大規模な、巨大と言って良い規模の魔法式が眼下に展開される。

性質自体は、単純な氷結魔法。水の分子運動を減速し、凍結させ、分子結合が切れない水準まで分子の振動を抑制する、水を凍らせるだけの魔法。

特筆すべきはその速度と範囲。堤防が崩れた川岸に沿って、轟々と音を立て暴れていた川の水が瞬間的に停止し、その一瞬で川幅の四分の一が氷の壁と化す。

氷壁に濁流が衝突する。

自然の猛威に対して、自然の理に逆らって出現した白い壁は脆く、今にも崩れそうに見える。

しかし必要なのは、ほんの数秒の猶予だ。

俺は左手に握った拳銃形態CAD、シルバーホーンカスタム『トライデント』をエアカーの床に向けた。

床を無視して壊れた堤防に「精霊の眼」を向ける。

【エイドスの変更履歴を遡及】

魔法演算領域から、意識内にそんなフレーズが届く。それは謂わば、無意識領域が意識領域に対して発するシステムメッセージだ。

【復元点確定】

【再成／開始】

肉眼で見る壊れた堤防の輪郭は、靄に呑まれたかの如く曖昧に霞んでいる。

だが「精霊の眼」に映る「景色」は、在るべき「過去」が改変されるべき「現在」に重なる二重映像。

【再成／完了】

現実世界でも、輪郭が実体を取り戻す。

堤防は、崩れる前の姿に復元された。

「修復は完了した。深雪、頼む」

『かしこまりました』

しかし俺が元に戻したのは、崩れやすい欠陥を抱えた状態までだ。俺の『再成』は依然として二十四時間の制限に縛られている。

それを補強するのも、深雪の役目だった。

先程は濁流の中に展開された魔法式が、今度は修復された堤防を標的に投射される。


堤防が、氷結した。

溶けかかった氷壁が、堤防と一体化する。

堤防全体を凍土壁に変えて、一時的に強度と遮水性を高めたのである。

水温が高い川の流れに曝され続ける堤防内部の氷は、放っておけばすぐに融け始めるだろう。

だが氾濫する濁流を一時的にではあれ、完全に遮断することの意味は大きい。

それに流動する地下水を凍結させるより、既に凍っている土中の氷の温度を下げる方が魔法を使うにせよ科学技術を使うにせよ容易だ。凍土壁の維持は、深雪でなくても十分可能であるはずだった。現に先輩と話をしていた国防軍魔法師の一団が、修復された堤防に冷却魔法をかけ始めている。

「ご苦労様。成功だ。もう戻って良いぞ」

ＣＡＤ『トライデント』を懐に戻しながら、マイクに呼び掛ける。

『はい』

深雪の短い答えは、達成感に満たされていた。

［4］

二回目の出動は、一回目より反響が良かった。大きさで言えば目新しさがあった一回目が上回っていたが、今回は災害出動していた他の魔法師との連携が目に見える形で現れていて、魔法による社会貢献をアピールする良い機会になった。

バラエティに駆り出されていた先輩も、報道番組の寵児に復帰している。深雪に対する取材の申し入れは激しさを増しているが、高校生の身分を盾に取らせてもらっているのも前回どおり。穴だらけに見えた叔母たちの計画は、今のところ順調に推移している。

たださすがに、災害や事件が短い期間に続発するという展開にはならなかった。

二回目の出動から五日。そろそろ移り気な大衆の興味が離れだしたか、と感じていた時期に、それはやって来た。俺以上にトレンドを気にしていたに違いない叔母たちがこの時期に動き始めたことについては、特に不思議には思わない。

ただ、「まさか本当にそうきたか……」という意外感はあった。

「母上。本気で深雪に芸人の真似事をさせるおつもりですか？」

不穏にして非礼な言い方になっているのは、自覚している。しかし、言葉を改めるつもりはなかった。俺を罰することができると思っているならやってみろ、という好戦的な気分になっていたのは、我ながら否定できない。

『芸人じゃなくて芸能人ね。貴方が言うように、真似事だけよ。そんなに深く考える必要はないと思うけど』

叔母に電話を掛けているのは自宅ではない。呼び出されたスタジオで、説明を聞いた直後に借りたヴィジホンで、一般回線を使って呼び出している。この場には深雪と水波だけでなく、先輩も、先輩に付き添ってきた香澄と泉美も、芸能事務所のスタッフもいるのだが、構うものか。せいぜい目玉が飛び出るくらい、目を見開いているがいい。

「真似事だろうと、芸能人には違いありません。深雪のプライベートが損なわれるのは避けられません」

腹が立つことに、叔母は俺の抗議を鼻先で笑い飛ばした。――いや、外側だけを見れば嫣然と微笑んだだけだが、腹の中では笑い飛ばしているに決まっている。

『それは仕方がありませんね。十師族の直系を継ぐ者として、ある程度は諦めてもらわなければ。七草家のお嬢さんも、プライベートを犠牲にしなければならなかったご経験は多々お有りでしょう？』

俺は先輩の方へ振り向かなかった。頷いているのが、見るまでもなく明らかだったからだ。

確かに先輩はプライベートな時間を十師族の仕事に費やしてきただろう。だがそれは、魔法師名門家の「ご令嬢」としてであって、安っぽいテレビタレントとしてではない。

それに――普段から自分の世界に引きこもっている叔母には言われたくないことだった。

「芸能人としてプライベートを犠牲にするのは、十師族の責務には含まれていないと思いますが」

俺の言葉に何故か、香澄と泉美が何度も頷いていた。

しかし二人の様子は、俺には見えても叔母の視界を確保しているカメラには映っていない。

──まあ、仮に見えていたとしても気にしなかったに違いないのだが。

『この国に住む魔法師の生活が脅かされないよう尽力するのは十師族の責務ですよ』

「貴族でもない十師族に高貴なる者の責務が存在すると仰るんですか？」

『そんなに大袈裟なものではないけれど。十師族はこの国の魔法師を代表する集団だと見なされているのですから、責任を全く負わないというわけにもいかないでしょう？』

「分かりました、叔母様」

不毛な議論に、横から口を挿むことで深雪が終止符を打つ。

俺もそろそろ潮時かと感じていたので、深雪のセリフを止めなかった。

「具体的には、わたしは何をすれば良いのでしょうか」

『大衆に広く訴えかけるものといえば、歌と踊りでしょう。音楽は世界の共通語とも言いますしね』

だが深雪の質問に対する叔母の回答は到底看過できない、とんでもないものだった。

「あの……楽器では駄目なのでしょうか？」

深雪も口調に焦りが出ている。それはそうだろう。「歌と踊り」で真っ先に連想されるのは、今では本職ですらCG出演が普通になった「アイドル」活動なのだから。

『大衆にアピールできるなら構わないけど……。そちらの方が、ハードルは高いと思うわよ？ねえ、真由美さん。そうは思われませんか？』

「ええ、そうですね」

いきなり話を振られて狼狽を隠せないながらも、口調だけはしっかり、先輩は答えた。ここ最近、マスコミ出演で揉まれて身につけたスキルだろうか。

「私たちアマチュアには、人に聴かせる演奏は難しいと思います。ただそれは、歌も同じだと思いますが」

先輩、ナイスな反論だ。バイオリンの腕はセミプロ級と評価されている先輩だからこそ、楽器演奏で人々を惹き付けるのは難しいという理屈に説得力を持たせられると叔母は考えたのだろう。だが、慣れ親しんだ楽器でも自信が持てないことを、慣れない歌と踊りでやれる道理はない。

『そんなに心配しなくても大丈夫。何とかなります。真由美さんはとてもチャーミングですから』

「……いえ、そんなことは」

叔母の言葉に、先輩は舞い上がらなかった。

言われ慣れているのか、それとも――深雪が横にいるからか。

『技術的に見劣りするのは分かっています。でも、歌の技術や踊りの技術を売り込むわけではありませんから。視聴者に好意を持ってもらえれば良いんですよ』

なっ……！

「深雪に、カメラの前で媚を売れ、と仰るんですか？」

無駄と知りつつ、俺は言わずにはいられなかった。

『媚を売れなんて命じるつもりはありません。そんな必要は無いでしょうから』

気休めを！

俺はまずいと知りつつ、ディスプレイに映る叔母の顔を睨んでしまう。

『達也さんは深雪さんのことを少し過小評価しているようですね』

だがこの一言に、気を殺がれたのが自分でも分かった。

過小評価……？

『媚なんて売らなくても、視聴者が深雪さんを放っておけるはずがないでしょう？』

放っておかない、ではなく、放っておけない。

叔母の言うとおりだと、意識の一部分が頷いている。

それでも俺は、抵抗を続けた。

「しかし、深雪はまだ高校生です」

この苦し紛れの抗弁にも、叔母の余裕は崩れない。

『それも大丈夫ですよ。百山先生もこの件については最大限、便宜を図ると仰っていますので』

校長まで巻き込んでいるのか……。

これは、駄目だな。

悪足掻きもここまでだ。

俺は心の中で白旗を上げた。

叔母と、おそらく七草家当主がこの場に呼び出した芸能事務所の人間は、レッスンを担当するスタッフだった。

「ブラーヴォ！　素晴らしいお声ですね。音程も驚く程しっかりされています。本当に、これまで歌のレッスンを受けられたことがないんですか!?」

ボイストレーナーの肩書きを名乗る中年の女性が、興奮を露わに深雪を褒め称えている。

……実に複雑な気分だ。

「深雪お姉さま……歌声も女神級だったのですね……素敵です。素敵すぎます……」

泉美がいつも、いつものレベルを超えて、すっかりトリップしている。無邪気に感動できる泉美が少し羨ましいと思ってしまった。

深雪が称賛されるのは我が事以上に嬉しい。

しかし、芸能事務所のスタッフが手放しで褒めるということは、それだけメディア出演が早まるということでもある。せめて先輩が音痴でいてくれれば良かったんだが、

「お嬢様も卓越した音感をお持ちですね。バイオリンだけでなく、声楽もなさっていたのですか？　失礼ながら、アマチュアのレベルではないと思います」

こっちも即戦力のお墨付きが出てしまった。

はぁ、どうやら歌の方は期待できてしまうな。この方面からの引き延ばしは無理か。

頼みの綱はダンスか……。

下手であってくれれば良いんだが。

……深雪も先輩も運動神経は良いから、望み薄だろうな。


「達也さま、コーチの方がお呼びです」

廊下の端に設けられた簡易休憩スペースで読書をしていた俺は、呼びに来てくれた水波の声に顔を上げた。

ダンスレッスンが始まると同時に、俺はレッスン室を追い出された。見られるのが恥ずかしい、という先輩の言葉によって。

深雪は特に何も言わなかった。先輩に同調するセリフも無かった代わりに、俺を弁護もしな

かった。何処と無くもじもじしている雰囲気が伝わってきたので、本音は俺に見られるのが、やはり恥ずかしかったのだろう。

　しかしそれなら着替える前に言って欲しかった。身体の線が露わになるレオタード姿を見せられて、俺も目のやり場に迷ったのだ。しっかり目を向けて素直に褒めるべきか、それとも礼儀正しく目を逸らすべきか。それとも、チラチラと盗み見る恥ずかしそうな態度を装うべきか。自然な反応ができないのも善し悪しだ。

　しかし、三時間か。この時間が長いのか短いのか分からないが、ずっと踊っていたとすれば相当疲れているのではないだろうか。

「水波。深雪と先輩は、ずっと練習していたのか？」

「はい。皆さん、バレエの経験がお有りですので、レッスンは順調に進みました」

　なる程。深雪は小学生まで「お嬢様教育」の一環でバレエを習っていたが、先輩もそうだったか。

　……皆さん？

　水波のセリフに小さな違和感を覚えたが、それを口にする前に水波がレッスン室の扉を開けた。

「きゃっ！」

「見るな！　スケベ！」

なる程……、「皆さん」とはこういうことか。

ちなみに、最初の悲鳴がフロアにへたり込んでいる泉美、次の罵倒は膝に手をついて息を整えようとしている香澄。

何故かこの二人もレオタードを着ていた。

香澄も泉美も大粒の汗を浮かべている。レオタードが汗に濡れて、身体の線が余計露わになっている。

その所為なのか妖精的な二人の細い肢体が、常とは異なる艶めかしさを帯びている。

特に、女の子特有の座り方でフロアにぺたりと腰を落とし、交差させた両腕で胸を隠している泉美は、倒錯的な色気を醸し出していた。

これは確かに「見るな、スケベ」と言われても仕方が無い。

もっとも、俺のことを罵っている元気があるならシャワールームへ向かった方が色々な意味で良いと思うが。

「すみません」

二人に何と声を掛けるべきか迷っている俺に、ダンスコーチが話し掛けてきた。

俺は自然なきっかけが得られたのを幸いに、二人から目を逸らす。

「今日のレッスンはこれで終わりです」

しかしコーチの言動も俺を戸惑わせるものだった。

何故、俺にそれを言う？

もしかして、マネージャーと間違えられているのか？

「ありがとうございます」

取り敢えず俺は、最も無難と思われる答えを返した。

「皆さん、とってもお上手ですね。これならすぐにでもデビューできると思います」

「光栄です」

余りありがたくない太鼓判だったが、俺は建前で恐縮してみせた。

「デビュー曲の振り付けも、是非お任せくださいね」

最後に営業活動をちゃっかり行って、ダンスコーチは隣の部屋へ続く扉をくぐった。

彼女と入れ替わるように、別の扉から先輩が姿を見せる。

着ている物はレオタードではなく最初に着ていたブラウスとスカート。

髪が微かに湿っているから、あの奥がシャワールームなのだろう。

「達也くん、お待たせ」

先輩は俺に向かって笑顔で手を上げた後、香澄と泉美へ呆れ顔を向けた。

「貴女たち、早く汗を流していらっしゃい。風邪を引くわよ」

「はぁい……。泉美、行こう。ほら」

「ありがとうございます、香澄ちゃん」

香澄が差し出した手を借りて、泉美が立ち上がる。

全く同じに見えていた二人だが、肉体的なスタミナは香澄の方があるんだな。体格とか筋肉の付き方とかは同じだから、少し不思議な感じがする。

二人が足を引きずるようにしてシャワールームへ向かう。

二人に聞こえないよう声を潜めて、俺は先輩に、先程から抱えていた疑問を投げ掛けた。

「あの二人もレッスンに参加しているようですが、何をさせるんですか？　先輩のバックダンサーとか？」

「えっ、バックダンサー？　違う違う」

俺の質問は先輩にとって予想外のものだったようだ。少し驚いた顔で首を左右に振った。

「香澄ちゃんと泉美ちゃんはデュオでデビューする予定よ」

「あの二人もですか……」

自分では分からないが、俺の声は意外感でいっぱいだったに違いない。しかし言われてみれば妥当な話だ。どうやら俺は、自覚している以上に芸能活動に対して否定的な感情を懐いているらしい。その所為で判断力が曇ってしまっているようだ。

改めて疲れ切った二人の背中に目を向ける。気の毒なことだ、と素直に思える姿だ。

「あら、泉美ちゃんも香澄ちゃんも今から？」

だが目指す扉から出てきた深雪の姿を視界に入れた途端、泉美はシャキッと姿勢を正した。

「はい、深雪先輩。すぐに済ませて参りますので」

それも直立不動に力むのではなく、静かにたたずむポーズを作っている。

「ゆっくりしてきて大丈夫よ。泉美ちゃんたちを置いて帰ったりしないから」

「はい！」

嬉しそうな笑顔だけは、演技ではなく本心だろう。だが淑やかに歩み去る足取りは、天晴れと言いたくなる強がり、あるいは猫かぶりか。

猫かぶりだとしたら筋金入りだ。もしかしたら先輩より上かもしれない。

泉美のああいうところは、素直にすごいと思う。

――ただ残念なことに、深雪はもう泉美のことを見ていなかった。

深雪は俺の前へ真っ直ぐ歩み寄った。

「達也様、申し訳ございませんでした」

そして深々と頭を下げる。

深雪が何を謝罪しているのか、見当はつく。

「何がだ？」

だが敢えて、惚けてみせる。

――言う迄もなく、「達也様」と呼ばれたことに対する違和感が理由ではない。

「その、すっかりお待たせしてしまって……。それも廊下に追い出すような真似を」

「それは違う」

深雪のセリフを、俺は途中で遮った。

「えっ？」

それは深雪にとって、予想外のことだったようだ。

俺が何を言い出すのか分からず、少しオロオロしている。

「レッスン開始前、レオタードに着替えてきたお前や先輩の姿を見ただけで目のやり場に困ってしまったからな。レッスン中、ずっと中にいたら参っていたに違いない」

深雪が恥ずかしそうに目を逸らす。当然の反応だろう。今の言い方は、そういう目で見られていたという意味になる。事実、俺に邪心が無かったとは言えない。

「だから廊下に逃げさせてもらった」

深雪が顔を赤くして、無言で俺の胸を叩く。

「……達也くん、私も叩かせてもらって良い？」

すると先輩までそんなことを言い出した。

「駄目ですよ」

うっかり頷くと洒落にならないダメージを喰らいそうだったので、俺は即座に拒否した。

「あら、残念」

先輩は満更冗談でも無さそうな口調でそう言った。

香澄と泉美を加えたレッスンは一週間で終わった。

残念ながら、さじを投げられたという理由ではない。

デビューが決まったのだ。

……幾ら何でも促成栽培過ぎると思うが。それで良いのか、芸能界。

昨今メディアに顔を見せるのはCGアイドルばかりという時代に、無加工の美女・美少女が出演するというだけで視聴率は取れるのかもしれないが。

今日に収録日が設定されたのは、明日から新学期が始まるという事情も考慮されているに違いない。授業が始まれば纏めて時間を取ることが難しくなるからだ。

デビューといっても、いきなりテレビ局のスタジオに行って番組に出演するわけではない。専門チャンネルで流すミュージックビデオと広報番組の背景で流す歌の収録だ。大体今時の新人歌手はこんな所からスタートするらしい。

今日も俺は収録前にスタジオから追い出された。二回目のレッスンから着替えの前に廊下へ追いやられていたが、今日は一応ロビーのような待合スペースだ。

モニターも無いから、中でどんな映像を撮っているのか俺には分からない。どんな歌をどんな衣装と振り付けで歌うのかも、実を言えば全く知らない。

　訊ねれば、深雪は多分教えてくれるだろう。だがそれを訊くのは何となく憚られた。妹の芸能活動に興味を持っているようで、気恥ずかしさを覚えたのである。

　もっとも、興味が無いと言えば嘘になる。すぐにテレビや情報端末で視聴できるようになるとはいえ、生で見るのはやはり印象が異なるはずだ。

　あの叔母たちも、まさかライブをやれとは言わないだろうから、もしかしたらこれが生で見られる最後の機会かもしれない。そう考えると、中をのぞいてみたいという気持ちが沸々とこみ上げてくる。抑えられない程強い欲求ではないから逆に、意識の片隅にこびりついてしまっている。

　俺が読書で気を紛らせていると、控え室から香澄が出てきた。着ている物は収録用のカラフルなコスチュームだ。肌の露出は少ないとはいえ、身体のラインが露わになる点はレオタードと大差が無い。俺がここにいることを聞いていなかったのだろうか。

だが香澄は俺のことを気にした様子も無く視界を横切り、ドリンクサーバーの前に立った。はて、控え室にも飲み物は用意されていたはずだが。

「あったあった」

　首を捻っている俺の耳に、そんな独り言が飛び込んでくる。どうやら控え室のドリンクサーバーには欲しい飲み物が無かったようだ。

蓋付きのカップを持って振り返った香澄が、今になってようやく俺に気がついたかのように話し掛けてきた。

「中に入らないんですか？」

意外なセリフだ。

「邪魔をしたくないからな」

だが俺は「見るな！　スケベ！」を忘れていないぞ。

「俺の目が気になって実力が出せないのは気の毒だ」

香澄は俺の発言が理解できなかったのか訝しげに眉を顰めていたが、突然「あっ！」という表情を浮かべた。

「あーっ、あ、あははははは……」

多分、何か言い訳をしようとして、思いつかなかったのだろう。それで途中から誤魔化し笑いに切り替えた、というところか。

「だ、大丈夫だと思うよ、先輩！　どうせ世界中に流れるんだから、先輩一人の目を気にしていたらやってられないって」

何やら随分親しげな口調になっているが、香澄は動揺すると地が出るタイプなのか？

「――じゃあ、そろそろ出番だと思いますので」

おっ、口調が元に戻った。ドリンクを持ったまま、香澄がそそくさと控え室に向かう。

それにしても……世界中に流れる、か。正しくは無いが、本質的に間違ってもいない。ミュージックビデオが放送されるのは日本のテレビチャンネルだけだが、ネットにアップされた動画は世界中からアクセス可能だ。

魔法的にいえば、名前と顔の両方が揃えば実体への道標となる。それだけで魔法による攻撃が可能になるわけではないが、本人のエイドスにアクセスしやすくなるのは確かだ。見ず知らずの相手から標的にされるリスクは間違いなく高まる。それが世界規模でとなると、果たしてカバーしきれるかどうか……。

やはり深雪に芸能人の真似事をさせるのはメリットよりもデメリットの方が遥かに大きい。それが理解できない叔母でもないだろうに。四葉家は深雪を使い潰すつもりか？

さっきとは別の意味で収録中のスタジオに乱入したくなった。今すぐ全てをぶち壊せれば、どんなにすっきりすることか！

無理だと分かっていても、そのヴィジョンは大層魅力的に見えた。余りに誘惑が強すぎて、ブレーカーが働いてしまう程に。

俺が懐くことのできる感情には限度がある。感情のレベルが一定水準を超えると、その想念が奈落へ吸い込まれるように消えてしまう。感情として作用するはずの精神エネルギーが、人為的に作られた仮想魔法演算領域を維持する為のエネルギーに切り替わってしまうのだ。

ただ一つの例外、妹である深雪への愛情を除いて。

俺の精神には、大きな虚無領域ができている。ぽっかり空いた空洞を、こういう時に実感する。

ただ一つの本物の感情が深雪によって呼び起こされるなら、
感情の欠如を実感させられるのも大抵、深雪のことを想っている時だ。

熱情に呑み込まれる直前で冷静な状態を取り戻すことができるのは、護衛として、戦士として望ましいことだ。今も、スタジオの中をのぞきたいという、意識の片隅にこびりついていた些細な欲求さえこそぎ落としたように消え失せている。

しかし、人としてはどうなんだ？

人間には理性がある。人には意思と思考力がある。それが人間の特徴だという。

しかし同時に、人間には感情がある。狂おしい想いに身を焦がすのもまた、人間の特徴ではないのか。

俺という魔法師は、まだ人間でいられているのだろうか？

俺に関する限り、魔法師を敵視している狂信者たちの主張は当たっているかもしれない。

俺という魔法師は、人間から逸脱した化け物かもしれない……。

幸いなことに、深雪が出演したミュージックビデオはそれ程大きな話題にはならなかった。オンエア三日目で熱狂的なファンがついてしまっているのは頭が痛いことだが、それもまだ小さなセグメントに止まっている。深雪の映像を流せば、それだけで大衆が食いつくという叔母の予想は外れたようだ。

それはそうだろう。今日日、一年間に一体何人の歌手がデビューしていると思っているのか。おそらく、百人や二百人ではきかないに違いない。最近は売れなかったCGアイドルが別のアバターを使って再デビューするというプロモーションも当たり前に行われている。そういう実質再デビュー組も含めれば千人の大台を突破するかもしれない。

今の視聴者はポピュラー音楽分野だけに限ってみても、コンテンツの海に溺れかけている状態なのだ。検索エージェントという板切れに掴まって、辛うじて顔を水面に出している状態と言って良い。口コミという不確かな羅針盤に従って、コンテンツの海をいつまでも漂流し続けている。いや、漂流すること自体が今や一つの娯楽になっている。

無料サービス、定額制サービスが娯楽分野の主流になったのも、漂流しながら楽しむというスタイルを反映したものだろう。幾らでも好きなだけ「お試し」ができるコンテンツでないと、安心して漂流できないからだ。

余程強力なプロモーションを打たない限り、そんなマーケットで短期間に大きなトレンドを作ることは不可能に違いない。反魔法主義への短期的対策という趣旨で見るなら、今回の試みは失敗に終わったと考えて良いだろう。

――と、昨日までの俺は考えていた。

一体これは何事だ。

何故、災害出動をして、被災者の前でステージを披露するなどという展開になっているのだ？

いや、表面的な理由は分かっている。

地域の小学校の体育館に避難してきた人の中に偶々、あのミュージックビデオの熱心なフォロワーがいた。その少年の懇願で歌っていたら、周りにいた被災者からステージを見たいという要望が出た。

そういうことだ。

そしてこれも偶然、災害現場の取材に来ていたテレビ局が、このステージをニュースで流したいと依頼してきた。

多少都合が良すぎる気もするが、決定的に不自然ではない。

しかし——そう、都合が良すぎる。

大規模災害の拡大を食い止めた魔法師が、被災者を歌で慰める。

反魔法主義者も文句をつけることが難しい美談だろう。

そしてこのニュースは、大勢の視聴者の目に留まるに違いない。

これは、大きなウェーブを生み出すプロモーションになるかもしれない。

そんな不吉な予感が、さっきから頭を離れない。

香澄と泉美が完璧にシンクロしたダンスで——もちろん歌も歌っていた——喝采を浴びながらステージを降りる。

体育館の粗末な舞台に深雪が登場した。

非現実的な美貌が、人々の意識を辛い現実から遊離させる。

シンと静まり返った空気を、深雪の可憐な声が震わせた。

緩やかに舞う振り付けは、ダンスというより日舞の趣。

深雪はミリタリー調の凛々しい服装から、音楽活動用の華やかでフェミニンな衣装に着替えている。そのアシンメトリーなスカートの裾が揺れ、見え隠れする脚線美が目を奪う。

避難した被災者の数は百人に満たないが、食い入るように見詰める視線に込められた熱気は万の観衆に匹敵するものだった。

舞台の上と舞台の下、この静かな熱狂を一台のカメラがテレビ局に送り続けた。

予定外のステージを中継したのは、災害報道用に持ち込んだカメラだ。肩に抱える、現代の基準ではかなり大型の機材だが、一台だけでは演出効果など望めない。

だからこその、本物のライブ感がその映像にはあった。

物珍しさという点でニュースバリューもあったのか——大規模土砂災害の避難先で、その当日にアイドル歌手のライブが行われるなどというイベントはさすがに稀だ——、その映像はちょっとしたスクープとなって繰り返し電波に乗った。

魔法師がアイドル歌手になった、ではなく、アイドル歌手が実は魔法師だった。

そんな、俺からすれば奇妙な逆転現象が視聴者の間で生じている。

人気を博したのは深雪だけではない。アイドルとして扱われたという点では、深雪よりも香澄と泉美のユニットの方が顕著だった。

二人と比較されたのが良かったのだろう。先輩は「大人の魅力」が評価されて満更でも無い様子だ。

俺は何時の間にか四人のマネージャーに祭り上げられ、ひっきりなしに舞い込む出演依頼の調整に苦労する羽目になった。

一度勢いがつくと、事態は際限なく加速し続ける。

最近俺は、それをしみじみと実感していた。

思い掛けない成功を収めたアイドルプロジェクトは五月になっても続いている。

CGアイドル全盛時代に、CGに負けない――あるいは、大きく凌駕する――ルックスのシンガーによるライブステージというのも若者の心を捉えたのだろう。深雪も香澄も泉美も、学校に通うのもままならなくなった。先輩も大学に通えていない。

そして、影響はこの四人に止まらなかった。

今日、遂に新たな犠牲者が誕生する。

この日が来るのを事前に知っていたとはいえ、百山校長が「積極的に協力する」と言っていたのはこういう意味だったんだな……と改めて感じているところだ。

「ほのか、そんなに恥ずかしがることないって」

「そんなこと言ったって……。エリカは良く平気だね……」

新たな犠牲者はエリカとほのか。

この二人は今日、デビュー用のミュージックビデオを収録することになっている。

深雪たち四人は、今日はオフ。七草姉妹は久々の女子大学生生活、女子高校生生活を満喫しているが、深雪は水波と共に俺についてきている。

——俺はどういう理由か今日もマネージャーの真似事だ。この二人に関わる雑用も俺に押し付けられるらしい。

そろそろ収録が始まる時間だが、ほのかはまだもじもじしている。

深雪が俺にそっと目配せした。

仕方が無いな……。

「ほのか、よく似合っているから自信を持て」

「そ、そうですか⁉」

「達也くん、あたしは？」

「エリカもよく似合っている」

ほのかは、コルセットドレスと言うのだろうか？　ウエストを強く絞って女性的な体型を強調する衣装。一方エリカはショートパンツで両足をむき出しにしたスポーティなコスチューム。深雪たちのデビューの時より、何と言うか、アイドル的だ。素人っぽさが無くなったと言うべきか、狙いがあからさまになったと言うべきか。ほのかが恥ずかしがるのも無理はない。むしろ、平気な顔でいるエリカの方がさすがだ。

撮影スタッフから準備が完了した旨、声が掛かる。ほのかが決意のみなぎる表情で、エリカが余裕の笑みを浮かべて、収録スタジオの中に向かった。

「達也様、中に入らないのですか？」

待合スペースには今、俺たち以外に誰もいない。

それでも深雪は俺のことを「お兄様」ではなく「達也様」と呼んだ。

深雪の中ではもう、「達也様」が定着してしまっているのだろうか。

俺たちの将来を考えれば、確かにその方が望ましいだろう。

だが俺はまだ、深雪から「達也様」と呼ばれることに慣れていない。

「あの、達也様……？」

返事をしない俺に、深雪が訝しげな問いを重ねる。

いかんな、こんなことでは……。

「お前たちが撮っている時もここで待っていたからな。ほのかとエリカの時だけ中で見ているのも変だろう？」

「あの時は……初めてでしたから」

深雪が少し申し訳なさそうにしているのは、俺を一人で待たせていたことを気に病んでいたからだろうか。

感想なんか求められても、気の利いた答えを返す自信が無いからな。俺もその方が気が楽だったんだが。

「それに……わたしは、達也様になら見られても平気でしたよ」

ああ、まただ。

「……あの、どうかなさいましたか？　もしや、ご気分が優れないのでは……？」

「いや、そんなことはない」

身体に異状は無い。気分が悪いわけでもない。

ただ、万全の精神状態とは言えないのも確かだ。

「深雪」

俺が深雪の瞳をのぞき込んでそう言ったのは、特に何かを訊きたいとか伝えたいとか、そういう明確な意図があってのことではない。

「はい……？」

だが、俺の雰囲気が変わったことに、俺自身よりも敏感に気がついたのだろう。少し緊張を孕んだ眼差しで見詰め返してくる深雪に、俺は意識するより早く訊ねていた。

「もう、俺のことを『お兄様』とは呼ばないのか？」

意識していなかったからこそ口に出せた、女々しい問い掛け。

……自己嫌悪が襲ってきた。真、「後悔先に立たず」とは良く言ったものだ。

「……いや」「達也様」

いや、忘れてくれ。

そう言おうとした俺のセリフを、深雪が遮る。

「わたしは達也様が望むのであれば、何でも致します。どんなことであろうとも」

瞳に宿る、思い掛けない強い光に、今度は俺の方がたじろいでしまう。

「達也様が仰ることなら、どんな命令にも従います。ですが……」

俺は息を止めて、深雪のセリフを待った。

彼女の、本当の答えを。

「本心を申せば、わたしはもう『お兄様』とは呼びたくありません」

「そうか」

「わたしは、達也様の婚約者であることを望みます。妻になることを望みます」

「そうか……」

「はい。ですから、添い遂げることができない妹には、戻りたくありません」

深雪の回答は、予想を超えて俺の心に響いた。

ショック、とは多分、違う。

最初に訪れたのは、やはりそうか、という納得感。

次にやって来たのは、心から大きな塊が抜け落ちたような喪失感。

そして最後に舞い降りたものは、
歓喜。

喪われたものは、愛情ではなかった。

深雪に妹であることを拒否されても、俺の中にただ一つ残った愛情は、少しも損なわれなかった。

抜け落ちたものが何だったのかは分からない。

だが俺は今でも、深雪の為に命を懸けることができる。

俺の心は、そうあり続けている。

「ですが、達也様がどうしてもと」「いや」

今度は俺が、深雪のセリフを遮る。

「深雪は、そのままで良い」

「——はい」

俺の目を見詰めたまま、深雪が頷く。

目を合わせたまま、視線を動かさない。

深雪の唇が、微かに動く。

何かを言おうとしている。

彼女の瞳は、何かを訴えている。

望んでいる。

「——けほっ、けほっ」

しかし、突如聞こえてきた咳き込む声に、深雪は慌てて目を逸らした。

恥ずかしそうに俯く深雪から俺も目を離して、背後を振り向く。

咳をしたのは、顔を真っ赤にした美月だった。その隣に雫、背後にレオと幹比古がいる。

「大丈夫か、美月？　ここの空気はそんなに乾燥していないはずだが」

「湿度は関係無いんじゃねえの？　あんなの見せられりゃ、喉もカラカラになろうってもんだぜ」

「ほう。レオ、一体何を見たというんだ？」

凄んで見せたのは、もちろん演技だ。

「い、いや、何ってだな……」

「何も見てないよっ！」

だからそんなに慌てなくても良いぞ、レオ。幹比古まで、何を焦っている。

これは俺の、心の中のセリフだ。

口に出して安心させてやれるほど、今は寛大な気分になれなかった。

「ほのか」

スタジオから出て来たほのかに、雫が声を掛ける。

「雫⁉」

ほのかの顔が、たちまち朱に染まる。

俺の時より顕著だ。ほのかは異性に見られるより友人に見られる方が恥ずかしいと感じるタイプらしい。

「もう終わったの？」

ほのかが全力で恥じらっているのは雫にも分かるはずだが、全くお構い無しだ。親友同士だからなのか、それとも雫の個性なのか……。

「ううん、まだ。……応援に来てくれたの？　ありがと」

「本当はもっと早く来たかったけど。見られる？」

「大丈夫だと思うよ」

そう言った後、ほのかは窺うように俺を見た。

もちろん俺は頷いた。

「あの、私も構いませんか？」

「ええ。一緒に行きましょうか」

美月に応えたのは深雪だ。

深雪、ほのか、雫、美月、水波の五人は連れだって収録中のスタジオに入っていく。

レオと幹比古は、その後に続こうとしなかった。

◇◇◇

デビュー第二陣のミュージックビデオは放映当初から大きな話題になった。深雪たちの活躍で、公開前から注目が集まっていたのだ。

勢いがついた、と言えば良いのだろうか。既に五人とも——大学生の先輩は除く——学業に支障を来すレベルになっている。

——校長が「配慮する」と言っているんだから成績は心配する必要は無いかもしれないが。

一般科目なら仕事現場でも自習できるしな。

最近のアイドル活動は普通、これ程時間の拘束を受けるものではないらしい。

本物と区別がつかない３ＤＣＧのアバターを作り、歌を含めた音声サンプルやダンスを含めたモーションサンプルをまとめて録り、アバターをサンプルで喋らせ、歌わせ、踊らせる。コンサートではステージで立体映像に歌わせる。

大体このパターンで、歌手本人やダンサー本人は匿名性を損なわれることなく日常生活を送っているというのが、昨今のアイドル業界事情なのだそうだ。

その点、俺たちのスタイルはかなりイレギュラーと言える。先祖返りした、と表現した方が良いかもしれない。それが移り気な大衆には、かえって新鮮に映っているという面も間違いなくあるだろう。

無論それだけでは、この異常な人気は説明できない。全国ネットのニュースで注目を集めたのに加えて、素材の良さがものを言っているのだろう。特にCGなど遠く及ばない深雪（みゆき）の美貌は、人々に驚愕（きょうがく）に似た感動を与えている——。

これは、俺が言ったことではない。こちらから頼んでもいないのに、芸能記者が大袈裟（おおげさ）に宣伝してくれた内容だ。まあ頼んでいないと言っても、許可は出したが。

今日も芸能誌の取材だ。今日も、といっても他のアイドルの場合は声担当の者が代表して応えるケースが多い。一人のCGアイドルがルックスを素材として提供するタレント、歌を提供する歌手、声を提供する声優、踊りを提供するダンサーの集合体であることも珍しくない。むしろアバターだけCGで作って他は全部一人のアイドルがやっているという例の方が少ない、というのが例の大袈裟（おおげさ）な宣伝をしてくれた芸能記者から仕入れた業界事情だ。

うちの場合は災害出動の時から引き続き、先輩が代表してインタビューを受けてくれることになっている。もちろん深雪（みゆき）や泉美（いずみ）たちにマイクが向けられることもあるのだが、そんな時でも先輩が上手（うま）く仕切ってくれる。先輩も歌を歌わせられるよりも記者相手に喋（しゃべ）っている方が気が楽そうだ。

もっとも、喋（しゃべ）っているだけで終わりはしないのだが。

カメラマンが出てきた。アイドルだから写真撮影はつきものだ。

もちろんこちらも、撮影があることは承知している。六人ともステージ衣装ではないが、普段の私服とは路線が異なる、可愛らしい服を着てきている。

いや、俺が普段着姿を知っているのは深雪だけなんだが、イメージからしてこういう格好を日常的にしていそうなのは……この中で泉美だけだろうな。

さて、俺の出番か。

最近は普通のカメラに見えて、かなり素肌に近い色合いで衣服を透過して撮影することができる物も出回っている。古くからある赤外線撮影技術の応用なのだが、昔の物がモノクロ写真なら、現代の物はフルカラー写真。それくらいの差がある。

普通の店では売られていない。言う迄もなく違法な機器。しかも撮影と同時にデータを飛ばして、後でチェックした時には普通の写真データしか残っていないという細工の細かさだ。

俺の役目は、この手の違法ツールが使用されないよう監視すること。魔法ではなく機械による監視だ。その為に国防軍から高性能の防諜装置を借りてきている。

本当は藤林さんがいれば楽なんだが、災害出動ならともかく芸能活動に現役士官は借りられない。まあ、マネージャーでもアシスタントでもない俺の仕事は雑用ばかりだし、身辺警護の一環と考えればこちらの方が慣れている。

カメラマンが機材のスイッチを入れるのと同時に、スキャン結果が表示された。

今回はシロか。新興だが業績好調な大手芸能誌だけあって、妙な真似はしないようだ。

もっとも、名前が売れているからと言って安心はできないのだが。先日は百五十年の伝統がある大手出版社のカメラマンが、分析機（スキャナー）を使わなくてもそれと分かるような違法カメラを持ち込んでいた。あの会社は経営が傾いているらしいからな。貧（ひん）すれば鈍（どん）す、いや、窮（きゅう）すれば濫（らん）すというところか。

無事撮影が終わり、次の現場へ移動だ。今度はケーブル局で、これまた今時珍しいライブ番組か。時代に逆行するプロモーションが俺たちの看板になってきた気がする。

六月に入った。

馬鹿馬鹿しい任務――芸能活動のことだ――は、まだ続いている。

ここ最近、毎日何をして過ごしたかの印象が薄いのは忙しすぎるからだろうか。何となく、毎日をダイジェストで早送りしているような気すらする。……いや、違うな。後から辻褄（つじつま）を合わせる為（ため）に、実際には何も無かった、それどころか存在すらしていない日々の記憶をでっち上げているような感じだ。

――こんな妄想を懐（いだ）くのだから、俺は相当参っているらしい。

最近、災害出動の方はさっぱり出番が無い。開店休業状態だ。とはいえ、地元の消防や国防軍の通常部隊だけで対処できない大災害が、そんなにしょっちゅう起こってもらっても困るのだが。高層ビル火災に水害に土砂災害と続けざまに起こったあの一ヶ月間が異常だったのである。

ただこんな生活をしていると、自分が魔法師であるということを忘れそうになる。深雪の人気が高まり、人々にもてはやされるのを見ていると、自分の目的まで見失いそうになる。

芸能活動を通じて、魔法師でも社会に受け容れられている現実。

だがそれは、魔法師として受け容れられているわけではない。

それは魔法師が兵器として受け容れられているのと、本質的に変わらない。

しかしそういう意味では、俺が考えていたことも同じなのではないか？

経済活動に不可欠な要素として社会に魔法師の居場所を作る。

単に兵器ではないというだけで、アイドルとして受け容れられている現状と何が違う？

深雪の平穏だけを考えるなら、魔法師としての生き方を止めこのまま芸能活動を続けさせる方が、平和な暮らしができるのではないか？

そんな迷いが心を過る。

「達也さん、何か考え事ですか？」

「ほのか、休憩時間か？」

「えへへ、そうです」

今いるのはテレビ局のスタジオ。音楽専用チャンネルのリハーサルの最中だ。

出演者は俺たちだけではない。主にライブステージで活動していた、アイドル寄りの若いシンガーたちとの共演だ。若いといっても、俺たちと同年代か、四、五歳上なのだが。

こういう、歌手本人が出演する番組が最近増えてきているらしい。「君たちが売れたお蔭だ」と、今日の出演者の一人から冗談交じりに感謝された。プロデューサーという肩書きを持っている社員から、生放送を増やしていく予定とも聞いている。深雪たちの活動は、芸能界に予想外の影響をもたらしていた。

だが一方でメディアへの出番が増える人々がいるということは、もう一方で露出機会が減る者たちがいるということだ。CGアイドルを売っていた事務所は、俺たちのことを快く思っていないらしい。

別の番組で一緒になったバンドのマネージャーが「スキャンダルに気をつけろ」と忠告してくれた。ホストの色仕掛けで女性芸能人を墜としてスキャンダルに仕立て上げるのは、割とありふれた手なのだそうだ。

悪い男に引っ掛かるかどうかは別にして、芸能界には確かに派手な恋愛ゲームが横行しているように見える。仕事の為でなくても服やメイクが派手になっていくのは、そういう事情もあるに違いない。

うちの連中もその影響を受けている。女性芸能人が揃って煌びやかな格好をしていれば、負けないように——というか、恥ずかしくないように——似たようなお洒落をするのは、仕方が無いことだろう。影響が少ない深雪でさえ、最近の私服は色が鮮やかになっている。深雪、先輩、香澄、泉美、ほのか、エリカ。六人の中で最も影響を受けているのはほのかだ。彼女の私服は雫の家へ遊びに行く都度チェックが入るから下品にはなっていないが、明らかに一般人の物ではなくなってきている。髪も最近は下ろしていることが多い。

今はまだ、本番用のコスチュームには着替えていない。私服のままだ。しかし、ただでさえ派手になっているところに、今日はテレビの仕事ということで気合いが入っている。俺の印象では、歌う時の衣装と大差が無い。

「それで、達也さんは何を考えていたんですか？」

ほのかは服装以外でも変化が目立つ。随分積極的になると同時に、余裕ができてきた。年初以来、何処か切羽詰まった雰囲気を纏っていたが、それが消えた。レオはふざけ半分に「光井は図々しくなった」と言っていたが、俺は悪い変化だとは思わない。ほのかは他人の顔色を気にする傾向があったからな。少し図々しいくらいでちょうど良いだろう。

「大したことじゃない」

それはともかく、訊かれたことに回答すべきか。別に、答えられないようなことを考えていたわけではないからな。

「こういう生活がいつまで続くのだろうと思って」

俺がそう言うと、ほのかは意外感を表情で示した。

「達也さん、嫌なんですか？」

この反問には、俺の方が意外感に囚われてしまう。

「俺は当事者ではないから、当事者のほのかたちが嫌でなければ付き合うつもりだが……」

嫌じゃないのか？　という俺の、言外の問いに、

「私は嫌じゃないですよ。そりゃあ今でも恥ずかしいですけど、危ないことをしなくて良いじゃないですか」

危なくない、か。それはまさに、ほのかがやって来る直前まで考えていたことだ。

平和な暮らし。

命が脅かされない生活。

戦闘は言う迄もなく、災害出動にもリスクはある。ちょっとしたタイミングのずれで災害に巻き込まれて、魔法師が大怪我をしたという事例は少なくない。救難活動中に殉職した例も片手の指ではきかない。

一方、芸能活動で大怪我をする可能性はほとんど無いだろう。考え得るケースは業者のミスで大道具が崩れてそれに巻き込まれることだが、それこそ魔法で何とでもなる。ステージ衣装のアクセサリーには思考操作型ＣＡＤを紛れ込ませてあるし、いざとなれば俺が分解して消し去れば良い。

芸能人がファン心理を拗らせた暴漢に襲われるというニュースも耳にした記憶がある。だがそれこそ、俺が「眼」を光らせている限りあり得ない。仮に俺がいなくても、プロの戦闘員でもない暴漢如きに傷を負わされる彼女たちではない。六人の中で最も戦いに向いていないほのかでも、イベント会場の警備員より戦闘力は上なのだ。

「魔法師として、魔法の力を役立てたいという気持ちを無くしたわけじゃありませんけど……、こういうお仕事も有りかなって最近思っているんです」

ほのかは照れ臭そうに、だが俺の目を見てはっきりとそう言った。

「舞台の演出に魔法を使うのも良いと思いませんか？　私の魔法は、そういうのに向いているんじゃないかなって」

「魔法の平和利用だな」

俺が何気なく口にしたその言葉に、

「そう！　それなんです！」

ほのかは思い掛けない程、強い反応を示した。

「笑ったりはしゃいだりする為の魔法だって、あって良いと思うんです。だって、魔法は人々に笑顔をもたらす為の力であるはずなんですから」

魔法は笑顔をもたらす力か。

残念ながら、同意はできない。俺の魔法は恐怖と悲嘆と憎悪と怨恨をもたらす。

だが世の中には、ほのかが言うような魔法があっても良い。

俺は、そう思った。

［5］

「コンサートですか？」

「そう。ミュージックビデオの売り上げも順調に伸びている。テレビ出演依頼も引く手数多だ。ファンの間では次期殿が歌っている姿を生で見たいという声が高まっている」

深雪のことを「次期殿」と呼ぶのは、七草家当主、七草弘一。

今まで会うことを避けていた人物だが、この仕事が始まってからそうも言っていられなくなった。相変わらず本拠地に引きこもっている叔母に代わってこのプロジェクトを実質的に仕切っているのは、この人なのだから。

「そろそろ潮時だと思う。ここで数万人規模の群衆を直接影響下におけば、感染効果でプロジェクトメンバーに対する好意は地域社会において無視できない規模にまで広がるだろう。その母体集団、つまり魔法師コミュニティへ悪意を向けることも難しくなる。この首都圏において、魔法師に対する攻撃行動は大衆の支持を失う」

「まずは首都圏を押さえ、それを他地域にも広げていくというわけですか」

「そのとおりだ」

俺のセリフに弘一氏が頷く。室内でも外さないサングラスの所為で表情を読みにくいが、腹に一物抱えている様子は無い。

もっともこの一連の任務でそんな詮索をする必要はないかもしれない。俺のところに話が来ているということは、叔母も既に同意しているはずだ。

「全員で出演するんですか？」

「そのつもりだ」

深雪のソロコンサートなどという無茶を言い出すかと警戒していたが、考えすぎか。「感染効果」などという魔法の行使を示唆するような言葉を使っていたから、コンサートで深雪に精神干渉系魔法を使わせるのかと思ったのだが。

「他のメンバーの同意は取れているんですか？」

俺は弘一氏の隣に座る先輩へ、それと分かるように目を向けた。

なおこの場にいるのは、俺、弘一氏、先輩の三人だけだ。深雪は家で勉強させている。

さっきから部屋の外で香澄と泉美が聞き耳を立てている気配がしているが、弘一氏が放置しているのだから放っておいて構わないだろう。

先輩は俺の視線を受けて肩を竦めた。彼女の顔には、諦めが浮かんでいる。俺には読心術など使えないが、先輩が今何を考えているのか、手に取るように分かる。

——今更、嫌がってみても仕方が無い。

これだけマスメディアに露出した後では、確かに「今更」かもしれない。

だが先輩。その考え方は少し、甘いと思うが。

「家の娘たちは承知している。千葉エリカ嬢と光井ほのか嬢も、次期殿が出るのであれば自分たちも、と言っている」

「つまり当家の深雪が事実上の決定権を握っているということですか……」

俺は自分のセリフを心の中で嗤った。決定権も何も、これは既に決定済みの事項だ。

だが表向きは、俺が深雪の意思を代弁して決定したことにしておかなければならない。

後で七草家に強要された、と四葉家が言わない証しに。

「分かりました。深雪にも出演させます」

「ありがとう。日時と場所は追って連絡する」

これがセレモニーだということは、七草弘一氏にも分かっている。彼がすんなり「ありがとう」と口にしたのは、それが脚本に書かれていたセリフだったからに違いなかった。

七草家当主から日時と場所の連絡が来たのは、二日後のことだった。

「二週間後の土曜日、十八時。場所は東京ドームか」

「いきなりそんなに大きな会場なのですか⁉」

さすがに深雪も驚いたようだ。いや、深雪だけではない。俺も驚いている。

開閉式ドームに改築した二代目東京ドーム球場は、最初からコンサート会場としての用途も想定して造られている。

「ドームを開放して、野外コンサート形式で行うのか。妥当だな」

企画書をここまで読んで、俺は正直ホッとしていた。深雪(みゆき)も微(かす)かに安堵(あんど)の息を漏らしている。

想子(サイオン)も霊子(プシオン)も、物質的な天井で閉じ込めることはできない。だが「閉鎖されている」という概念は想子(サイオン)の滞留を招く。霊子(プシオン)についてはまだ結論を出し得るだけの観測例が揃(そろ)っていないが、同じ性質を持つと推測されている。

閉鎖空間に何万人も集めて、その思念が一斉にステージへ向かう。そんな状況は、想像するだけで身震いがしそうだ。全員が優れた魔法師として想子(サイオン)のコントロールには長(た)けているとはいえ、同時に高い想子(サイオン)感受性を有している。

感情の高まりで活性化した厖大(ぼうだい)な霊子(プシオン)と、その影響を受けた大量の想子(サイオン)の集中砲火。

野外形式を取ることが可能なドーム球場を選んだのは、その影響を最小限に抑える為(ため)だろう。観衆の心に――大衆の精神に魔法的な干渉を行うという目的の為(ため)には、閉鎖された会場の方がむしろ都合が良い。だが今回はリスク回避を重視したということだ。

それでもドーム球場を一杯にする観客が集まれば、プレッシャーは並大抵のものではないだろうな。本質的には傍観者の俺でも、そのくらい容易に想像がつく。

魔法的なプレッシャー以前に、歌うことへのプレッシャーで潰れてしまわなければ良いが。

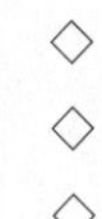

その日から、コンサートに向けた猛レッスンが開始された——はずだ。

だが、何故だろう。俺はそれを覚えていない。別行動をしていたということはあり得ないのだが……、宣伝とか販売委託とか大道具の調達とか、準備しなければならないことは無数にあったようだからな。俺はそっちに手を取られていたのだろう。

準備期間も二週間と、あり得ないほどに短かった。五万人の観客を動員する大規模コンサートがこんな短期間で準備できるはずがない。キャパシティが百分の一の会場でも無理だろう。

一体どんな「魔法」を使ったのだろうか。

そんな調子で、よく分からない内に俺たちはコンサート当日を迎えた。

天気は曇り。雨が降りそうな気配は無い。ドームは予定どおり、いっぱいに開放されている。

そして客席も既に、いっぱいだ。

「……すごい人ね」

先輩が呆れたように、おののいているように、小声で呟いた。

圧倒されているのは先輩だけではない。

呆れているのは俺も同じだ。

まさか本当に、満員になろうとは……。演出の関係で客席数をキャパシティより約三割削っているとはいえ、チケットが完売になったと聞いた時には宣伝用の誇張だと思っていた。

だがこうして、客席が完全に埋まっているのを見ると……、芸歴わずか三ヶ月の新人歌手のコンサートに、良くもこれだけ集まったものだと思わざるを得ない。

今までにも散々感じたことだが、少し都合が良すぎるんじゃないか？

……いや、上手くいかないよりは良いか。とにかく今は、そんなことに気を取られている場合ではない。

もう、開幕の時間だ。

「香澄ちゃん、泉美ちゃん、緊張してない？　落ち着いて、いつもどおりで大丈夫だからね！」

……先輩。そんな、プレッシャーを掛けるようなことを。

「大丈夫だよ、お姉ちゃん」

「お姉さまこそ、落ち着いてください」

俺も同感だ、泉美。

だが、この二人はやはり、度胸がある。オープニングに起用したのは正解だ。

「行ってくるよ」「行って参ります」

二人が舞台の下に設けられた仕掛けへ移動するのを、俺たちは全員で見送った。

俺たちがいるのはバックスクリーンの手前に設営されたステージの裏だ。球場の中央にもう一つ、円形のステージが設けられており、このステージと細い通路でつながっている。舞台を設計した業者はこちらのステージをメインステージ、円形のステージをアリーナステージと呼んでいた。厳密な意味で合っているのかどうかは分からないが、俺もそう呼ぶことにしている。

香澄と泉美が移動した先は、アリーナステージの下だ。

照明が落ちる。二人がポジションについたな。

いよいよ、始まる。

腕を引っ張られた感触に顔を向けると、深雪が俺の左袖をギュッと握っている。平気な顔を装っていたが、やはり緊張しているのか。

深雪の出番までは、まだ時間がある。しばらくは好きにさせておこう。

曲のイントロが流れ始めた。

客席が静まり返る。しかし、熱気はかえって増している。嵐の前の静けさというより、噴火前の静けさと表現した方が相応しい感じだ。

イントロがフェードアウトし、音が完全に消えてしまう直前。

激しい旋律が叩き出される。

全ての楽器が鬨の声を上げるのと同時、

淡い青と淡い赤の、色だけが異なる全く同じデザインの衣装を着た双子が、アリーナステージに飛び出した。

歓声が上がる。

喚声が上がる。

奈落から文字どおり飛び出した香澄と泉美が、空中でファンの叫声に手を振って応える。

背中合わせに、螺旋を描いて、二体の妖精が舞台に舞い降りる。

互いに背中を向けているにも拘わらず、二人は寸分違わずシンクロしたダンスを演じ始める。

曲調が一際激しさを増し、ステップを踏んでいた二人の足が床から離れる。

「やっぱり、飛行魔法は見栄えがするね～」

ステージ衣装に着替えたエリカが、いつもより高い目線で独り言のように呟く。

彼女が言うように、香澄たちが空中を舞っているのは飛行魔法によるものだ。今回のステージでは他にも多くの魔法を披露することになっている。許可を取るのが大変だった、と弘一氏はぼやいていたが、魔法師にアーティストの真似をさせようというのだからその程度の骨折りは当然だろう。

「エリカもあっちの方が良かったか？」

エリカのステージでは、飛行魔法を使う演出は無い。

「無理。あたしはこっちで精一杯」

そう言ってエリカが、アリーナステージに視線を固定したまま足下を指差す。
彼女はローラースケートを履いていた。
「見応えでは負けていないと思うぞ」
「そう？　ありがと」
素っ気なく答えたエリカを見習って、ステージに目を戻す。
同時に客席へ「眼」を配る。
観客は早くも熱狂していた。
最初の曲が、クライマックスを迎える。
香澄と泉美が背中合わせに腕を組み、クルクルと回転しながら夜空へ昇っていく。
空中で左手同士をつなぎ、お互いが相手の周りを回る。
曲の絶頂。
ライトが消え、二人の姿が夜空に溶ける。
照明が復活し、曲が再スタートする。
舞台の上で、泉美たちは最後のフレーズを熱唱した。
二人は四曲を続けざまに歌い、メインステージで観客に一礼して舞台裏に戻ってきた。
代わりにステージへ飛び出したのはエリカだ。

勇ましく乱打されるパーカッション。ドラムセットではなく、コンガ、ボンゴ、ティンバレスといったラテンパーカッションと和太鼓の組み合わせだ。

原始的な狩猟本能を呼び覚ますリズムの洪水をバックに、ローラースケートを履いたエリカが疾走する。

モーター駆動のローラーと慣性制御魔法の組み合わせ。あのスピードでターンするのは俺でも無理だ。肉体の制御が追い付かず、すぐに転倒してしまうだろう。それをエリカは歌いながらこなしている。

パーカッションに金管の音が加わった。トランペットとアルト、テナーのサックス。続けて弦(げん)。ギターとベース。歌というより叫び(シャウト)だったエリカの声に、メロディーが加わる。

ステージを縦横無尽に疾駆する、目まぐるしいパフォーマンスは止まらない。

ライトが点滅する。

慣性制御による急加速と急発進。

残像が、虚像となって舞台に留(とど)まる。

メインステージに五人のエリカが出現した。

立体映像ではない。

それはおそらく、観客も直観的に理解していた。

これは魔法と照明による、分身の実演だ。

会場が揺れる。

スタジアムが、悲鳴とも雄叫びともつかない喚声に満たされた。

エリカは三曲を歌い戻ってきた。香澄たちより一曲少ないが、観客がそれを不満に思っている様子は無い。客もエリカも、燃え尽きたように疲労困憊している。

ここで一旦休憩を入れる、という案もあったのだが、そのプランは採用されていない。

休憩のアナウンスの代わりに、穏やかでノスタルジックなメロディーが会場にそっと響く。

アリーナステージが光に浮かび上がった。ライトを当てているわけではない。空気が発光しているような、不思議な光だ。正体が分かっている俺たちでも不思議だと感じるのだから、観客には幻想的に見えていることだろう。

ステージが光に包まれる。淡い輝きが幾重にも重なり合うヴェールとなって舞台の上を隠す。

イントロが終わり、ほのかの歌が会場に流れ始める。

歌いながらこの魔法か。やはりほのかは、細かな制御力が群を抜いている。

歌声と共に、ヴェールがゆっくりと解けていく。

光が、花びらを象る。

観客が息を呑んでいる。

淡く輝く、蓮の花が咲く。

その中心で、同じ色の光を纏うほのかが手を振る。

静かだった客席が、その反動のように沸き上がった。

花びらは花吹雪に変わり、風に舞う雪となり、あるいは星になって消えて行く。

観衆のほとんどは、良くできた立体映像だと思ったことだろう。

その誤解によって、驚きに邪魔されず、純粋に美しさを堪能していた。

スタジアムの中央に設置したアリーナステージで歌うほのか。

どの方向から見ても、彼女が纏う光は褪せることも崩れることもない。

それを不思議に思う観客は、多分、いない。

ライブでステージを観ている人々に、会場を俯瞰的に、あるいは多角的に見る術は無い。

だから、不思議だと思っても、納得してしまう。

だから、余計なことを考えずに演出をただ、楽しむ。

驚きと興奮を引きずり出すエリカのステージとは対照的な、肩の力を抜いて楽しませるステージが観客を引き込んでいく。

休憩を挿まなかった舞台監督の演出は、思ったとおりの成果を上げた。

ほのかが舞台裏に戻ってきて、客席が少しざわつき始めたタイミングを見計らって、先輩がステージに向かう。

「じゃあ、行ってくるわね」

先輩はそう言って手を振りながら、スポットライトの下へ出ていく。

しっとりとしたバラードの演奏が始まる。

舞台衣装はレースを重ねたエレガントなイブニングドレス。

コケティッシュな大人の可愛らしさがシンガーとしての先輩の売りなのだが、今日は敢えて大人っぽさを前面に押し出している。

派手な舞台装置は使わない。

魔法も使用しない。

むしろ時代後れの感すらある、照明だけを使ったステージ演出が、大人のムードを盛り上げる。

観客は手拍子もなく先輩の歌に聞き入っている。

一曲が終わり、スポットライトが先輩を照らす。

「皆さん、こんばんは。本日はご来場いただきまして、ありがとうございます」

ＭＣは先輩が務める。これは誰が言い出すまでもなく、自然に決まったことだ。

「……って、いつもなら堅苦しいあいさつを続けるんだけど」

おやっ？　風向きが……。

「今日は若者らしく、弾けたいと思います！」

先輩はそう言うと同時に、着ているドレスを引き裂いた！

……いや、上に重ねたレースが外れるようになっているのか。

正直、驚いた。

MCを引き受ける条件として、先輩は「自由にやらせてもらう」と宣言していたが、これ程大胆なパフォーマンスを見せるとは予想していなかった。

「みんなー、楽しんでるーっ？」

いつもと違うテンションに戸惑っていた観客も、大胆なミニのキャミソールドレス姿になった先輩の呼び掛けに「おーっ！」という喚声で応える。

「アルプス席のみんなも楽しんでくれているかなーっ？」

直前を上回る叫声に、スタジオが揺れた。

「はーい、ありがとー」

先輩が手を大きく振って観客に応える。

楽しそうだな。

実は、こういうのが好きなのか？

「こんなにたくさん応援に来てくれて、私たち全員、びっくりしています。デビューしたばかりなのに、本当、嬉しいです。みんな、大好き！」

ここで先輩の投げキッス。

ファンが歓声で応える。

……しかし、実に役者だな。ここまで演技派とは思わなかった。

香澄も泉美も目を丸くしているぞ。

「ところでみんな、私たちには一つ、共通点があるんだけど、知ってるかなー？」

先輩の問い掛けに、客席のあちこちで「魔法使い！」という声と、「魔法少女！」という声が上がる。

……何故か「魔法師」という答えと、「魔女」という答えは無かった。

「そう！　私たち全員、魔法少女です！」

うわぁ……。台本どおりとはいえ、言ってしまった……。

まあ、リハーサルと違ってやたらと勢いがついているから平気なのかもしれないが。

……もしかしてこのハイテンションは、今のセリフを口にする為だろうか。

素面じゃ言えなかったんだろうな……というのは、穿ち過ぎか？

「こらこら、誰だー？　少女じゃないだろ、なんて意地悪言うのは！」

俺です。

これも台本どおりとはいえ、思わず合いの手を入れたくなるノリの良さだ。

「普段の私たちはお話の中の魔法少女とは違うけど、ステージの上ではお馴染みの魔法少女と同じ、夢を届けるのがお仕事です！」

再び観客から熱狂の叫び声が上がる。

先輩はすっかり会場の雰囲気を掌握していた。

「そして、みんなに夢を届けに来たのは、ステージの私たちだけじゃありません！」

はっ？

こんなのは台本になかったはずだが……。

「海を越えて、同じ魔法の仲間が応援のパフォーマンスを見せてくれます！」

先輩の指し示す巨大スクリーンが、そのサイズに相応しい解像度の、鮮やかな映像を映し出す。

「アメリカの魔法少女、ステラ・アンジェ！」

誰だ、それは——と思ったのは一瞬のこと。

スクリーンに登場したのは、紛れもなくリーナだった。

本名、アンジェリーナ＝クドウ＝シールズ。

シリウスのコードネームを持つ、USNA軍最強の魔法師部隊・スターズ総隊長だ。

リーナは露出多めのロックな衣装に身を包み、バックバンドを従え、マイクスタンドの前に立っている。

まさかリーナまで同じ境遇だったとは……。

『日本の皆さん、コンバンハーッ！』

リーナが陽気な挨拶を叫ぶ。

自棄になっている感じはないな。むしろ、ノリノリだ。

『ワタシの歌を聴いてネ！』

どっかで聞いたようなフレーズと共に、スクリーンの中のリーナがウインクし、歌い出す。

いや、本当に楽しそうだ。

リーナは間違いなく、軍人よりもシンガーの方が向いている。

しかしこんなサプライズ企画があったなんてな。

そういえば開場前に先輩がスタッフから渡されたメモを真剣な顔で読み込んでいたが、もしかしてこれのことだったのか？　だとすれば先輩にもギリギリまで伏せられていたということだ。

叔母といい弘一氏といい、少し稚気が過ぎるのではないだろうか。

俺たちの驚きを余所に、観客は大喜びだ。

客観的に評価して、リーナは深雪に劣らぬほどの美少女。

神秘性という点では深雪に一歩譲るが、派手さはリーナの方が上だ。

今まで見たことも無い金髪碧眼の超級美少女が、高解像度の巨大スクリーンで日本語の歌を披露しているのだ。

興奮するなと言う方が理不尽だろう。

「受けてるわねぇ」

「先輩、まだ出番が残っているのでは？」

何時の間にか隣に来て、会場の様子を映しているモニターをのぞき込んでいた先輩に、注意を促してみる。

「これの後に歌えって言うの？　達也くんって真性のサドね」

いや、そんなに睨まれても。

この突然のプログラム変更に、俺は関わっていない。

「シールズさんのライブ中継が割り込んだ所為で時間がタイトになっているのよ。だから私の出番はＭＣの締めをしてお仕舞い。深雪さんにもそう伝えておいて」

芝居気たっぷりの声から、一転して事務的な口調で先輩が告げる。

言われてみればそうだな。

スタジアムを使える時間は限られている。

俺は椅子に座ってモニターを見上げている深雪の許へ歩み寄った。

「深雪」

「あっ、お兄様、いえ、達也様」

俺が近づいてきているのに気がついていなかったのか。深雪は随分びっくりしている様子だ。

……いや、違うな。

「不安か？」

「はい、いえ、その……」

反射的に俺のことを兄と呼んだのも、不安の表れに違いない。

どうやら婚約者としての俺は、余り頼り甲斐が無いようだ。頼られているのは兄としての俺か。

嬉しいような哀しいような。何とも複雑だな、これは。

「リーナの飛び入りで、順番が繰り上がった。リーナが歌い終わったら、先輩がＭＣを締めてすぐに出番だ」

「──はい。分かりました」

随分と気合いが入っている。いや、気負っているのか。

「深雪」

「達也様⁉」

スタイリングを崩さないようにそっと髪を撫でた俺に、深雪は随分びっくりしている。

「こんな所で……」

長い髪の先を手ですくい上げた俺から、深雪は恥ずかしげに顔を逸らす。

「気楽に行け。観客のことなど無視して構わない」

「しかし……」

深雪が顔を逸らしたまま、視線だけをそっとこちらに向ける。

「お前は、俺に見られていることだけを意識していれば良い」

何時の間にか寄って来て聞き耳を立てていたほのかと泉美が、喉から「ひゅっ！」と悲鳴のなり損ないのような音を立てた。

俺も深雪も、当然、無視だ。

深雪は気づいてすらいなかったかもしれない。

「見ていて……くださいますか」

「決して目を離さないと誓おう」

俺の誓言に、深雪が顔をほころばせた。

気負いが取れた深雪の表情に、俺も思わず頷いていた。


『皆さん、アリガトー！　また会いましょう！』

スクリーンの中でリーナが手を振る。

地響きと聞き間違える喚声が上がった。

「アメリカから魔法の歌姫、ステラちゃんでした！」

上は肩をむき出しにしたまま、ミニスカートの上からパレオのようなオーバースカートを着けた先輩がマイクを持ってステージに進む。

しかし……ステラちゃん、ねぇ。コンサートが終わってから落ち込む羽目にならなければ良いが。

「すっごくきれいで可愛かったわね」

先輩が客席にマイクを向ける。

観客の叫びは、最早何と言っているのか判別できない。

「オーケーオーケー。でも私たちも負けていないわよー」

再び、声の爆弾がスタジアムを揺るがす。

「準備は良い？　次はいよいよ、我らが歌姫の登場です。司波・深雪ーっ！」

それはもう、声ではなく、音だった。

空気を震わせるのではなく、空気をかき乱す嵐だった。

そんな、物理的な衝撃となって押し寄せる歓呼の叫びを前にして、俺は「リーナがあれだし、本名はやはり避けた方が良かったかな」という今更なことを考えていた。

——人はこれを、現実逃避と言う。

さっきはああ言ったが、これを無視できるのか？

自分がひどく的外れなアドバイスをしてしまったような気がする。

だがこれは、杞憂だった。

深雪がメインステージの中央で立ち止まり、スポットライトが当たった瞬間、客席は針が落ちる音さえ拾えるまでに静まり返った。

その光景はさながら、天上の絵の具で描かれた一幅の宗教画だった。

一条の光に浮かび上がる、白く清らかな乙女。

祝福を受けた聖女。

その姿は、荘厳で神々しくすらあった。

マイクを持たず、深雪が歌い出す。

音を増幅し、浸透させる、単純な魔法。

そこには何一つ、余分なものは加わっていない。深雪の声が持つ本来の響きを飾り立てる要素は一切無い。

電気的な変換と再現すらも無い。

伴奏も全て、アコースティックな楽器の音をそのまま魔法で増幅している。

深雪の魔法が、五万人の耳を揺さぶる。

胸に、心臓に染み込んでいく。

心を、囚える。

深雪の手が、足が、緩やかに動いた。

踊りというよりも、舞。

曲調は決して、スローなだけではない。

穏やかなだけではない。

だがどれだけ激しく歌っても、軽快なメロディーを口ずさんでも、優雅さが損なわれることは決して無い。

体重を、肉の身体を持たない、妖精のように舞っていた深雪の足が、爪先が、ステージの床を離れる。

浮かび上がる。

空に、舞う。

観客は、声一つ発しない。

手拍子どころか、わずかに身動ぎすることも無い。

ただ陶然と、深雪を見詰めるだけだ。

宙を舞いながら、深雪が一つの曲を歌い上げる。

風を踏んでいた足を地に着け、優雅に一礼する。

観客の感情が、一丸の絶叫となって迸った。

最後の曲が終わり、深雪が舞台裏に引っ込む。

全員がメインステージに並び、ファンに感謝を告げる。

そして、コンサート終了のアナウンスが流れた。
だが、観客は誰一人席を立とうとしない。
アンコールを要求しているのではない。
まさしく、忘我。
魂を抜かれた態で座り込んでいる。
うーん、魔法で生の声を届けるというのはやり過ぎだったか……。
誓って精神干渉系の魔法は使っていないが、似たような結果になってしまっている。
だが、意識を操作したものではないから、どうしようもない。
自然な回復に任せるしかない。
後は係員に任せて、俺たちはスタジアムから引き揚げた。

［6］

コンサートの翌日。

俺たちは、いや、俺と深雪は、自分がやり過ぎてしまったことを知る。

昨日のコンサートは、全国ネットの報道番組で採り上げられた。芸能ニュースではない。社会ニュースだ。具体的に言うなら、コンサート終了後の観客の虚脱状態が問題視されたのだ。

「黒ミサとは言ってくれる……」

テレビを見ながら、思わず独り言を呟く。

今日は日曜日だが、仮に平日でも学校には行っていないだろう。家を出ないよう、一高から校長名で警告メールが送られてきているくらいだ。

「もしかして、魔法を無意識に暴走させてしまったのでしょうか……？」

「いや。昨日のコンサートで精神干渉系魔法は使われていない。観客がしばらく我を失っていたのは、魔法による効果ではない」

不安の余り自分を責めようとする深雪に、俺は自信を持って断言した。

気休めではない。深雪がステージに上がっている間中、俺はずっと「眼」を離さなかった。深雪に干渉しようとする魔法だけでなく、深雪がアウトプットした魔法も全て漏らすことなく把握している。客がああなったのは魔法によるものではない。感動によるものだ。

もっとも、感情を揺さぶるのに魔法的な道具立ては使ったが、魔法で心を操ったなどというマスコミが誹謗しているような事実は決して無い。

「……ですが、このような形で問題になっては……」

「今回の任務は、ここまでだろうな」

今回の任務、つまり芸能活動は、魔法師以外の人々の好意を集めることが目的だ。昨日のコンサートは、人気取りという意味では成功だっただろう。だがマスコミに「魔法の悪用」という魔法師自体を攻撃する材料を与えたのは致命的に思われる。

魔法師に対する悪意を押し隠して深雪たちの活躍を傍観するしかなかったマスコミは、ここぞとばかりこの冤罪を材料に魔法師に対する攻勢を強めるに違いない。

昨日のコンサート演出が失策だったとは思わない。観客の心を掴むという目的は果たしている。

だが反魔法師運動に対する封じ込め作戦という根本目的に反したのだから、やはり失敗だったと言わざるを得ない。戦術的には成功だったが、戦略的には失敗だったと認めるしかない。

まあいい。やりたくて続けていた任務じゃない。芸能活動で私生活が犠牲になっていたことを考えれば、中止はむしろ歓迎すべきだ。

顔が知れ渡ってしまっているから、しばらく外出を控えなければならないだろうが、それも少しの間の我慢だろう。大衆は冷めやすく、忘れやすいものと相場が決まっている。

今日明日にでも叔母から掛かってくるであろう、叱責を伴う中止命令の電話を待つことにしよう。


そんなことを考えていたら、夕食後には叔母から電話が掛かってきた。

しかし意外なことに、叔母の口から出て来たのは昨日のイベントの成功を祝う言葉と労いのセリフだった。

「この任務は、中止ではないのですか？」

今後もこの調子で頑張るように、と言われて、俺は思わずこう問い返してしまう。

『中止？　何故？』

しかし叔母に、それこそ「思いも寄らない」という顔をされて、俺は答えに詰まってしまった。

『ああ、もしかしてマスコミの「黒ミサ」とかいう中傷？　あんなものを気にする必要はありませんよ』

「しかし、魔法師のイメージアップを図る為の活動で、逆に中傷のネタを与えては……」

『マスコミを利用しようとしているのだから、ある程度のスキャンダル報道は織り込み済みよ。それに、大衆というのは意外にロイヤリティが高いものです』

「……と仰いますと？」

惚けたのではない。本気で意味が分からなかった。

『自分を否定されるのは平気な人でも、自分が好きなことを否定されるのは我慢ができないものですよ。集団になれば、この傾向は増幅され、強化されます』

叔母の答えは、素直に受け容れられるものではなかった。しかしその一方で、心の何処かに納得している俺がいた。

「狂信の原理ですか……」

『狂信者呼ばわりだなんて、達也さん、口が悪いわね。仮にも深雪さんのファンですよ』

言葉ではたしなめているが、画面の中の叔母は、楽しそうに笑っている。

『でも、そうね……。そのくらい夢中になってくれたら、面白いことが起こるわね』

面白い？　叔母のセリフは、不吉な予言にしか聞こえない。

だが遺憾ながら、俺も同感だった。

マーフィーの法則ではないが、悪い予感ほど良く当たるものだ。——と言ったら、迷信になってしまうだろうか。

しかし今回は——今回も、と言うべきか——悪い予感が的中してしまった。

スキャンダルにつながる材料が無かった深雪たちの芸能活動を叩くチャンスの到来に、保守的な大手マスコミは一斉に食いついた。

魔法師でなければ、魔法が使われたかどうかは分からない。

分からないから、可能性が有ると言える。

大手マスコミは、ブレイクのきっかけになった被災地のステージに遡って「人の心を魔法で操って売れっ子になった」というシナリオで俺たちを、主に深雪を攻撃し始めた。

無論、俺たちも黙ってはいない。

コンサートで使われた魔法は、全て警察に届けてある。魔法が使用されると分かっていたから、会場には警察が探知機を設置していた。

俺たちは認可データと計測データを、身の潔白を示す証拠として公開した。大手マスコミには無視されたが、芸能活動に好意的だった新興マスコミは、そのデータを基に援護の論陣を張ってくれた。

だが、最も熱心に、激しく深雪たちを擁護してくれているのはＳＮＳだ。

中傷報道に対する最初の反論は、コンサートに来てくれたファンが投稿した記事だった。

自分たちは決して操られてなどいない、という怒りのメッセージだ。

俺たちの反論よりずっと早かった。

しかも、一件や二件ではない。確認できただけで千件以上に上った。

これには大手マスコミもびびった様子だった。

しかしすぐに、マスコミを援護する言論の射撃が開始された。

これもやはり、SNSだ。

ファンに対する反論という形で、匿名のメッセージがインターネットに溢れかえった。

君たちは騙されている、というのはまだ穏便な方だ。

狂信者、という罵倒も投げつけられた。

共犯者、という誹謗も飛び交った。

ファンの側も黙ってはいなかった。

「偏見」「嫉妬」「マスコミの回し者」「差別主義者」等々。「狂信者」という罵言は双方の陣営から相手に向かって投げつけられた。

争いは当事者である俺たちの手を離れ、マスコミの手すらも離れた。

大衆が二つの陣営に分かれて、罵り合った。

これはその内、本格的な破局を迎えるんじゃないか……。

昨日まで、俺はそう危惧していた。


そして、今日。

こんな状態でイベントなど止めた方が良いと、俺は何度も言ったのだ。

だが「マスコミと話はついた」と自信満々に告げた弘一氏によって、ファンに向けた新曲プロモーションが強行された。

主役は香澄と泉美。

深雪と先輩も、舞台に上がる予定だった。

そのイベントが始まる直前。

会場の門が開かれ、ファンの入場が始まった、まさにその時。

会場の外で、激しい暴動が勃発した。

匿名掲示板を主戦場に、言葉で殴り合っていた両陣営が、遂に肉体同士で衝突してしまったのだ。

聴覚を麻痺させる程の、パトカーのサイレン。

警官が駆けつけても続く、罵り合いの怒号。取っ組み合いと、殴り合い。

暴徒と化したファンとアンチの間に撃ち込まれる催涙弾。

――これはもう駄目だ。

俺はそう思った。

——この未来は、採用できない。

もう一人の俺が、断を下した。

次の瞬間、世界が暗転する。

俺は「俺」を捨てて、可能性の外側に脱出した。

目を開けた俺は、ここが何処で、今が何時なのか、思い出すのに一秒を要した。

今日は西暦二〇九七年三月二十八日。

時刻は午後六時前。

大亜連合軍脱走部隊とこれを支援するオーストラリア軍工作員による破壊工作阻止の為、久米島西沖合に建造された人工島『西果新島』に向かうクルーザーの中だ。

俺はキャビンの椅子から身体を起こした。

立ち上がり、スーツに皺が寄っていないかどうか点検する。

鏡に映る自分に、俺は自嘲の笑みを投げ掛けた。

時間の流れ、『時間樹』を形成する無数の選択肢。その先にある無数の可能性。

俺は「深雪に平和な暮らしをさせてやれる未来へ続く正しい選択肢の組み合わせ」を求めて、何時の間にか時間樹の中に迷い込んでいたようだ。

しかしそこには、「実現しなかった可能性」までもが存在していた。

今、自分が観測していた、「西暦二〇九七年三月十日から分岐し現実とならなかった世界」のように。

何とも皮肉なことだ。

あらかじめ観測できる「正しい組み合わせ」など無かったのだ。

あそこには、実現しない可能性までもが存在する。

結局俺たちは、手探りで進むしかないということだ。

厳密な意味で、未来予知の能力は存在しない。

それが判明したことだけが、この「実験」の成果だった。

（魔法科高校の劣等生第二十巻『南海騒擾編』本編へ続く）

The irregular at magic high school

# 続・追憶編 –凍てつく島–

二〇九二年十二月。クリスマスも近づき、街には賑やかな音楽と陽気な——やや空回り気味の——声が溢れている。

しかし郊外の病院の中は、しんとした静けさに包まれていた。

見舞客も廊下で騒ぐようなことはしない。たとえ、この世の者とも思えぬ美少女とすれ違っても。もしかしたら、声も出なかったのかもしれないが。

中学校の制服を着た少女は顔立ちに幼さが残り、体つきも未熟だ。だが幼くても既に、傾城の美を備えていた。

未熟な段階で見る者の息を呑ませるオーラを纏っているのだ。あと二、三年もすれば絶世の、という形容がむしろ控えめに感じられるに違いない。地上のものとは思われぬ美貌に、神々に見初められ天に召されはしないかと、彼女に近しい人々は今から不安を覚えているのではないだろうか。

だが、少女自身の想いは違う。

少女が案じているのは自分ではなく、ここに入院している母親のことだった。

彼女は通い慣れてしまったルートを通り、個室の扉をノックする。

「お母様、深雪です」

「お入りなさい」

中から聞こえてくる声は微かなもので、これだけ静かな環境でなければ聞き取ることは難しかっただろう。

「失礼します」

礼儀正しく断りを入れて、深雪が深夜の病室に入る。

ベッドの上の母親は昨日より少しだけ顔色が良かった。ただ、健康と言うには血の気が足りない。普段から儚いイメージがある母親だが、入院してからますますその傾向が強くなった。深夜は沖縄から帰京して以降、ずっと塞ぎ込んでいた。ため息を吐くとか愚痴をこぼすとか、そういう分かり易いサインは無かったが、少なくとも娘の深雪には母親が深い憂鬱に囚われているのが分かった。

多分、一番の原因は、桜井穂波を失ったことだ。深夜本人は決して認めないだろうが、穂波は単なるボディガードでは無かった。

家族同然、と表現するのは言い過ぎだろう。雇い主とその使用人。このけじめは、二人とも最後まで——最期の時まで堅く守っていた。

しかし、単なる使用人の一人だったかというと、それも違う。穂波は深夜にとって、最も信頼できる腹心の部下だった。股肱の臣、片腕とさえ頼る存在だった。

精神的な支柱を失ったことで、深夜は不安に苛まれてヒステリーになるのではなく、物事に取り組む気力を失ってしまった。彼女自身はそれを認めようとしないから、無気力状態は悪化する一方だった。

だが、深夜の鬱屈は、それだけが理由ではない。自分にも理由があると深雪は思っていた。

兄と思ってはいけない。第三者がいない所で兄と呼んではいけない。

この母親の言い付けを、深雪はあの日以来守っていない。いや、反抗していると言うべきか。

兄に対する扱いは不当なものだ。あの日、深雪はそう確信した。兄は自分などよりずっと素晴らしい人間で、優れた魔法師だ。この想いは四ヶ月が経った今も、強まりこそすれ、薄れることはない。だから彼女は、兄に対する態度を改めようとは思わない。

ただ、母親の言い付けに背いているという心苦しさはある。達也を兄と思うなという深夜の言い付けは理不尽なものだが、理由が無いわけではない。それが分かっているから、深雪は余計に反発しきれない。

　こうして病床にある母の姿を見ると、言うとおりにしてあげたいという気持ちが湧き上がってくる。親にとって良い子でいたいという子供らしい感情が深雪にもある。だが達也に関してだけは、妥協できなかった。

あの日以来、達也を「お兄様」と慕うことが、深雪にとってアイデンティティになっていたからだ。

今日は終業式だった。明日から冬休みだ。

この分では、深夜はお正月を病院で過ごすことになるだろう。

学校からの連絡物が詰まった情報端末に目を通す深夜を見詰めながら、冬休みはなるべく母と一緒にいようと深雪は思った。

「深雪さん、魔法の練習は進んでいますか？」

娘に渡された最高評価ばかりの通知表を見ながら、深夜は立ったままの深雪に直接関係の無いことを問い掛けた。

「はい、お母様。ニブルヘイム以外は、お言いつけのあった魔法をマスターしました」

入院する前から、深夜が深雪の魔法修行を直接指導することはなかった。深夜が病気がちになったのは魔法の使いすぎによるもので、今では教師役を務めるだけでも身体に大きな負担となってしまうからである。直接指導する代わりに、四葉家から派遣された深雪の家庭教師にカリキュラムを指示する形で深雪の魔法教育に関わっていた。

「ニブルヘイムが上手くいかないのですか？　あれは魔法師としての深雪さんにとって、主軸となるものですのに」

「……すみません」

「分かっていると思いますが、コキュートスは軽々しく使ってはならない切り札です。世間にアピールする際は、貴女本来の精神干渉系魔法ではなく、冷却系魔法を使わなければなりません。ニブルヘイムはそれに最適な魔法です」

「はい、理解しています」

しょげ込んで俯いた娘に、深夜は少しだけ優しげな眼差しを向けた。

「自分では何が原因だと思いますか？」

深夜の問いに、深雪は一所懸命答えを探す。母親を失望させないように。

「……躊躇いがあるのだと思います。コントロールを失敗して凍らせる範囲を広げてしまっては、大きな被害が出ますから」

「冷却プロセス自体はできているのですね？」

「はい……。それは、できていると思います」

「そう……」

深夜は小さく頷き、しばしの間考え込む。

「では深雪さんの為に、練習場を用意しましょう。そこでこの休みの間に、ニブルヘイムをマスターしていらっしゃい」

ニブルヘイムは最高等魔法の一つ。術式自体は複雑なものではないが、要求される事象干渉力が通常の魔法に比べて桁違いに大きい。自然の事象を書き換える程度が大きければ大きい程、その制御も困難になる。既に半ばマスターしているとはいえ、それをたった二週間で完全に修得することは不可能ではないかと深雪には思われた。

「――はい、お母様」

しかし、深雪の口から「できない」とは言えない。優秀な魔法師になることは彼女の血筋に課せられた義務であり、魔法は母と子の絆だ。それに兄のことで深夜に逆らっている深雪は、これ以上母親を悲しませたくなかった。

深雪が東京の自宅を出発したのは、冬休み二日目の朝だった。

「深雪、身体に気をつけて」

大型セダンの運転席から深雪に声を掛けたのは、彼女の父親、司波龍郎だ。彼は空港まで、わざわざ会社の車の運転席に座って娘を乗せてきたのである。

「くれぐれも無理はしないようにな」

「はい、お父様」

父親の神経質な言葉に内心うんざりしながら、深雪は神妙な顔で頷いてみせる。

もし出発時刻が決まっている航空会社の定期便を利用するのであれば、深雪は車を辞退しただろう。公共交通機関を使った方が空港に早く到着する。荷物は割増料金を払えば済むだけだ。積み下ろしは達也に任せれば良いから、龍郎は必要無い。

自家用機であっても空港の都合というものがあるので、何時でも好きな時間に離陸できるわけではない。だが間違いなく、定期便よりは融通が利く。少なくとも離陸予定時間に遅れたからといって、置き去りにされることはない。

だから、偶には父親らしいところを見せようとした龍郎による好意の押し付けを甘受したのだが、深雪はそれを後悔し始めていた。

「達也。深雪をしっかり見守っているんだぞ」

龍郎のターゲットが達也に移る。くどくどと言われるまでもない指図を受けた達也は、およそ感情というものが欠落した表情で「分かっている」とぶっきらぼうに答えた。

「達也、親に向かってその言い方は――」

「何か問題でも？」

龍郎のセリフを達也が冷たく遮る。

途端に、龍郎のちっぽけな怒りはしぼんでしまった。

四葉家の序列の中で、達也はまだ深雪の守護者でしかない。だがそれでも、本家に立ち入ることを許されない龍郎より立場は上になる。

達也は別に、父親を使って憂さ晴らしをしているのではない。親子の情を消し去られている達也は、龍郎に対して丁寧に接する必要性を覚えないだけだ。

「お父様、そろそろ出発の時間ですので……。お兄様、参りましょう」

深雪が割って入ったのは、息子を相手に怖じ気づいている父親への救済措置だった。

深雪にとって達也は既に至上の存在となっていたが、父親を敬う気持ちも残している。深雪が司波龍郎という人間に見切りをつけるのは、母親が死んだわずか半年後に、母が存命中から愛人関係にあった古葉小百合という女性を後妻として迎えた時である。

「そうだな」

既に荷物は車からカートに積み替えてある。達也は軽く頭を下げただけで龍郎に背を向けて、カートを押し始める。

「行って参ります」

深雪は淑女を目指す少女らしく、きちんと足を揃え手を重ねて父親に一礼する。

そして龍郎と別れを惜しむことなく、兄の背中を追い掛けた。

深雪と達也を乗せた小型機が着陸したのは東京から約百九十キロ、三宅島東海上約五十キロに位置する『巳焼島』という名の小島だった。
この島は二〇〇一年、巳年の海底火山活動によって形成された。『巳焼島』という名前は、隣に位置する三宅島の名前の由来の一つと言われている『御焼島』の「御」を、誕生した年の干支「巳」に置き換えて命名されたものだ。二十一世紀最初の年にできたことから『二十一世紀新島』とも呼ばれている。
溶岩原からなる島の面積はおよそ七平方キロ。二十年世界群発戦争時には国防軍の基地が置かれたこともあるが、二〇五〇年代の度重なる噴火で基地は放棄され、現在は島の西端に犯罪魔法師を収監する施設が置かれている。

深雪の練習場にここが選ばれたのは、この島が丸ごと四葉家の私有地だからだ。魔法師監獄の管理に責任を負っているのは警察ではなく国防軍だが、実際の運営は四葉家がダミー会社を通じて受託している。なおこのことは十師族の間にも知られていない。

この監獄が国防軍の管轄となっているのは魔法師が兵器として扱われていた時代の名残だが、収容されている魔法師に外国の工作員が多く含まれているという事情もある。そうした非合法工作員は、法の保護の外にいる、存在しないはずの犯罪者だ。何時処刑されるか分からない。消されても、文句を言う者はいない。故に彼らは、決して大人しく閉じ込められてはいない。常に逃げ出す隙を窺っている。

この島に送り込まれる魔法師は、海という障壁で民間人の住む居住地から隔離しなければならない強者ばかりだ。そんな彼らの脱走を阻止し、抵抗する者を鎮圧する為には看守の方も凄腕でなければならない。国防軍がこの仕事を委託する先として、四葉家は打って付けの存在だった。

四葉家の側でも、脱走しようとする犯罪魔法師への対処は貴重な実戦の場となっている。

世界情勢はまだまだ安定には程遠い。日本も他人事ではない。わずか数ヶ月前には、沖縄と佐渡が戦場になった。

とはいえ、日本周辺で常に戦闘状態が継続しているわけでもない。お互いの生死を問わない魔法戦闘の経験を積む機会など、滅多にあるものではない。巳焼島はその貴重な舞台だ。

「お兄様」

空港のロビーで迎えを待つ深雪が、隣に座る達也に声を掛ける。

その口調が少しぎこちないのは、まだ照れ臭さが残っているからだ。

深雪が達也のことを「お兄様」と呼び始めたのはまだ四ヶ月と少し前のこと。それまでは兄妹としての会話すら無い状態だった。

八月に沖縄が外国勢力の侵攻を受けたあの日、深雪と達也はようやく本当の兄妹になった。あの日から、深雪は達也を兄として心から敬い、慕っている。だがそれまでに家族として過ごした時間が無い所為で、「頼り甲斐のある兄」としてだけでなく「素敵な異性」としても、達也のことを見てしまうのだ。

きっと、一時的なものだろう。

深雪は自分の感情を、そう分析している。

自分は血を分けた兄に異性を感じるような、アブノーマルな人間ではないと深雪は思っている。この戸惑いは一時的なもので、兄妹として共にある時間を積み重ねていけば、肉親の情、兄妹愛に自然と統合されていくに違いない。

それまでは気恥ずかしさを覚えるのも仕方が無い。わたしとお兄様の関係は、まだまだ始まったばかりなのだから……。深雪はそう考えて、自分を納得させていた。

「何だい、深雪」

しかし深雪に応える達也の声は、すごく自然で、優しい。余所余所しかったかつての他人口調が嘘のように、愛情に満ちている。それがまた深雪を惑わせるのだが、いちいち恥ずかしがっていては会話が成り立たない。深雪は揺れ動く心を何とか鎮めて、質問の続きを絞り出した。

「その……お兄様はこの島にいらっしゃったことがおありなのですよね？」

「そうだね。これが三度目だ」

達也は何でもないことのように答えたが、あいにくと深雪は達也がこの島で何をさせられていたのか知っていた。詳細は聞かされていないが、概要は分かっている。

この島は犯罪魔法師の監獄で、脱走者の対応は四葉家から派遣された係員に任せられている。ここではある種の治外法権が成立していた。

達也はこの島で、殺人の訓練を受けたのだ。

人を殺す技術は四葉の本拠地にある施設で——ただし本家敷地内ではない——仕込まれている。ここで達也に課せられた訓練は、殺人に対する禁忌を取り除くことを主眼としていた。

人を傷つけ、人を殺す。

それを躊躇っていては、護衛対象を危険に曝す結果になってしまう場合がある。

魔法は手足が動かなくても使える。目が見えなくても、耳が聞こえなくても、五感の全てを潰され、指一本動かせない状態にされても、人の命を奪うことのできる魔法がある。

殺さなければ止まらない暗殺者を前にして、殺すことを躊躇していては守護者失格だ。

四葉家は守護者を、そういうものとして位置づけていた。

だが幸い、達也は「強い感情」を奪われた副作用で殺人に禁忌を覚えていなかったので、その訓練は二回で卒業した。その際に「処分」した魔法師は延べ七人に上るが、今年、二〇九二年の夏に彼が上げた戦果に比べれば大した数ではない。

とはいえ、世間一般の基準に当てはめれば十分に大量殺人だ。それだけの命を奪って平然としているのは人間として歪んでいると言わざるを得ない。達也も、それを命じた四葉家も。

達也には自分が歪んでいるという自覚がある。妹が殺人に忌避感を懐いているのは知っているし、そういう普通の感覚を無くして欲しくないとも思っている。

「だが深雪の参考にはならないと思う。俺の時とは課題が違うからな」

これは、その思いが形になったセリフだった。

今回、深雪に与えられた課題は広域冷却魔法ニブルヘイムの修得。この魔法は人をターゲットにするものではなく、広い領域を丸ごと呑み込むものだ。達也の時のように、囚人をわざと脱獄させて彼らを狩りの獲物にする必要は無い。人を殺す必要は無いのだ。

「そうですね……。ですが、この島について知っておくべきことがあれば、深雪に教えてください」

深雪が表情を曇らせたのは、達也が殺人を強いられていたことに哀しみを覚えたからだ。彼女はまだ、達也が人殺しを忌避しないということを知らなかった。だから、脱走した囚人の処分を命じられて兄が悩み苦しんだと思い込んでいた。その嘆きに同情し、哀しんだのだった。

達也が間接的な表現で「人殺しをしなくてもいい」と言ってくれたのは、彼自身がそれに苦しんだからだと深雪は解釈した。彼女は兄の心遣いを無駄にしないよう、頑張って笑みを浮かべた。

この島に置かれた監獄の正式名称は『巳焼島軍事刑務所』という。捕虜収容所でないのは日本人の犯罪魔法師も収容されるからだ。本来であれば刑事施設である刑務所で刑に服するべき犯罪者も、強力な魔法師である場合は十分な管理ができないという理由でここに送り込まれている。また、正式な捕虜は魔法師であってもここには収容しないという理由もある。

深雪は刑務所の最高責任者である所長に挨拶をして――この者は四葉家の人間ではないが、その息が掛かった軍人である――、彼の秘書役を務める女性下士官により宿舎へ案内された。

宿舎は、刑務所とは別棟になっていた。部屋は明らかに重要人物用と思われる、華美ではないが広く立派なものだった。

「あの……同じ部屋なんですか……？」

寝室とは別になっているリビングで呆然として訊き返す深雪の顔を、曹長の階級章をつけた秘書役の女性は不思議そうな表情で見返している。

「そのように指示されておりますが」

真っ先に「誰から？」という疑問が深雪の脳裏を過る。

答えはすぐに出た。

ここは四葉家の影響下にある施設で、自分は本家の次期当主候補だ。そんな指図ができる者は二人しかいない。

母親ではありえない。ならば、この手配は……。

（……叔母様、何ということを）

深雪が無言で立ち尽くしているのを、納得したと判断したのだろう。案内の曹長は二人を部屋に残して刑務所へ戻っていく。

「小官はこれで失礼します。何かご用の際はそちらの内線電話でお呼びください」

深雪と達也の二人を残して。

閉ざされたドアを見詰めていた深雪が、ぎこちない仕種で振り向いた。

「あの……」

無表情に自分を見ている達也に声を掛けてはみたものの、それに続く言葉が出てこない。当惑を超えて混乱状態に陥っている妹に、達也は乏しいながらも何処か諦めを滲ませる表情で答えを返す。

「仕方が無い。俺はお前の側にいなければならない立場だ」

守護者は守護対象を、身体を張って守らなければならない。それが達也の言う「立場」だと、深雪はすぐに理解した。

「お前は嫌かもしれないが、ベッドルームには立ち入らないようにするから少しの間、我慢してくれ」

「その……決して、嫌ではありません」

このセリフは、深雪の本心だった。それでも言い淀んでしまったのは、恥じらいがあったからだ。

中学生にもなれば、たとえ生まれた時から一緒に暮らしている、仲の良い兄妹であっても、同じ部屋で寝起きするのは恥ずかしくなるものだ。深雪の場合は今年になってようやく達也と共に過ごす時間を持ち始めたばかり。家族としての交流は、八月から始まったばかりだ。「同じ部屋でも嫌ではない」と口にするだけで、自分が淫らなことを言っているような気になってしまったのである。

「荷物を置いて参ります」

達也の顔を見ているのが恥ずかしくなった深雪は、着替えが入ったトランクを引っ張ってべツドルームに逃げ込んだ。余計なことを考えて頭がいっぱいになっている所為で、達也が何処で寝るのかという重要な問題に、深雪はこのとき気づいていなかった。

昼食を済ませた後、深雪は早速ニブルヘイムの練習を開始した。

場所は巳焼島東半分の溶岩原。巳焼島には二つの火口がある。島の西に位置する低い火山が西岳。二〇〇〇年代に島として観測されたのはこの山だ。二〇二〇年代に西岳東山麓から溶岩が噴出し、斜面に従って島の東側に溶岩原が広がった。この新しい火口が東岳。東岳は現在の巳焼島のほぼ中央に位置している。収容所は西岳の西側にあり、深雪が練習に使うのは東岳の東側だ。

練習の付き添いは達也一人。ここまで電動カートを運転してきたのも彼だった。

しかし達也は、深雪のコーチというわけではない。妹がやろうとしていることは分かっている。広域冷却魔法ニブルヘイムの修得だ。だがその為に何をすれば良いのかは知らない。本家から指導方法のようなものは聞いていない。

それなのに深雪はさっきから、ＣＡＤをスタンバイした状態で達也の顔をちらちらと窺い見ている。「何をすれば良いのでしょうか？」と問いたげな表情だ。少し途方に暮れているようにも見える。

「……まず、現段階でどのくらいできているのかやってみてくれないか」

そのまま立ち尽くしているわけにもいかなかったので、達也は取り敢えず、こう提案した。

「あっ、そうですね。それでは」

深雪は達也から指示をもらって、ホッとしたように笑みを浮かべる。そして、溶岩原を見渡したままCADを操作した。

活性化した想子によって動的な情報構造体が形作られようとしている。それが達也の「眼」に「視」える。

達也は意識を集中して、『精霊の眼』を魔法の発動過程へ向けた。

見渡す限り一面に魔法式が書き込まれている。イメージとしては投影と表現した方が近いかもしれない。見渡す限りという表現はやや大袈裟だが、深雪を基点とした正面視角九十度の空間が魔法式で埋め尽くされている。

ただ、最奥と最端の部分、魔法式が書き込まれている空間と書き込まれていない空間の境目の所で、情報体の構造があやふやになっていた。ちょうど画用紙の端が濡れて水彩絵の具が滲んでいるような感じだ。

エレメンタル・サイトで情報次元を観測する際に訪れる引き延ばされた時間の中で、魔法の最終プロセスが実行されたのが「視」える。構築された魔法は振動減速系広域魔法の中で最も強力と言われる術式、ニブルヘイム。

「あっ……」

深雪の唇から失望と羞恥がブレンドされた吐息が漏れる。

ニブルヘイムは、発動しなかった。

「あ、あの」

達也へと振り返った深雪の口からは焦りを示す声しか出てこない。

「照準の設定が甘かった」

深雪が意味のある言葉を紡ぎ出すより早く、達也が失敗の原因を指摘する。

「魔法発動に失敗したのは、事象改変の境界面を明確に定義できていなかった所為だ。それ以外はできていたと思う。魔法式もきちんと構築されていたし、事象干渉力も十分な量が込められていた」

「はい……」

深雪の返事が曖昧なものだったのは、言われたことに納得できなかったのではなく、面食らっていた為だった。

「……あの、お兄様」

「何だろう」

「決してお兄様のお言葉を疑うわけではないのですが……一目ご覧になっただけでそこまで詳

しく分かるものなのですか？」

疑っていないというのは本当だろう。深雪の口調からは、驚きの感情しか伝わってこない。

では何をそんなに驚いているのか。心の中で疑問を形にすると同時に、答えが浮かんだ。達也は自分の「眼」について、深雪にまだ説明していなかったことに気がついた。

「そういえば深雪にはまだ、俺の異能のことを説明していなかったね」

「異能……ですか？」

深雪が首を傾げる。「魔法」ではなく「異能」。その意味が彼女には理解できなかった。

「かつては超能力とも呼ばれていた能力のことだ。魔法の実用化により超能力が『超』でなくなった為、魔法学とその周辺分野では異能という呼び方が好まれている」

「そうなのですか……」

「まあ、これは余談だ」

本筋と関係の無いところで感心している深雪の意識を、本題に引き戻す。

「お前にはもっと早く説明しておくべきだった。深雪、俺は先天的に『分解』と『再成』の、二種類の魔法しか使えない。この二種類の魔法が魔法演算領域に常駐している所為で他の魔法を使う余力が無い」

「常駐、とは……？」

「座って話そうか」

思っていたより説明に時間が掛かりそうだと考えた達也は、深雪をカートの中に誘導した。

深雪を助手席に座らせ、自分は運転席に腰掛けて説明を再開する。

「CADを使った現代魔法の手順は通常、読み込んだ起動式に従って魔法演算領域で一から魔法式を組み立てる。魔法を発動し終えると魔法演算領域の魔法式は消去され、次の魔法式を構築する為のリソースが確保される。こうして魔法師は様々な魔法を使い分けることができる」

「それは教わっています。使い終わった魔法を何時までも自分の中に残しておかないことが、魔法演算領域の負担を減らす為に重要だと教えられました」

「そうだな。人の意識が有限であるのと同様に、人の無意識も個人で使用できる容量は限られている。同時に維持できる魔法の数には限界がある」

「はい、分かります」

「だが俺は生来の欠陥故に魔法演算領域を、どんな魔法でも構築できる初期状態にすることができない。普通の魔法師の魔法演算領域が魔法式を構築する為のシステムであるとするなら、俺の魔法演算領域は『分解』と『再成』を構築する為だけのシステムになっている。魔法を構築するシステムの上に、『分解』を構築するサブシステムと『再成』を構築するサブシステムが固定されてしまっていると言い換えても良いだろう」

深雪が口を片手で覆い、目を見開いている。驚きの声どころか、息を呑む音も無かった。

「魔法式を構築するシステムの全てが『分解』と『再成』のサブシステムに覆われてしまって

いる所為で、他の魔法式を組み立てられない。俺はこの二種類の魔法に特化した、ある種のBS魔法師なんだ」

BS魔法師。先天的特異能力者、先天的特異魔法技能者とも呼ばれる、特定の能力に特化した異能者のことだ。達也が「ある種の」と言ったのは、BS魔法師の定義が魔法としての技術化が困難な異能に特化したものであるのに対して、『分解』と『再成』は技術化された魔法だからである。

「……しかしお兄様は、自己加速の魔法や衝撃伝播の魔法もお使いになっていると記憶しておりますが？」

「それは後付けされた人工魔法演算領域のお蔭だな」

深雪が再び絶句する。「人工魔法演算領域」という単語で、母親から受けた説明を今更のように思い出したからだ。

達也の魔法師としての欠陥と、人造魔法師計画。

すぐに思い出せなかったのは「魔法演算領域に常駐」という耳慣れない表現の為だ。だがその内容は、沖縄で戦渦に巻き込まれたあの日、国防軍のシェルターで、確かに聞いていたことだった。

「申し訳ございません！」

深雪は腰から上を捻って運転席に身体を向けた状態で、ほとんど倒れるように頭を下げた。

ここが車の中でなかったら、地べたに土下座していたかもしれない。

「どうしたんだ？　お前が謝らなければならないようなことは、何も無かったと思うが」

達也は慌てるでもなくそう言って、深雪の頬に手を当てた。

そのままそっと深雪の身体を起こす。

突然のスキンシップ、それも恋人同士でなければ行わないような触れ合いに、深雪の顔が真っ赤に染まる。しかし彼女は、達也の手から逃れようとはしなかった。

「……いえ、何でもありません」

達也の生涯完治することがない古傷を抉った自分の罪を懺悔し、その罪の重さに相応しい罰を受けたい。それが深雪の本音だった。だが何でもない顔を見せてくれている兄の気遣いを無駄にするのは、更に罪を重ねることになると深雪は思ったのだった。

「おかしなやつだな」

達也の手が深雪の頬から離れる。

深雪は「あっ」と声を上げそうになった。

甘い温もりが去っていくのを惜しいと感じた自分に、彼女の顔はますます赤くなった。

この時の達也はまだ、深雪が恥じらっている理由を推測できる域には達していない。予想外に激しい深雪の反応に戸惑いを覚えながら、彼は話を戻した。

「人工魔法演算領域に頼らない俺本来の能力は『分解』と『再成』。『分解』は構造情報を直接分解する魔法だ」

「直接……？」

恥じらいと陶酔に染まっていた深雪（みゆき）の瞳が、再び驚愕（きょうがく）に満たされる。彼女の魔法師としての頭脳は、まだティーンエイジャーにも達していないにも拘（かか）わらず兄の言葉が異常であることを直感的に理解した。

「構造情報を分解することにより物理的な構造を分解する。これは魔法に共通する仕組みだな。また、起動式や魔法式を分解して無効化するといった使い方もできる。ただし霊子（プシオン）情報体は分解できない。俺が認識できるのは想子（サイオン）情報体だけだ」

「ではお兄様は……魔法を直接、無力化できるということですか？」

達也（たつや）が魔法式を吹き飛ばしてしまうことにより魔法を無効化できることは、深雪（みゆき）も以前から知っていた。術式解体（グラム・デモリッション）と呼ばれている技術だ。しかしそれは、個体に貼り付けられた魔法式を、物質次元を経由する想子（サイオン）流の圧力で無理矢理（むりやり）引き剝（は）がす技術。通常の魔法と違って、物理的な距離による減衰が避けられない。術式解体（グラム・デモリッション）の欠点が射程距離の短さとされている所以（ゆえん）だ。

しかし想子（サイオン）情報体を直接分解できるのであれば、通常の魔法と同じく物理的な距離に直接縛られることはない。また、術式解体（グラム・デモリッション）が苦手としている広大な領域を対象とした魔法にも問題無く対処できる。

霊子情報体を分解できないのは欠点にならない。霊子情報体に働きかける系統外魔法も、その本体は想子で構築された魔法式だ。想子情報体を直接分解できるということは、全ての魔法を無効化できるということを意味している。

「俺たちが魔法と呼ぶものであれば、無力化できる」

深雪が陶然とした眼差しを達也へ向ける。

妹が「四葉家の次期当主は自分よりも……」などという危険なことを言い出しそうな気配があったので、達也は機先を制すように三度、話を戻した。

「俺のもう一つの能力、『再成』はエイドスの変更履歴を遡り、二十四時間以内の、任意の時点のエイドスをコピーして現在のエイドスを上書きする魔法だ。エイドスを上書きされた物体はコピーした時点から外的要因による変更を受けず時間だけが経過した状態で定着する」

深雪も今度は、すぐには理解できなかったようだ。目を伏せて考え込んでいる。

しかし達也がもう少し詳しく説明するべきかと考えたところで、深雪は視線を戻して彼と目を合わせた。

「……お母様とわたしを救ってくださったのは、その魔法なのですね」

「そうだ。よく分かったな」

達也が深雪の理解力の高さを褒める。

だがその称賛は、深雪の心に届いていなかった。

——自分の解釈が正しければ、それは既に起こった事実を書き換える魔法だ。時を巻き戻し、過去の悲劇を無かったことにする。二十四時間以内、かつ物体にのみ作用するという制限があるとはいえ、それはまさしく奇跡ではないか。もしも二十四時間という制約が無かったら、それは人のなし得ることではない。神の御業だ——。

深雪は、そう思った。畏れに打たれ、身を震わせた。

「どうしたんだ？　深雪、寒いのか？」

「いえ、何でもありません」

深雪は心を落ち着けるべく、深く息を吐き、吸い込んだ。

——この程度で動揺するのは間違っている。

——この程度の「凄さ」は当たり前だ。

——だってこの方は、わたしの「お兄様」なのだから。

自分にそう言い聞かせることで、深雪は心と身体の震えを止めた。

達也には、深雪がそんな大袈裟なことを考えているとは分からない。ただ落ち着きを取り戻したのは見て取れたので、肝腎の、深雪の疑問に対する回答に移ることにした。

「分解と再成を使いこなす為には、想子情報体に記述された内容を理解しなければならない。エイドスや魔法式を一塊の情報体として捉えるだけでなく、そこに含まれている情報を認識できなければ、この二つの魔法、特に再成は使えない。逆説的だが、分解と再成を先天的な魔法として身につけていた俺は、それを使いこなす為の『眼』も与えられていた。『エレメンタル・サイト』と呼ばれる能力だ」

「エレメンタル・サイト……。それは、知覚系魔法の一種ですか？」

「魔法といえば魔法だが、そんなに特殊なものではないよ。情報次元に存在する、想子情報体を読み解く力。それは魔法師ならば誰もが持っているエイドスを認識する力を、単にレベルアップしただけのものだ」

謙遜だ、と深雪は思った。少なくとも自分には、想子情報体に記述された内容を全て読み取ることなんてできそうにない。彼女はそう感じていた。

妹が心の中で自分を卑下していることを、達也は何となく察した。だが口で説明して、いきなり理解させるのは難しいということも承知していた。

「ニブルヘイムが上手くいかなかった理由が分かったのも、エレメンタル・サイトで『視』ていたからだ。だから信用してもらっていい」

最後の一言は、深雪にとって完全に不必要なものだった。

深雪は達也の言葉を全く疑っていない。

「もちろん信用しています、お兄様」

そんな分かり切ったことをわざわざ口にしなければならない。深雪はそれを、煩わしいとは思わなかった。

兄が全知全能ではないという当たり前の事実の、ほんの些細な証拠に、深雪は少し安堵していた。

結局初日は、達也のアドバイスがあっても、目立った成果は無かった。といっても全て未発動に終わったのではない。大体五割の確率で冷却領域の形成自体には成功した。しかしその作用範囲が、狙いに完全一致したケースは無かった。

「気を落とす必要は無いぞ。できないから、練習するんだ」

食堂で夕食を済ませ、宿泊する部屋に戻って、達也は表情が硬い深雪に慰めの言葉を掛けた。

「はい……。それは、分かっています」

深雪はそれに、上の空で答えた。

頭で分かっていても気落ちは避けられないのだろう。感情は理屈ではどうにもならない。その程度のことは、十三歳の達也にも理解できた。

達也は無言でキッチンに向かった。せめて甘い飲み物でも用意してやろうと思ったのだ。

「あっ……！　お兄様、わたしがやります」

しかしすぐ、その背中に深雪が追いついた。

「だが、疲れているだろう？」

「いいえ、わたしがやりたいんです。お願いします、お兄様」

「そこまで言うなら……」

達也は深雪にキッチンを譲った。身体を動かしていた方が、余計なことを考えずに済むのかもしれない、という思いもあった。

達也が考えたように、深雪の後ろ姿は無心で御茶の用意をしているように見えていた。

「──お兄様、どうぞ」

しかし二人分のカップをテーブルに運んできた深雪は、さっきまでと同じように硬い表情になっていた。

「ありがとう」

カップを手に取り、深雪の顔を盗み見る達也。彼の視線に気づいたのか、深雪が顔を俯かせる。

上手くいかなかったことを恥じる必要は無い、と声を掛けても意味は無いだろう。達也は深雪の態度を見て、そう結論した。

「今日はもう、風呂に入って休んだらどうだ」

達也の言葉に、深雪がビクッと身体を震わせる。

「お風呂……あの、お兄様は……」

「俺はお前の後で良い」

「わたしの、後……」

何故か激しく動揺する妹を見て、達也は自分が使った後のお湯を見られるのが嫌なのだろうか、と首を傾げた。

浴室が独立しているとはいえ、部屋に備わった風呂はホテルに良くあるようなユニットバスだ。浴槽に溜めたお湯を使い回したりはしないのだが。

「俺が先に入った方が良ければ、そうするが？」

しかし、深雪も所謂「お年頃」だ。こういうことは理屈では無いのだろう。達也はそう考えて、妥協案を提示してみた。

「――お兄様、お先にどうぞ」

「分かった」

自分がさっさと済ませた方が、深雪も早くベッドに入ることができる。達也はそう考えて、入浴の準備を始めた。

浴室の扉が閉まる音を聞いて、深雪はホウッと安堵の息を漏らした。

彼女の表情が硬かったのは、上手くいかなかった練習に気落ちしていたからではない。

普通の状況なら落ち込みもするだろうが、今夜はそれどころではなかった。

同じ部屋に、達也がいるのだ。

今夜から達也と、二人きりなのだ。

落ち込んでいる余裕など無い。深雪はさっきから緊張でどうにかなりそうだった。

息を吐いて、状況が少しも変わっていないことに改めて気づく。

今度は心臓が激しく脈打ち始めた。

扉を二枚隔てた向こう側には――浴室の扉と、脱衣所の扉だ――一糸纏わぬ姿の兄がいる。

兄が風呂から上がれば、自分が兄の隣で、扉で隔てられているとはいえ、着ている物を全て――下着も含めて――脱がなければならない。

心臓が壊れてしまったのではないかと思えてしまうくらい、鼓動が速い。

落ち着け、落ち着け、と深雪は自分に言い聞かせた。

――幾ら恥ずかしくても、入浴しないわけにはいかない。兄と同じ部屋の中で、汗臭いままでいることの方が遥かに恥ずかしい。恥ずかしさの種類が違う。お風呂に入らないなんて、女の子として終わっている――。

「深雪、上がったぞ」

ドアが開いた音とほとんど同時に、達也の声が深雪の耳に届く。

「はい、ただ今――」

深雪はビクンと背筋を伸ばし、少し上ずった声で答えを返した。

深雪の苦難は、入浴で終わらなかった。

「俺はここで寝ることにするから、寝室は深雪が使いなさい」

達也は手早くソファベッドを広げながら、深雪にそう指図した。

「そんな、お兄様――」

「まさか同じベッドで寝るわけにはいかないだろう？」

達也のそのセリフは、深雪をからかう性的な冗談ではなく、彼女を説得する為のものだ。

「は、はい。そうですね……」

深雪にもそれは分かっていたが、中学生にもなれば相手が血のつながった兄であっても、異性を意識せずにはいられない。

既に髪も乾かしている。歯磨きその他も済ませている。

「お休みなさい、お兄様」

精一杯平静を装った声で深雪は達也にそう告げた。

「ああ、お休み」

達也の返事に一礼し、ベッドルームに入って扉を閉めた。

寝室には鍵が掛かるようになっている。

深雪はたっぷり三十秒程悩んで、結局鍵を掛けなかった。

いつもより早い時間だが、身体は疲れている。

深雪は灯りを消してベッドに入った。

ところが、眠れない。

目を瞑っても、眠りが訪れない。

身体は疲れているのに、心が睡眠を拒否している。

すぐ隣で兄が寝ているかと思うと。

すぐ隣に兄一人しかいないと思うと。

興奮して、眠れない。

（わたし、興奮しているの……？）

それは何だか、とても恥ずかしいことのように思われた。

自分が思い浮かべた言葉に、羞恥心をかき立てられる。

半ば無意識的に、何度も何度も寝返りを打つ。

身悶えている、というフレーズが深雪の脳裏に浮かぶ。

その響きがどうしようもなく淫靡なものに感じられて、深雪は布団の中で身体を丸めたまま、固まった。

喉に渇きを覚えた。

だが、キッチンへ行く為にはリビングを通らなければならない。

リビングには達也が寝ている。

深雪はもう一度大きく寝返りを打って、頭から布団を被った。

そのまま羊の数を数え始める。

羊が千匹を超えた辺りで、深雪にようやく眠りが訪れた。

二日目午前中、深雪は中学校の宿題。

達也は収容所の工作室を借りて何やら作業していた。

そして、昼食後。

「深雪、これを」

練習に使う溶岩原を前に、達也は深雪にその成果物を差し出した。

「メガネタイプのARディスプレイですか……?」

深雪の言うとおり、それは大きめのレンズに現実の風景と重なる映像を映し出す物だった。

「そうだ。掛けてみてくれ」

達也の意図は分からないが、深雪は指示に従ってそのメガネを掛けた。ARディスプレイだから当然だが、レンズに度は入っていない。フレームもリムレス（縁無し）で、掛けている最中はテンプル（ツル）につながる左右の端以外目立たないようになっている。

右のモダン（耳に掛かるツルの先端）から伸びた細いコードの先にCPU、バッテリーその他諸々が納められた拡張現実映像ユニットがつながっている。深雪はそれをジャケットの襟に留めて、達也に言われたとおりスイッチを入れた。

風景に重ねられた映像は単純なものだった。地面から伸びる、赤いワイヤーフレームの立方体。それだけだ。視覚実感で、一辺十メートル。それが二十メートル先にそびえ立っている。

「お兄様、これは一体？」

「その立方体内部に照準を合わせてみてくれ」

なる程、と深雪は思った。昨日もそうだが、ニブルヘイムが上手くいかない理由は主に、発動対象の領域を明確に定められないことにある。こうして視覚化することで照準に慣れるというのは確かに有効かもしれない。

一般に、仮想型端末は魔法師に悪影響を与えると言われている。AR端末はVR端末程有害視されていないが、決して歓迎されてはいない。

しかしこのARメガネを使用することについて、深雪に躊躇いは無かった。

兄が使えと言っているのだ。自分に害があるはずはない。

深雪は無条件で、そう確信していた。

広域冷却魔法ニブルヘイムの発動へ、深雪は意識を向けた。

ニブルヘイム。その意味は「霧の国」だ。

連想により思い描かれる、赤い光の線で囲まれた空間に白い霧が充満するイメージ。

行ける、と深雪は直感した。

指が自然に、CADの上を躍る。

肉体に重なる想子情報体に吸収された起動式は、深雪が意識しなくても魔法演算領域に送り込まれる。

霧のイメージを、深雪は自分の魔法演算領域に流し込んだ。

起動式を設計図として。

霧のイメージを照準データとして。

魔法演算領域で、魔法式が構築される。

深雪の、意識と無意識の狭間。意識の最下層、無意識の最表層に存在するゲートから、魔法式が外の世界へと書き出される。

指定した領域の、分子運動を減速し、分子振動を減速する。

振動減速系広域冷却魔法ニブルヘイム。

「成功だ」

達也の声が、深雪の意識を現実へ引き戻した。

ARメガネを外す動作は、半分以上無意識のものだった。

　空中に冷たい霧が漂っている。

　白く染まった溶岩原の一角はでこぼことした曲線で囲まれているように見えるが、真上から俯瞰したなら正確な正方形を描いているだろうと分かる。

　達也のセリフの意味が、徐々に意識へ浸透していく。

　深雪の顔に、ようやく笑みが浮かんだ。


　二日目の成功率は約七十パーセント。ARメガネの助けを借りても、確実に成功させるには至らなかった。しかしこの成功率は、照準を正確に定めることまで含めて七割である。冷却の事象改変を引き起こすだけで五割前後だった一日目に比べれば、大きな進歩と言えた。

「この調子でいけば、冬休みの間にニブルヘイムをマスターできるだろう」

　達也のセリフは、無責任な気休めではない。

「ありがとうございます。明日も頑張ります」

　深雪も兄が単なる慰めを口にしたとは思っていない。だが、しっかりとした手応えを感じていないのも事実だった。

　何かが足りない気がする。そんな不安が、深雪の心に巣くっていた。

　その不安は、一週間後に思わぬ形で現実のものとなった。

深雪と達也の二人が巳焼島に来て九日目。

深雪の練習は一日三時間のペースで進められている。一回の実行につき五分のインターバルをとり、一日三十回から四十回、ニブルヘイムを発動する。この魔法が要求するリソースを考えれば、並みの魔法師では不可能な回数だ。

熱心な練習の甲斐あって冷却の事象改変は百パーセント成功するようになった。

三日目からARメガネに表示されるターゲット用のワイヤーフレームは毎回、大きさ、形状が変化するようになっていたが、魔法の作用領域も九割以上の確率で狙いに合わせられるようになった。

「まだ少し照準が不安定だが、今日からARの補助無しでやってみよう」

その日の練習は、達也のこの言葉で開始された。

「分かりました、お兄様」

深雪は少し不安げな表情をしている。

顔に出ているとおり彼女にはまだ、必ずできるという自信が無かった。

しかし既に冬休みも折り返し地点を迎えている。病床の母親を安心させる為にも、深雪は新学期が始まるまでにニブルヘイムをマスターしなければならなかった。

それにお正月返上で、この魔法の特訓に達也を付き合わせているのだ。泣き言は許されない。深雪は自分にそう言い聞かせた。

事象改変に成功した回数だけで百回を超える極低温広域冷却の影響で、溶岩原の表面はぼろぼろに崩れ砂状になっている。この島を形成する溶岩は玄武岩質。それが砕けてできた黒い砂原に、深雪はCADを手にして向き合った。

「まずは十メートル四方の領域を指定してみよう」

深雪の斜め後ろから、達也が指示を出す。

「はい」

深雪は頷き、意識を集中し始める。

ARメガネで最初に設定した広さの領域。ニブルヘイムを使うようなケースでは、おそらく最小レベルだ。

高さは別として、広さは中学校の教室よりも少し広い程度、廊下の幅を入れればほぼ同じになる空間を白い冷気が満たすイメージを頭の中に思い描く。

(……集中して。もっと鮮明に。壁を意識して)

冷気を閉じ込める氷の箱。脳裏に出現した幻影に意識を集中して、その心象風景を現実と同じくらい確固たるものにしようと努める。

イメージを、現実に。

（ダメ、崩れてしまう……）

深雪の指がＣＡＤのパネルに舞う。

心の中に描き出した氷の箱が薄れて消えてしまう前に、深雪は魔法発動のプロセスに入った。

起動式を設計図に、魔法式を組み立てる。

イメージを照準データに変換して、描き換える現実を指定する。

白に満たされた氷の箱。

それが、濃い霧に満たされた空間として顕現する。

（間に合った……）

深雪は大きく息を吐いた。いきなり失敗という醜態を曝さずに済んで、少しだけホッとしていた。

緊張が緩むと、兄が何も言わないことが気になり始める。

「……お兄様、如何でしょうか？」

ついつい評価を求めてしまったのは、自分では上手くできたと思ったからだ。

「良くできていると思う」

達也のセリフは深雪の感触を裏付けるものだった。

しかし彼の声は、満足しているようには聞こえなかった。

「どうか、忌憚の無いご意見を頂戴できませんか」

正直に言えば、この質問をするのは怖かった。深雪は声が震えそうになるのを懸命に抑えていた。

しかし、訊かずに済ませることはできなかった。それが何故だか、はっきりとは分からなかった。ただ、確かめなければならないとだけ深雪は思った。

――実は、そんな必要は無かったのだが。彼女は肩に力が入りすぎていた。

「……そんなに大袈裟なことじゃないぞ」

達也は妹の場違いな悲壮感に、少し腰が引けていた。

「作用領域を正確に定義することに意識を奪われすぎている。その所為で事象干渉力が十分に込められていない。今の魔法による最低温度は零下三十度程だが、深雪の本来の事象干渉力ならばマイナス二百度前後まで下げられるはずだ。いきなりそこまで出力を上げる必要は無いが、先程のレベルの事象改変ではニブルヘイム本来の目的は達成できない」

「――分かりました」

二人の意識には明らかに温度差があった。

達也は単に、実行された術式の足りなかった点を指摘しただけだ。

だが深雪は、ニブルヘイム本来の姿を見失ったことを叱責されたと感じていた。

深雪の思い込みに因る誤解。そして、深雪の思い込みを理解できなかった達也の説明不足。

だが達也も深雪も、それに気づける程、まだ大人ではなかった。

「もう一度やってみよう。広さは同じ、場所はあそこだ」

時計を確認した達也が、さっきより少し北側を指差す。

深呼吸を繰り返して集中力を高めていた深雪が、気力に満ちた顔でCADを構えた。

深雪が両の瞼を閉ざす。

目を開けると同時に、CADのフォース・フィードバック・パネルへ指を走らせる。

「凍てつきなさい！」

深雪の口から飛び出したそれは、呪文でも何でもない。

逸る心が思わず漏れてしまっただけだ。

だが、やる気がそのまま形になった言葉は、強い言霊と化して現実をねじ曲げる力を後押しする。

十メートル×十メートル×十メートルという狭い空間に巨大な負の力が生じた。

力を加えたのでも奪ったのでもない。

ただ、そのように書き換えられた。

ニブルヘイムは限定された領域を均等に冷却する魔法だ。

その魔法式には、分子運動を減速し分子振動を減速する以外に、対象領域の内と外を「温度」という現象に関して隔離する定義が含まれている。

このとき深雪が放ったニブルヘイムは正確に、縦横高さ十メートルの領域のみを、絶対温度七十度まで冷却した。

領域指定と、冷却は完璧だった。

だが、隔離が不十分だった。

「きゃっ！」

「深雪！」

冷気に向かって吹き込む突風に、深雪の身体が吸い込まれそうになる。

達也は咄嗟に深雪を抱きとめた。

渦巻く風に抗い黒い砂を踏みしめる。

一瞬遅れて、深雪が反射的に全方位魔法障壁を張った。

深雪は物質と熱を通さない透明なドームの中で目を見張っていた。

いや、言葉を失い呆然と目を見開いていた。

障壁魔法の制御を失っていないだけでも称賛に値する状態だった。

風が渦巻く。

空からも風が落ちてくる。

気温が下がり窒素が液化したことで、気圧が大きく低下した所為だ。

ＣＡＤを使った魔法は、発動時に終了条件も設定する。

この場合は持続時間。

激しく吹き荒れていた風が収まった。ようやく気圧勾配（こうばい）がゼロに近づいたのだ。

その時ちょうど、ニブルヘイムの効力が切れた。

冷却されていた空気が、いきなり常温に戻ることはない。

特に今は真冬だ。伊豆諸島（いずしょとう）とはいえ日中平均気温は十度を下回る。

それでも、空気中で液体窒素（ちっそ）がそのまま存在できる程ではない。

冷気が最初はゆっくりと、すぐに勢いを増して拡散していく。

今度は接触面で冷却された空気が下降気流となって冷気の拡散を加速する。

深雪（みゆき）が障壁を張り続ける中、

彼女たちの周囲二メートルを除いて、黒かった砂原は一面、白い霜に覆われた。

午前中の練習は、あれで切り上げとなった。

今は二人とも宿舎に戻り、泊まっている部屋のソファに座って飲み物で身体（からだ）を温めているところだ。

「実害は何も無かったんだ。そんなに落ち込まなくて良いんだぞ」

すっかりしょげ返っている深雪を慰めようと達也が声を掛ける。

だがこの時期の深雪はまだ、達也の一言で気分が回復する程お手軽ではなかった。

「ですが、まさかあんなことになるなんて……」

予想以上に落ち込んでいる深雪に、達也は何と言葉を掛けて良いのか分からない。

既に達也が言ったとおり、実害は今のところ何も生じていない。

魔法も完全に成功したとは言えないが、失敗でもなかった。狙いはほぼ正確で、威力は申し分ない。魔法の二次的な影響をコントロールできなかっただけである。それはこれから上手くなっていけば良い部分だ。

「それも深雪は自分で防いだじゃないか。俺までかばってもらって助かった」

その言葉は、達也の予想を超えた強い反応を引き出した。

「本当ですか⁉」

深雪が顔を上げて、達也の方へグッと迫ってくる。

顔と顔が接触する程近づいたわけではないが、達也はそれとなく上半身を後ろに引いた。

「わたしはお兄様のお役に立てましたか⁉」

深雪がそれ以上顔の距離を詰めてくることはなかった。

その代わり、彼女の眼差しが達也の瞳を強引に捕まえた。

「あ、ああ。もちろんだ」

達也は目を釘付けにされて、ただ頷く。

「良かった……」

深雪が重ねた両手を胸の前で握り締めて笑みを浮かべる。

落ち込みから完全に回復するには至らないが、少しは元気が出たように達也には見えた。

――どうやら自分の役に立ったことが嬉しいらしい。

達也にとっては信じ難いことだが、今の流れで因果関係を読み損なう程、彼は鈍くもなかった。

ただ、事実についての推定はできても、何をどう考えどう感じてその結果に至ったのかは分からない。妹の心の動きを推し量ることは、十三歳の達也に可能なことではなかった。

自分のことを「お兄様」と呼んでくれるようになったあの日以降、深雪とは良好な兄妹関係を築けていると達也は思っている。少なくとも嫌われてはいない。彼はそう判断している。感じているのではなく、考えていた。

達也は深雪のことを、妹として愛している。

それは彼に残された唯一つの、本物の感情だ。

妹への、深雪への愛情故ならば、達也は怒ることも悲しむこともできる。深雪が笑顔でいてくれれば達也も嬉しいし、彼女が泣いている時は彼も辛くなる。

しかし、何故笑っているのか、何故泣いているのか。正しい推測ができている自信は無い。

どうすれば笑ってくれるか、どうすれば泣き止んでくれるのか。それは達也には難しすぎた。彼は自分が深雪のことをどう想っているのか知っていたが、妹が自分にどのような感情を向けているのか確信を持てなかった。

もっとも、彼に感情の欠落が無くても、それを知るのは困難だっただろう。十三歳の少年にとって、十二歳の少女の心は、たとえ肉親であっても摩訶不思議なものに違いなかった。

会話が途切れたまま、時間が過ぎる。何となく、話を切り出しにくいムードが二人の間に形成されていた。

達也はこの空気に気まずさを覚えていた。

だが深雪は沈黙を苦にしていなかった。こうして二人でいることが好ましいのか、落ち込んでいた気分が目に見えて上向いている。

頻繁に身動ぎしているのは、時折投げ掛けられる達也の視線を意識してしまうからだ。しかし自分の心に湧き上がる恥じらいさえも心地好く感じている様子だ。

この部屋にいるのは、達也と深雪の二人きり。

それは滅多にないことだった。

二人の母親は今、入院していて家にいない。

二人の父親は、家にいる時間が短い。仕事から帰ってくるのは夜遅くだし、休日も接待という名目で出掛けていることが多い。その短い時間でさえも、達也と一緒に過ごす時間はほとんど無い。

家にいる時間が短いのは深雪も同じだ。学校から帰ってきたら、茶道、華道、日舞、社交ダンス、ピアノ、礼法、西洋マナー等々、何処のご令嬢かという習い事の数々（事実、深雪は「ご令嬢」なのだが）。家にいる間は、四葉家から派遣された家庭教師による魔法の勉強。学校でも自宅でもそれ以外の場所でも、深雪の周りに人がいなくなる場所は寝室や浴室などのプライベート空間だけだ。そして当然、それは達也が入り込める所でもない。

この旅行は深雪が達也と二人きりになれる、ほとんど初めての機会。達也は全く理解していなかったが、深雪もまだ照れ臭くて素直に表現できずにいたが、深雪は大好きな兄と二人きりでいられることがとても嬉しかったのである。

気恥ずかしさを伴う、（深雪にとっては）ある意味で中学生らしい甘酸っぱい時間。兄と妹で醸し出すのはおかしい雰囲気だが、半年前までは家族として過ごすことすらなかった新米兄妹だ。今はまだ、こんな空気になるのも許されるだろう。

ただ、この達也にとっては気まずい、深雪にとっては甘酸っぱい時間も、長くは続かなかった。昼食時間になる前に、施設内に轟いた警報が沈黙を破った。

「お兄様、これは!?」

「噴火の警報か？」

「そんなっ⁉」

動揺する深雪を目で制して、達也は内線電話に向かった。情報を得ようとしたのではない。

着信ランプが点るフリーハンド端末の通話ボタンを押す。

「はい、司波です」

『失礼します。第一警備隊隊長、柳です』

通話の相手は、沖縄で共に戦った柳中尉だった。達也もこの島に到着した初日、さすがに驚いたのだが、中尉はあの戦いのすぐ後、ここの収容所に転属になっていた。

「何でしょうか」

必要なかったかもしれないが、今は話をしてもらっても大丈夫という意味を込めて達也は柳に水を向けた。

『噴火の危険があります。すぐに避難してください』

柳のセリフは、余りにもいきなりなものだった。

「随分急なことですね」

『今からおよそ四十分前にマグマの圧力が急激に上昇し始めました。その後も圧力は低下せず、たった今、警戒水準に達しました』

「噴火の予測をうかがっても構いませんか？」

　インカムから回答が戻ってくるまで、短い間が空(あ)いた。

『最短で一時間後と予測されています』

　しかし、答える柳(やなぎ)の声から躊躇(ちゅうちょ)は感じられなかった。

　達也(たつや)も、表情を変えていない。

　悲鳴を呑(の)み込んだ妹をちらりと見て、すぐに視線をインカムのマイクに戻す。

「それでは、避難が間に合わないのでは」

『服役者を含めて全員を避難させるのは困難でしょう』

「なるほど、分かりました」

　達也(たつや)は、柳(やなぎ)の回答を誤解してしまう程、善人ではなかった。

　要するに、服役者を置き去りにして避難するということだ。

　全員を一時間以内に避難させる手段が無い以上、仕方が無いことだった。噴火がもっと後になること、噴火してもしばらくは避難する猶予があることに賭けるしかない。

「二十分程、時間を頂戴できませんか」

　それを納得した上で、達也(たつや)は柳(やなぎ)にそう訊(たず)ねた。

『二十分程度でしたら構いませんが、一体何をするおつもりですか？』

　言葉遣(ことばづか)いは賓客(ひんかく)に対する丁寧さを保っていたが、柳(やなぎ)の声には「面倒なことを」という思いが滲(にじ)んでいた。

もっとも、そんなことで引き下がるような殊勝さを、達也は持ち合わせていない。

「こういう機会でなければできない実験があります。避難の邪魔はしませんので」

『時間を守っていただけるのであれば、本官は構いません。車をご用意しましょうか？』

「いえ、実験は宿舎のすぐ近くで行いますので。時間になりましたらこちらからお邪魔します」

達也は柳中尉の申し出を断ってインカムのスイッチを切った。

振り向くと、深雪が恐怖に青ざめた顔で達也を見ていた。

「大丈夫だ。三十分もあれば、安全圏まで逃げられる」

自然災害を恐れるのは当たり前のことだが、恐れ過ぎるのも良くない。必要なのは、正しく行動することだ。達也は深雪を力づけると同時に、それを教えようとした。

「火山を刺激したのは……もしかして、先程の……」

しかし、深雪が恐怖を覚えていたのは、噴火それ自体に対してではなかった。達也は深雪の言葉を聞いて、自分の勘違いに気がついた。

「ニブルヘイムの失敗が、地底のマグマに影響を及ぼしたと考えているのか？」

達也の問いに、深雪が硬い表情でこくりと頷く。

達也は自分の記憶を一通り検索して「それはないな」と答えた。

「噴火が何故起こるのか、そのシステムの全てが解明されているわけではないが、少なくとも地表の急激な温度低下が、地下のマグマ上昇につながるという説は見たことが無い。理屈の上でも、そんな因果関係は成り立たないと思う」

「そうですか……」

達也に疑いを消してもらって、深雪は安堵したようだ。硬くなっていた表情が、少し和らいでいる。

その一方で、達也は表情を変えないまま一つの可能性を思いついていた。

魔法は物体を持ち上げることができるが、そこで位置エネルギーの増加に見合うエネルギーの消費は観測されない。

魔法は物体の温度を上げることができるが、そこで熱エネルギーの上昇に見合うエネルギーの消費は観測されない。

魔法という現象において、エネルギー保存の法則は破られてしまっているように見える。

しかし魔法とエネルギーが無関係かと言えば、その命題は正しくない。達也は魔法とエネルギーに関して個人的な仮説を持っているが、それはこの際横に置いておく。仮説ではなく観測結果として、魔法とエネルギーに一定の相関関係が見られる事例が存在する。

大気中の二酸化炭素を凍らせて、できたドライアイスを高速移動させる魔法がある。この魔法を使って、気象条件が魔法に与える影響を調べる実験がかつて行われた。無論、大気成分をコントロールした無風の実験室内で。

その実験では生成するドライアイスのサイズと魔法に費やされる事象干渉力を定数化した起動式が使用された。魔法を使えるのは魔法師、つまり人間だけだから、人間という不確定要素を完全に排除することはできない。定数化した起動式の使用は、実験のたびに生じる、人に起因する誤差を最小限に抑える為の措置だ。

実験の結果は「気温とドライアイスの速度には有意な負の相関関係がある」だった。科学者たちはその結果に、このような解釈を加えた。

――二酸化炭素をドライアイスに変化させる為には、熱エネルギーを奪わなければならない。気温が何度であろうと昇華熱エネルギーは一定だが、気体を凝結させる為に奪わなければならないエネルギーは気温が高い方が大きい。高温環境下の方がドライアイスの速度が高かったのは、凝結させる為に奪い取ったエネルギーが運動エネルギーに変換されているからだ――と。

科学者たちはその説明にこう付け加えた。

――勘違いしてはならない。熱エネルギーが運動エネルギーに変換されたわけではない。この魔法現象において、エネルギーを変換するプロセスは何処にも組み込まれておらず、何処にも発生していない。ただ事後的に、熱エネルギーの減少と運動エネルギーの増加に相関関係が観測されただけだ――。

つまりそこには、事後的にエネルギー収支のつじつまを合わせようとするシステムが働いているということ。エネルギー収支をなるべくゼロにしようとする、『相殺法則』とでも呼べるものが存在することを意味している。

そのシステムがどのようなものか分からない。

だがさっきのニブルヘイムにも、その法則が働いていたとしたら。

無秩序に撒き散らされた冷気による熱エネルギーの損失を、システムはどのようにして補填するだろうか——？

（……まさか、その所為で噴火が起こりそうになっているのではないだろうな）

局所的な熱エネルギーの欠損を、噴火による熱エネルギーの増加で補う。収支は過剰にプラスになるように見える。

だが見方を変えれば、火山の噴火が起こったからといって地球の持つエネルギーが増加するわけではない。熱エネルギーだけでなく全てのエネルギーを考慮すれば、増加も減少もしない。

局所的に消費されてしまった熱エネルギーが補填されるだけだ。

（局所的な調節。もしかしてそれが、相殺法則の正体か？）

理論的な仮説検証は後回しだ。

取り敢えず考えなければならないのは、相殺法則による反動対策。

いや、この場合優先すべきは——。

「噴火は深雪の所為ではないが、お前の力で噴火を食い止めることはできるかもしれない」

——噴火が起こりそうになっている、この状況でなければ実行できない、魔法の実験だ。

「わたしの魔法で……噴火が止められるのですか？」

「絶対とは言えない。だが、やってみる価値はある」

どうする？　と達也(たつや)が深雪(みゆき)に、視線で問い掛ける。

「やってみます！」

深雪(みゆき)は即座に頷(うなず)いた。

二人が宿舎の表に出たのは、警報が鳴った五分後だった。
深雪(みゆき)のＣＡＤに、地下のマグマに干渉する魔法の起動式は入っていない。他の冷却魔法で代用できないこともないが、先程思いついた反動の可能性を考慮すると、汎用的な術式を安易に使うのは避けるべきだと達也(たつや)は考えた。
本来ならば変数を最小限に抑えた起動式をエディターで一から作成し、ＣＡＤに追加インストールして臨むべき実験だ。しかし今は、時間が無い。噴火まで最短で一時間という猶予は、達也(たつや)にとっても短すぎるものだ。起動式を書き上げる時間はあっても、それを組み込んだＣＡＤが安全に動作するかどうかをテストする時間が無い。
魔法師はＣＡＤから出力される想子(サイオン)情報体に対して無防備だ。起動式に有害なコードが含まれていても、それを無抵抗に魔法演算領域へ、心の奥底へ呼び込んでしまう。たとえ起動式の作者に悪意が無くても、ちょっとした記述ミスが魔法師の正気を失わせることだってある。

無論達也には、深雪に対する悪意など一切無い。逆に深雪を害そうとするものがあれば、それが故意でなくても、それが自分自身であっても、全力で排除しようとするだろう。だからこそ、改良ではなく新規作成した起動式を安全テストもせずに、深雪に使わせる選択肢は無かった。

汎用的な術式は使えない。

新規に作成した起動式はＣＡＤでテストしている時間が無い。

ここで達也が選んだ選択肢は――。

「深雪、手を」

達也が自分の右手を、向かい合わせに立つ深雪の前に掲げる。

「……はい？」

「手を出してくれ」

深雪の瞳を正面からのぞき込みながら、自分と同じように手を上げることを妹に求める。

深雪が怖ず怖ずと、左手を肩の高さまで上げた。

「あっ……！」

達也は自分の右手を深雪の左手に重ね、指と指を絡めた。

深雪の口から、小さな吐息が恥ずかしげに漏れる。

「深雪」

「……はい」

達也の眼差しを受け止めかねて、深雪が目を伏せる。

「今から、お前の想子を使って起動式を作る」

しかしこの思いも寄らないセリフには、顔を上げずにいられなかった。

何を言われたのか理解できず、その意味を問うことも思いつかず、深雪は自分に真っ直ぐ向けられた達也の目を見返す。

声も無く自分を見詰める深雪の瞳を受け止めて、達也は迷い無く、惑い無く、言葉を続けた。

「その起動式を使って、地下のマグマを抑え込む魔法を組み上げてくれ」

ここで達也が選んだ選択肢は、自分がＣＡＤの代わりを務めることだった。

『分解』と『再成』。この二つの魔法が魔法演算領域を占有している為、達也は他の魔法を使えない。他の構造を持つ魔法式を組み立てられない。

この欠陥を克服する為、彼の母親と叔母は達也の精神に人工魔法演算領域を植え付けた。ただ一種類を除く「強い感情」の全てを代償にして。

残念ながら人工魔法演算領域の性能は平均的な魔法師の魔法演算領域にも劣っている。スピードはともかく、事象干渉力が決定的に低い。結果的に達也は「分解と再成以外の魔法は使えない魔法師」から「分解と再成以外の魔法は三流の魔法師」にクラスチェンジしただけだった。

ただ、人工魔法演算領域は意識領域内に組み込まれている為、無意識領域にある魔法演算領域には無い特徴を持っている。それは、意識的に起動式を読み解き、意識的に起動式や魔法式を組み立てることができるという性質だ。

この性質を発展させることで彼は、魔法式を丸ごと記憶して、それを直接魔法発動に用いる『フラッシュ・キャスト』を身につけた。フラッシュ・キャストは達也だけの技術ではないが、通常のそれが記憶した起動式を魔法演算領域に送り込むことにより、CADを操作するプロセスを省略するものであるのに対して、達也のフラッシュ・キャストは起動式から魔法式を組み立てるプロセスをも省き、より高速な魔法発動を可能にしている。

しかし今の状況で必要なのは、人工魔法演算領域を使って意識的に起動式を組み立てる技能だ。四葉家における達也の評価は「強力な異能者だが魔法師としては三流」。四葉の魔法師としては失格の烙印を押されているが、四葉家で魔法の訓練を受けてこなかったわけではない。本家の者としての待遇の代わりに与えられたガーディアンの役目にも、魔法の技能、魔法に対抗する技能が必要だ。通常の四系統八種の魔法が上手く使えないのであればその代わりにと、達也は無系統魔法の技術を徹底的に叩き込まれている。

想子情報体を認識する先天的な「眼」と、幼い頃から積み重ねてきた、無系統魔法の厳しい修練。その二つが組み合わさった結果、想子を直接操作する技術に限って言うなら、達也の技量は十三歳にして既に、達人のレベルに達していた。

通常は、他人の想子で起動式を構築するなど不可能だ。だが達也が身につけた想子操作技術と、達也と深雪の特殊な結びつきによって、二人の間ではその不可能であるはずのことが可能になっている。試したことは無いが、それが可能だと達也は知っていた。

深雪も、そんなことができるのか、とは訊かなかった。

「はい」

彼女は少し頬を赤らめ、目を潤ませた顔で、一言頷いただけだった。

それで達也も、最終的な決断に至る。

必要な起動式の雛形は、部屋からここまで歩いてくる間に完成していた。

つないだ手から吸い上げた余剰想子で、雛形どおりの起動式を作成する。

それは一切の変数を必要としない、魔法師の意識的操作を不要とした起動式だった。事象改変の対象となるマグマのデータも、エレメンタル・サイトで収集して起動式に組み入れてある。どのように事象を書き換えるのかだけでなく、ターゲットの座標も、必要な事象干渉力も、必要な要素は全て記述されている。

噴火を阻止する為に必要な、残されたファクターは記述された魔法を実際に行使する魔法師のみ。それだけが、達也には担えない役割だ。

「では、起動式を流すぞ」

「……はい」

今度は、答えが返ってくるまでに一瞬以上の間があった。機械が作成した起動式を読み込むのには慣れていても、他人が作った起動式を受け容れるのは初めてのことだ。

男も女も、大人も子供も、未知の体験には恐れを懐く。特に、無垢な少女にとっては、己の中に他人が作り出したものを受け容れるという行為が何かとても恐ろしく思えてしまうのは当然であり、その恐れはあって然るべきだとさえ言えるのではないだろうか。

しかし中学生になったばかりの少年にとって、それは理解し難い恐怖だ。達也もまた例外ではない。妹が怯えているということは分かってもそこに特別な意味を見出すには至らず、時間に余裕が無いこともあって、待った無しで起動式を深雪の中へ流し込んだ。

「んっ……！」

深雪が微かに眉を顰めた。

達也の心を狼狽が襲う。

「深雪、辛いのか？」

達也は深雪の想子だけで起動式を組み上げたつもりだった。自分の想子が混ざらないよう、細心の注意を払ったつもりだった。しかし、深雪が不快感を覚えているなら、それは――。

「いえ、少し驚いただけです」

だから深雪の答えに、達也は珍しく素直に表情を緩めた。

「これは⁉」

しかし次の瞬間、深雪が上げた声に、達也は再び緊張に襲われる。

「分かります……いえ、これは……見えています！」

だがそれは、失敗のサインではなく、成功の証しだった。

「お兄様、見えます！　お兄様がご覧になったものが、見えています！」

達也は深雪が何を言っているのか、すぐに理解した。そして心から感心した。

魔法師は魔法発動の対象を、イメージにして魔法演算領域に送り込む。それが魔法の照準になる。

達也は魔法発動の照準データを起動式に組み込んで、深雪の中に送り込んだ。深雪はそれを、魔法演算領域で処理する過程でイメージに還元したのだ。

魔法師にとってはブラックボックスであるはずの、魔法演算領域で行われている処理。それを深雪は、断片的なイメージとしてではあれ認識したということだ。そのことが何を意味するのか、今の達也には分からない。だがそれは間違いなく、卓越した才能を表しているのだろうと彼は思った。

一方で深雪も、感動を覚えていた。いや、心を震わせている程度は、彼女の方が達也よりも遥かに激しかったに違いない。

深雪は心の中で展開されたイメージに、圧倒されていた。

地下深くに蠢くマグマ。その色、その熱、その広がり。押し退けられた焼け土と、抑え込む岩盤。それが一瞬の静止画ではなく、無数の瞬間の映像として重なり合い、同時に存在している。その重層的なイメージは、深雪が今まで目にしたことのないものだ。

「これがお兄様のご覧になっている『世界』……」

魂を抜き取られたかのように、深雪が呆然と呟く。

だが彼女はすぐに、緊張感を取り戻した。

起動式の読み込みにより自動的に活動を開始した魔法演算領域のフィードバックが、彼女に我を取り戻させた。

魔法式が組み上がり、必要な事象干渉力が自分の中から吸い出されるのを深雪は感じた。まだこの段階では、自分の外に魔法の力は放たれていない。だから自分から吸い出されるというのは錯覚だ。意識が、無意識への力の流れを誤って解釈しているものだ。

だがこの誤解が、本来意識することのできない魔法演算領域の活動を深雪に知らせた。

魔法式の準備は整っている。

照準も、事象干渉力の装填も全て完了している。

後は魔法を放つだけだ。

自動的に魔法が組み上がっても、魔法師がトリガーを引くまで魔法は発動しない。

強制によるものであろうと、自由意思によるものであろうと、魔法を放つのは魔法師自身だ。

「行きます！」

達也（たつや）が設計したとおりの魔法が、深雪（みゆき）の決断によって地底に放たれた。

岩盤を押し割ろうとしていた溶岩の最上層部が一瞬で冷却されて、新たな岩盤に変わる。

失われたマグマの熱の代わりに、東側の火口を中心として地盤に圧力が加わる。

押し出されようとしていたマグマが急冷却して固体化したことによる体積の減少は、上から加えられた圧力に押し潰されたが、減圧が解消するまでのタイムラグに発生した火山ガスは出口を求めて島の東側へと抜けた。

噴火が起こらないように上から押さえつけている深雪（みゆき）の魔法が及んでいない、巳焼島（みやきしま）の東端に新たな溶岩の通り道ができる。

噴火の圧力は、収容所に被害を及ぼさない島の東海岸で解放された。

溶岩の熱で蒸発する海水が白い壁となって、西岳（にしだけ）の低い稜線（りょうせん）の向こうに立ち上っているのが見える。

「深雪（みゆき）、お疲れ様。中へ戻ろう」

「はい、お兄様」

宿舎と収容所から慌ただしく出てくる軍人の流れに逆らって、二人は宿舎の中に戻った。

最短予測よりも一時間近く早かった噴火に、収容所はてんやわんやだった。

溶岩の噴出は島の東端という予想外の地点で起こった。その為、被害シミュレーションが全く使い物にならなくなってしまったことも、混乱に拍車を掛けていた。

達也は収容所の諸施設に被害は出ないと考えている。そういう風に魔法を設計したのだ。だから当然と言えば当然だが、その予測に自信を持っている。しかし、念の為に退避してくれと施設を管理する軍人に指示されては、逆らうわけにはいかない。彼は深雪と二人で大人しく、大型ヘリに乗り込んだ。一旦海上空港に移動し、被害が避けられないと判断されればそのまま本土へ避難することになっている。

「司波君」

「柳中尉」

ヘリの中で、達也は柳に声を掛けられた。部下はいない。柳は一人だった。

とはいえ、周りには収容所の士卒・職員が何十人もいる。不用意な発言はできないと達也は気を引き締めた。

「少し、立ち入ったことを訊ねても良いだろうか」

柳の口調が半分プライベートモードになっている。これは逆説的に、国防軍としての訊問ではないという意味だろう。

「何でしょう」

達也は隙を見せないよう、他人行儀な言葉遣いで答えた。元々柳とはあの戦場と、あの後で少し話をしただけの間柄だ。風間大尉や真田中尉より更に縁は薄い。

「意味は無いかもしれないが、念の為に言っておく。今からする質問は、俺の好奇心を満足させる為のものだ。どう答えても、君が不利になることは無い」

「そうですか」

愛想が無さ過ぎる返事かもしれないが、達也としては他に言いようがないという気分だった。「どう答えても不利にはならない」のは普通、「これ以上不利になることは無い」からだ。そんなことをいきなり言われて、友好的な態度を要求される筋合いは無い。

柳が頭を掻いたのは、どうやら自分が達也の気分を害したらしいと感じたからだった。だが、何が悪かったのか見当が付かないから対策の取りようがない。困ったな、という表情だった。

柳は頭を掻く手を止めた。いきなり友好関係を築くのは無理だ、と諦めたのだ。

「訊いても良いか？」

「どうぞ」

達也の背後で、深雪が二人に呆れ気味の目を向けている。

柳も達也も、突っ慳貪という点ではどっちもどっちだ。

「噴火が早まったのは、君たちの魔法実験の所為か？」

「違います」

達也の答えは、客観的に見れば嘘である。噴火が早まったのは確実に、達也が深雪に行わせた魔法の所為だ。

ただ主観的には、達也は嘘を吐いていない。何故なら今起こっているのは噴火ではなく、単なる溶岩の噴出だからだ。

達也は人的・物的被害が発生する噴火を阻止する為に、深雪にあの魔法を使わせた。その結果、二つの火口が噴火することはなかった。人的被害も物的被害も今のところ生じていないし、今後も発生する可能性は小さい。有毒ガスも南東の海上に流れている。

島の東海岸で起こっている溶岩の噴出は島の面積の拡大に貢献する。つまり、国土が広がる。深雪のニブルヘイムで冷やせば、すぐに使えるようになるはずだ。

つまり達也の意識の中では、噴火は阻止されている。火山の噴火が早まった事実は無い。

「どのような魔法を実験していたのだ？」

「地下の岩盤を冷却する魔法です」

「それによって噴火が誘発されたのではないのか？」

「西岳も東岳も沈黙していますが」

「……そうだな」

柳も達也が言おうとしていることに気がついたようだ。そしてどうやらこの少年が、施設への被害を避ける為、敢えて島の東側でガス抜きを実行したということにも柳は気がついた。

柳の口から、突如笑い声が漏れた。最初は忍び笑い。それはすぐに哄笑になった。

何事か、という視線が柳に集まる。達也も深雪も、柳に胡乱なものを見る目を向けているのは他の人間と変わらなかった。

「もう一つだけ、聞かせてくれ」

笑いを収めた柳が、面白そうな顔で達也に問い掛ける。

さっきまでは、興味深そうな目つき。

今は、面白いという表情。

「この事態を予測していたのか？」

達也が否とも応とも言う前に、柳は問いを口にした。彼の唇はまだ、端の方が笑いの形に吊り上がっていたが、彼の両眼は真剣な光を宿していた。

「噴火の兆候があると知っていれば、ここには来ませんでした」

「そうか」

達也の面白みがない答えに、柳は最高のジョークを聞いたような、満足しきった顔で頷いた。

避難命令は一日で解除された。達也と深雪は海上空港のラウンジで一夜を明かすことになったが、他の軍人や囚人に比べれば待遇は格段に良かった。

達也はその間、ラップトップ端末でニブルヘイムの起動式を書き換え、深雪はお茶の給仕をしながらそれを見ていた。ほとんどの時間、横で見ていただけだが、深雪はまるで退屈することなく、ずっと楽しそうだった。

噴火の翌々日の練習再開後、深雪は一度もニブルヘイムを失敗しなかった。達也が書き換えた起動式のお蔭だと彼女は思っている。達也は少し違う見解を持っていたが、せっかく自信が持てるようになったのに、それに水を注すのは悪手だと考え口を噤んだ。

達也はニブルヘイムの終了段階に気体分子の運動速度のみを元に戻すプロセスの記述を追加することで、エネルギー収支の不均衡を緩和する仕組みを作り出した。それによって深雪のニブルヘイムが上手くいくようになったのは確かな事実だ。

この起動式と、敢えてエネルギー収支の不均衡を残すことで激しい気流を引き起こすもう一つの起動式は共に、その後もずっと深雪の愛用するものとなる。

また深雪の練習によって、新たに形成された東側の溶岩原はすぐに使用可能な温度になった。

この時の溶岩噴出で巳焼島の面積は八平方キロへ、一平方キロメートル増加した。
こうして深雪は無事、中学一年生の三学期が始まる前に、広域冷却魔法・ニブルヘイムを修得した。

(続・追憶編――凍てつく島――　完)

巳焼島の東海岸で発生した溶岩噴出による安全上の影響は無いと確認され、収容所の囚人が監獄に戻された夜。

島の南、海上空港の反対側の海上に、小さな救命ボートが浮かんでいた。

ゴムボートではなく、樹脂製の組み立てボートだ。

いずれにせよ、太平洋を渡れるような代物ではない。

避難の際に、漂流してしまったのだろうか。

それにしては、救援を求める無線発信も無ければ照明信号も見られない。

救命ボートには、男が二人。いずれも日本人ではない。

そして二人とも、魔法師だった。

「そろそろ合流地点じゃないか？」

「無線は使うなよ。ここまで上手くいっているのが台無しになる」

二人が話している言葉は広東語だ。どうやら彼らは、捕らえられた大亜連合の魔法工作員のようだった。

「何時までもあんな所に捕まっていてたまるものか」

「我々がマスコミに収容所の実態を伝えれば、日本はたちまち捕虜虐待で世界中から非難の的だ」

ざまあ見ろ、という表情で、二人が顔を見合わせて笑う。

救命ボートが、海中から突き上げる大きな波に揺れた。

来たぞ、と二人の男が、どちらからともなく口にする。

二人のすぐ側（そば）に、小型潜水艇が浮上した。

男たちの目が、揃（そろ）って潜水艇へ向く。

「潜水艇で脱走か。ありふれた手だ」

その言葉は日本語だった。

その声は浮上した潜水艇の逆方向、男たちの背後から聞こえた。

潜水艇の周りに細かな気泡が生じる。バラストに注水して再び潜り始めたのだ。

救命ボートの男たちが置き去りを抗議する時間は無かった。

その必要が無かった。

潜水艇の上部ハッチが、いきなり開いた。というより、外（はず）れ飛んだ。

この状態で潜れば、艇内に浸水して海の藻屑（もくず）だ。当然、潜水艇は潜航を中止した。

「さて。張（ジャン）と林（リン）だったな。脱走は重罪だ。このまま射殺しても良いんだが、大人しく牢屋（ろうや）に戻るか？」

二人は海の上から掛けられた声に、振り返らずそのままゆっくり立ち上がった。

不安定な救命ボートが揺れる。

その揺れによろめく振りをして、二人は同時に、海に飛び込んだ。

否、飛び込もうとした。
男たちの身体がボートから海へ落ちる。
海面へ接触する寸前、男たちの身体は輪郭を失い、波の泡に溶けるが如く消え失せた。
潜水艇が浮上したまま前進を始める。
突如見せられた人体消失現象に、パニックを起こしたのだろう。
彼らが恐怖を覚えたのは、人間として正しい反応だった。
それはまさしく、彼らの未来だったのだから。
潜水艇の外殻が突如接合線から分解した。
外殻だけではない。艇そのものが、一瞬でばらばらに分解した。
波間に人影が浮かび上がる。
潜水艇の破片に運良く巻き込まれず、海上に脱出できた乗組員だ。
あいにく彼らの幸運も、ここまでだったが。
波間に浮かんだ人影は、すぐに救命ボートの囚人と同じ運命をたどった。
元素レベルに分解されて、死体も残さず消え失せた。
海上に残されたのは、転覆した救命ボート。
そして、波の上に立つ二つの人影のみ。
「脱走者処分へのご協力、感謝する」

男たちの背後に立っていた、柳中尉が声を掛ける。

「全員、消してしまって良かったのですか？」

ボートと、沈んだ潜水艇と、闇を挟んで反対側に立つ人影が、達也の声で答えを返す。

そこに達也が立っているのか、それとも声だけが届いているのか、柳の技量を以てしても判別が付かない。

「処分する方が後の面倒がなくて良い。死体が残らないのは、尚更望ましいな」

柳は苦笑を抑えて闇に向かい答えを返した。

自分が向かい合っている相手がわずか十三歳とは、四葉家の関係者と知らなければ信じられないところだ。

「──君の方こそ良かったのかね？」

「何がでしょうか」

柳の質問は、肝腎な部分が省略されている。

達也がそう問い返してくるのは、当然だった。

「いや……何でもない」

柳はそれを、はっきりと言葉にしなかった。

──こんなに何人も殺して、君は平気なのか？

柳が、十三歳の少年に訊ねたかったことだ。

彼は結局、それを訊けなかった。

柳は、その問いを口にする資格が自分に無いことを弁えていた。

西暦二〇九三年、国防陸軍第一〇一旅団独立魔装大隊は、柳連中尉を新たな幹部メンバーとして迎え入れた。

柳中尉は着任と同時に大尉へ昇進した。

わずかに遅れて、大黒竜也という名の特務士官が特尉として独立魔装大隊に入隊した。

彼の入隊に当たっては、大隊隊長の風間少佐と、柳大尉の強い推薦があったと伝えられている。

（完）

The irregular at magic high school

# メランコリック・バースデー

わたしの名前は司波深雪。

国立魔法大学付属第一高校一年生。

そして十師族・四葉家の次期当主候補。

今日、西暦二〇九六年三月二十四日の二十四時を以て、わたしは十六歳になる。

今日が終わると同時に、わたしは婚姻が可能な年齢になる。

◆　◆　◆

俺の名は司波達也。

国立魔法大学付属第一高校一年生にして、四葉家のガーディアン。妹であり次期当主候補である深雪を守る者。それが俺の存在意義だ。

俺は六歳以降の出来事を全て覚えている。人造魔法師実験の副作用で、忘れるということがなくなった。できなくなった、と表現した方が適切かもしれない。

その反面、五歳以前の記憶は朧気だ。全く何も覚えていないというわけではない。しかし、精神を改造されてからの明瞭な記憶に比べると、夢と区別がつかない曖昧な情景、断片的な会話の欠片でしかない。

俺が深雪のガーディアンになったのは、人造魔法師の施術を受けた直後だ。実験で期待された性能を発揮できなかった俺は、四葉本家の魔法師として失格印を押され、一使用人とされた。

それに不満を覚えたことはない。深雪を守るのは、俺自身の望みでもある。深雪の安全を最優先にしろという命令は、俺にとってむしろありがたいものだ。長期の任務で深雪の側を離れなくても良いのだから。

今は亡き母は、この感情も実験により誘導されたものだと言った。だが、それがどうしたというのだろう。

人間の感情、人間の価値観は環境と教育に大きく左右される。善悪、正邪すらも他者からの影響で決まるものだ。妹を守りたいというこの気持ちが精神改造手術により植え付けられたものだとしても、だから偽物だという結論にはならない。偽物とは言わせない。

深雪は俺の、大切な妹だ。

俺が愛することのできる、ただ一人の肉親だ。

大切なただ一人の妹を、深雪を、俺は守る。

これだけが、俺の持つ真実の感情だ。

曖昧な要素があるとすれば、俺が実験前の深雪のことを、よく覚えていないというその一点。

深雪が生まれた時、俺はまだ零歳十一ヶ月。記憶が無くて当然だ。

ただ俺の中には、朧気なイメージが記憶と同じ場所に残っている。

俺を見下ろす二人の、そっくりな女性。母親の司波深夜と叔母の四葉真夜の、双子の姉妹。

そっくりな顔。ほっそりとした、そっくりな体型。

二人とも、妊婦ではなかった。

その記憶が、深雪が生まれる前のものであるとは限らない。それどころか事実であるとさえ言いきれない。夢の一場面を現実と混同しているのかもしれない。常識的に考えれば、零歳児の記憶など残っていない可能性の方が高い。

しかし俺は何故か、その「常識」をそのまま受け容れられずにいる。

深雪は間違いなく、俺の妹だ。俺の異能『エレメンタル・サイト』は、存在の構成要素を教えてくれる。俺と深雪が、同じ親から生まれてきているとこの「眼」が教えている。

いや、この異能に頼らなくても、俺の心がそう告げている。

深雪は、俺の妹だ。

仮にあの記憶が事実であったとしても、この真実は決して変わらない。

◇　◇　◇

十六歳になれば、わたしも結婚を意識せずにはいられない。

わたしが魔法を使えない普通の高校生であれば、結婚なんて早すぎると自分自身で笑い飛ばすことができただろう。

魔法師であっても、十師族、百家ナンバーズでなければ、まだそんな歳じゃないと言い訳ができたかもしれない。

でもわたしは、十師族最強、いえ、日本最強の魔法師一族・四葉家の直系で、次期当主候補。

ただでさえ魔法師の女性は、若い内に結婚し、子供を作ることを求められる。

魔法は、血統によって受け継がれるものだからだ。

優れた魔法師の子供は、魔法の才能を豊富に受け継いでいる可能性が高い。両親共に優秀な魔法師であれば、その可能性はさらに高まる。

魔法は、力だ。魔法師は国家にとって、重要な戦力だ。人権という「社会正義」に反さぬようどう取り繕っても、国家の本音が魔法師を資源と見做しているのは間違いない。

国家は優秀な魔法師を欲している。

同時に、魔法師は国家の保護を必要としている。

一方的な保護ではなく、持ちつ持たれつの関係であっても、政府との関係は良好である方が魔法師全体にとって都合が良い。

だから魔法師社会は、優秀な魔法師に多くの子孫を残すよう求める。

女性魔法師には早くに結婚し、多くの子を産むように。

男性魔法師には、年老いてもなお、可能であれば子を産ませるように。時には浮気を嗾けさえして。

わたしはまだ十五歳。こんな夢の無い事実を、早々に知りたくはなかった。

だけどわたしは、無知であることさえも許されなかった。

美しい夢に浸って、醜い現実を拒絶して、「義務」を果たさなくなるのを恐れたのだろう。

わたしが現実から逃げ出すことを、恐れたのに違いない。

わたしはまだ小学校に上がる前から、夢物語の代わりに夢の無い未来を繰り返し言い聞かせられていた。

――わたしは、真夜叔母様の後を継いで、四葉家の当主になる。

——わたしは、わたしに相応しい優れた魔法師のお婿さんを迎えて、四葉家を継がなければならない。

——わたしに相応しい相手は、一族が選んでくれる。わたしはその相手と契って、子を生さなければならない。

母もそうしたのだからと。

父もそうしたのだからと。

わたしは、わたしに与えられた魔法に相応しい生き方をしなければならないのだと。

昔のわたしは、そんな人生を当然のものだと思っていた。

それしか知らなかったから、抵抗を覚えることすらなかった。

魔法師ではない子供の頃の「友達」も、わたしを特別扱いして自分たちと同じでないのを当たり前だと思っていたから。

もしも、お兄様がいらっしゃらなければ。

わたしは今でも、お母様が、叔母様が、四葉家の人たちが求めた生き方に疑問を懐かなかったかもしれない。

あるいは、あの夏の日がなかったら。

わたしは一族に言われるまま、おぞましくもお兄様を使用人扱いして、押しつけられた婚約者と共に明日という日を迎えていたかもしれない――。

「これで、四回目か……」

思わず漏らした独り言は、深雪の誕生日を祝う回数。祝うことが許されてから、明日で四回目の誕生日。

自分の記憶が全て揃っている六歳の時から、深雪の誕生日は俺にとって一年で最も神聖な一日だった。

記憶が定かでない五歳以前の俺にとっても、特別な日だったに違いない。

深雪が生まれた日。

深雪がこの世界にいてくれる喜び。

俺には、深雪がいない世界を想像することができない。

きっとその世界には、俺も存在していないのだろう。

その世界に存在した俺は、既に存在することを止めているに違いない。――世界を、巻き添えにして。

この一年で、俺にも少なくない友人ができた。俺に特別な好意を寄せてくれる女の子もいる。

だが――申し訳ないことに――彼らはいてもいなくても良い存在だ。もし、ある日突然、彼らが俺の前から姿を消したとしても、俺は世界に対する復讐を望まないだろう。

もし深雪が俺の前から消えてしまったら。

そんな運命を用意した世界を、俺は決して認めないだろう。

そんな世界が存続することを、俺は決して許さないだろう。

幸か不幸か、俺にはその力がある。

今はまだできない。だがいずれできるようになるという確信が、俺にはある。

俺は、世界の国々を滅ぼすだけでなく、

この惑星を破壊するだけでなく、

世界そのものを、無に帰すことができるようになる。

深雪を失った時、きっと俺は、その力を得る。

……多分これは、俺の妄想なのだろう。世界中の国々を滅ぼすことも、俺にはできないはずだ。人間はそれ程、無能ではない。人類はそれ程、無力ではない。

こんな妄想を懐いてしまう俺を、他人は不幸だと言うに違いない。

——確かに、幸福ではないかもしれないな。

俺は自分の思考に、そう答えを返した。

ただ一人と、世界の全てを等価と感じてしまう狂気。そんなものを他人が抱えているのを見れば、俺だってそいつのことを不幸だと考えるに違いない。

自分にはもったいないあの友人たちに真の意味で価値を認められない俺は、人生を損しているに違いない。

それでも俺は、幸せだ。

深雪がこの世界に、いてくれるから。

俺は昔より幸せだ。

深雪に誕生日のお祝いを、「おめでとう」という祝福を、告げることができるから。

それが許されなかったあの日々より、俺はずっと幸せだ——。

◇◇◇

お兄様を家族に相応しくない、ただの使用人だと思い込まされていたあの日々。わたしにとっては、無かったことにしたい過去だ。

幾ら幼かったとはいえ、実の兄妹だということは知っていたのだ。少しは疑問に思いなさいと、昔のわたしをきつく叱ってやりたい。

わたしはまだ、三回しかお兄様に誕生日を祝っていただいたことがない。それ以前のわたしは、「出来損ない」のお兄様を「兄」と意識してはならないという言葉を頭から信じ込んで、お祝いの言葉を受けることさえ避けていた。

今振り返ってみれば、わたしは何ともったいないことをしていたのだろうか。

昔は、無邪気に誕生日を祝ってもらうことができていたのに。

今年は、素直な気持ちでお祝いの言葉を受け止める自信が無い。「おめでとう」というお兄様のお言葉を、喜べる自信が無い。

十六歳になる、その意味が、わたしを憂鬱にさせる。一族が、社会が期待する「優れた魔法師の務め」が、わたしをこんなに苦しめる。

ただ一つ、救いがあるとすれば。わたしにはまだ、「相応しい相手」が決められていないことだろうか。

優れた魔法師の家系では、わたしくらいの年頃で婚約者が決まっている子が少なくない。いえ、もっと小さな頃から、それこそ物心つく前から家同士の約束で婚約者が決まっていたという例も珍しくない。

昔と違って——といっても昔を知っているわけではないけれど——婚約を解消するのは難しくない。今の時代は基本的に、本人の意思が尊重される。

だけど、女の子の方から嫌とは言えず十六歳の誕生日と同時に籍を入れたという話も、時々耳にする。そういうケースは大抵、男の人がずっと年上だ。男性側が再婚、再々婚という話を聞いたのも一度や二度ではない。

子供が大人に本気で逆らうのは、結構難しい。それは、自分の経験からも分かる。大事にされている女の子程、たとえそれが表面的なものであっても、親が決めた相手に嫌とは言えないだろう。親戚一同から祝福という名の圧力を受けている場合は尚更だ。

幸いわたしにはまだ、そんな相手はいない。「優れた魔法師は早婚早産を求められる」風潮からすれば矛盾しているように思われるかもしれないが、国内で魔法師のトップに立つ十師族の子女は、意外に婚約が遅い。その代わり、婚約してしまえばあとは早いのだけど。

つまりは、婚約相手を選りに選っているということだろう。わたしの婚約者が決まっていないのも、そういう理由に違いない。

どちらにせよ、遠くない将来にわたしが結婚するという運命は変わらない。明日突然叔母様が婚約者を連れてきて、一ヶ月後には夫婦になっているという可能性も、あり得ないことではない。

本当は、嫌。

わたしは、結婚なんてしたくない。

だって、どんなに望んでも、●●●とは夫婦になれないから——。

だからわたしは、大人になんてなりたくない。

十六歳の誕生日なんて、来なければいい……。

◆　◆　◆

午後十一時になった。

西暦二〇九六年三月二十四日が、あと一時間で終わる。

あと一時間で、深雪は十六歳になる。法的に、婚姻が可能になる年だ。

深雪に結婚はまだ早いとは思うが、そう遠い先のことでもないだろう。

深雪が結婚すれば、今のように一緒には、いられない。兄妹とはいえ異性。自分以外の男が妻の側にいるのを、夫は快く思わないはずだ。

それは、仕方が無いことだ。

一緒にいられなくなると思うと、正直寂しい。

だが、深雪がこの世からいなくなってしまうわけではない。だから、耐えられる。

遠く離れることになっても俺たちは兄妹で、どんなに遠く離れても、俺の「眼」は、俺の力は深雪に届く。

俺は深雪を守ってやれる。

俺は深雪を守り続ける。

これだけは、あいつの夫となる男が嫌がっても譲れない。

たとえその男に、俺以上の力があっても。

俺以上に、深雪を守ることができても。

そうだな……。それを確かめるべきかもしれない。

俺には四葉家が決める深雪の結婚相手に、異議を唱える権利は認められていない。だが四葉家が、叔母上が何と言おうと、俺は深雪の兄だ。

深雪の婚約者の座を射止めた幸運な男を、試すくらいのことは許されるだろう。

父親には娘の夫となる男を殴る権利があるらしいが、あの父にそんな気概は期待できない。

それに、そんな一方的でアンフェアな要求をするつもりはない。

その男には、俺と殴り合ってもらおうか。

魔法は封じさせてもらう。

腕っ節だけで俺を倒せたなら、深雪の隣は潔く譲ってやろう。

せめてその程度の根性は見せてもらわないとな……。

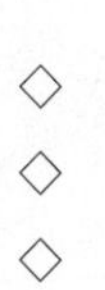

わたしは何故、●●●の●なのだろう。

わたしは何故、お●様の●なのだろう。

わたしは何故、お●様の妹なのだろう。

わたしは何故……。

ああ、駄目だ。気持ちが抑えられない。

あふれてしまう。

……わたしは何故、お兄様の妹なのだろう。何故わたしたちは、兄妹なのだろうか。

こんなことを考えるのはおかしいと分かっている。こんなことを望むのは異常だと、分かっているつもりだ。

理性は理解している。

でも、感情は納得してくれない。

わたしは、お兄様以外の男性の妻にはなりたくない。

……いや、自分に対してまで、きれい事を言うのは止めよう。

わたしは、お兄様以外の男性に抱かれたくないのだ。

本当は、お兄様以外の男性に触れられるのも嫌なのだ。

だって、わたしの全てはお兄様のものだから。わたしはお兄様の為に、ここにこうして存在しているのだから。

子孫を残すのが義務だというなら、わたしの胎から卵子を取り出して人工授精でも遺伝子改造でもすれば良い。

それで義務が果たせるというなら、喜んでわたしの一部を提供しよう。わたしの魔法因子を受け継ぐ次世代は、人工子宮で育てて欲しい。

女性としては、褒められた考え方ではないかもしれない。

だけどこれが、わたしの本音。

偽らざる気持ち。

そしてわたしは知っている。

わたしの望みは、決して叶わない。

わたしがお兄様の、実の妹だからではない。

そんなものは、わたしの望みを妨げない。わたしは、法律上の地位が欲しいのではないのだから。

お兄様はわたしを、妹として、愛してくださっている。

お兄様は、わたしを妹としてしか見ていない。わたしはお兄様にとって、妹でしかない。

これまで、ずっと。

きっと、これからも、ずっと。

お兄様の愛は変わらない。黄金や金剛石に例えることさえ不適切だ。

お兄様が変わらぬ愛を注いでくださるからこそ——わたしの望みは、叶わないのだ。

◆　◆　◆

それにしても……、深雪の隣に立つのは、一体どんな男なのだろう。

深雪に釣り合う男がいるとは思えない。世界中探しても、きっと、いない。

我ながら兄馬鹿発言だとは思うが……それ程、深雪は特別なのだ。

深雪に欠点が無いなどと言うつもりはない。

――妹には割と、熱くなり易い面がある。

――熱中すると周りが見えなくなる癖がある。

――上手く隠しているが、実は、人の好き嫌いが激しいところがある。

だが神話の神々にさえも人間的な欠点があったのだ。何一つ欠点が無い人間は、近づき難い、ではなく、近づきたくならない存在に違いない。欠点を一切持たない人間は、グロテスクに見えるに違いない。欠点が無い、それこそが人として最大の欠陥になるのではないだろうか。

欠点が幾つあっても、深雪は特別だ。

短所を全てひっくるめて、特別な女性だ。

そんな深雪に釣り合う男など、いるはずがない。だから深雪の隣に立つ条件は、釣り合うことではない。

深雪の隣に立つ条件は、
深雪に相応しい男であること。

深雪よりも勝っている必要は無い。

四葉家は深雪の伴侶に魔法因子を求めるだろうが、俺は必ずしも、優れた魔法師である必要は無いと思っている。

大切なのは、深雪に相応しいことだ。

自分が深雪に相応しいと、胸を張れる男であることだ。

深雪の隣に立っても卑屈にならず、虚勢を張らず、対等の夫婦として家庭を築けることだ。


親父を見ていると、つくづくそう思う。


母さんは子供の目から見ても、肉親の贔屓目を差し引いても、美しい女性だった。

同時に、身震いがする程強大な魔法を、病弱なその身に秘めていた。

それに対して親父は、少し見た目が良いだけの平凡な男だ。

想子保有量だけは規格外だが、それを魔法に活かす魔法式構築能力が足りない。

想子保有量が魔法の才能と等価視されていた時代であれば、親父は「強大な魔力を秘めている」と評価されていただろう。

実際に、膨大な想子を生み出し保持できる才能を評価されて、親父は四葉家前当主の長女であり禁忌の系統外魔法『精神構造干渉』の唯一の使い手、『忘却の川の支配者』の異名を取っていた四葉深夜の結婚相手に選ばれた。

親父は、母さんに釣り合う男ではなかった。だがそれは、仕方が無いことだ。深雪程ではないにしても、『忘却の川の支配者』と釣り合う男などいなかったに違いないのだから。

それでも、四葉深夜の夫に選ばれたのは親父だった。親父と母さんは夫婦になった。一族の意思だったかもしれないが、母さんもそれを受け容れた。

受け容れられなかったのは、親父の方だ。

当時別に愛し合っている女性がいたという事情は、横に置いておく。同情すべきことかもしれないが、それはこの際、問題にならない。

親父には、四葉一族が強制する婚姻を拒否する意志力が無かった。

そのくせ、母さんの夫という立場を受け容れることもしなかった。――いや、一応親父を弁護するとしよう。親父には、母さんを対等な妻として受け容れることができなかったのだ。

魔法師としての能力だけでなく、容姿も、教養も、実家の力も、何一つ妻に勝てない。唯一学歴だけは勝っていると言えたが、そんなものに何の価値も無い、妻の世界。

その世界の住人となることを強制された親父は、卑屈になった。身も蓋もない言い方をすれば、種馬であることに甘んじた。四葉家の言いなりになることで、逆説的に自分のプライドを守った。

競い合わない限り、負けることは無い。

敗北を突きつけられない限り、最低限のプライドは守れる。

それが親父の選んだ生き方だった。

俺と親父の仲は、極めてよろしくない。親父は俺を嫌っていて、俺は親父のことをどうでも良いと思っている。

認めよう。

だからどうしても、親父に対する俺の評価は辛くなる。他人が親父を見れば、また別の評価があるかもしれない。

だが俺の目から見れば。

親父は、母さんに相応しい男ではなかった。

「妻に相応しい男ではない」と自分から卑屈になって、母さんと正面から向き合うことをしなかった。

比べられて、負けているという事実を突きつけられることから逃げ続けた。

その挙句、愛人に逃げたという顛末を責めるつもりはない。男と女の色恋沙汰だ。他人には分からない何かがあるのだろう。その前に夫であることから逃げたというだけで、俺が親父を評価する材料としては十分だ。

親父は母さんに相応しくなかった。

その結果、親父だけでなく母さんも不幸になった、と俺は思っている。

実際に母さんがどう感じていたのか、俺には想像することしかできないが、少なくとも親父との結婚生活に幸せが無かったのは、確かではないだろうか。

幸せではない。幸福が無い。それはきっと、不幸の同義語だ。

俺は深雪に、母さんの轍を踏ませたくない。深雪に、幸せが無い不毛な人生を歩んで欲しくない。

残念ながら、俺には深雪を幸せにすることはできない。

兄として愛することはできても、夫になることは不可能だ。

同じように、深雪が生涯独身を貫くことも不可能だ。

叔母上が已むに已まれぬ事情で結婚しなかったから余計に、深雪には夫を迎えて子を生すことが求められる。

だからせめて、深雪の夫には、深雪に相応しい男を選んで欲しいと俺は思う。

俺は、祈る。

たとえ深雪が自分で選んだ相手でなくても。

せめて、深雪の隣に立つ男が、深雪に相応しい男性であらんことを。

（日付が変わる……。もうすぐわたしは、十六歳……）
深雪は二十四時の鐘を待たずに、ベッドに入った。
「お休みなさい、お兄様……」
ここにはいない最愛の兄に、十五歳最後の日に別れを告げる挨拶を囁いて。

◆◆◆

（零時を過ぎたか……）
就寝準備を終わらせていた達也は、明かりを消してベッドに入った。
彼は何も言わず、余計なことを考えずに、目を閉じた。

西暦二〇九六年三月二十五日。今日は日曜日であり、深雪の十六歳の誕生日だ。

「おはようございます、お兄様」

早朝の鍛錬から戻った達也を、深雪が笑顔で迎える。

いつものように。

曇りの無い、陰りの無い笑顔で。

「おはよう、深雪。それと、お誕生日おめでとう」

達也が、深雪にしか見せない笑顔で応える。曇りの無い、陰りの無い、純粋な祝福を添えて。

「ありがとうございます、お兄様」

「今日は予定どおりで構わないね？」

「はい。お兄様と二人でお出かけ、深雪は楽しみです」

達也も深雪も、十六歳の意味には触れなかった。

まだ変わらない日常を、変わらないものとして二人は祝う。


——二人の日常に変化が訪れるのは九ヶ月後。

——この年の、最後の一日のことである。

（メランコリック・バースデー　完）

ＤＶＤ・ＢＤ特典小説他、短編小説を収録した『魔法科高校の劣等生Appendix』の第二巻をお届けしました。お楽しみいただけましたでしょうか。

『夏の休日――Another――』はＴＶアニメ『横浜騒乱編』の限定版特典小説です。『魔法科高校の劣等生』第五巻『夏休み編＋１』に収録した短編『夏の休日』のＩＦストーリーとして、海から山、「南の島」から「高原の別荘地」に舞台を置き換えたものです。

恋愛要素は『夏の休日』をほぼ踏襲していますが、それ以外に事件要素も盛り込んでみました。既に『夏の休日』を読まれている方にも、楽しんでいただける作品に仕上がっていると思います。

『十一月のハロウィンパーティ』は音声ドラマＤＶＤの付録として書き下ろした短編です。納品した直後に「こちらの方が音声ドラマのシナリオに相応しかった」とコメントをいただいたことが記憶に残っています。

初めてアフレコに立ち会わせていただいたのもこのドラマＤＶＤでした。今はもう、収録を直接拝見する機会も無くなりましたが。

考えてみれば注文を受けて小説を書いたのは、この作品が初めてのような気がします。記念すべきプロ第一作といったところでしょうか。勝手が分からず、色々と苦労した跡が見えますね。

『美少女魔法戦士プラズマリーナ』は劇場映画の来場者特典小説第一弾です。特典小説は三作用意しましたが、この短編が最もスムーズに書けました。動かし易さで言えば、リーナは魔法科シリーズのキャラクターの中で一番だと思います。ただTVアニメ『来訪者編』が放映される前だったので、当時はリーナのことをご存じない方も少なくなかったかもしれませんね。

この『プラズマリーナ』は、魔法科スピンオフの中で一番良く書けているのではないか、と自分では思っています。本人は大真面目なのに傍から見るとコメディになっている……。このポンコツ具合がリーナというキャラクターの真骨頂なのではないかと思います。

作者としても、書いていて楽しかった作品です。

『IF』は劇場映画の来場者特典小説第二弾で、所謂「夢落ち」のお話です。身も蓋もない打ち明け話を致しますと、特典小説のアイデアに詰まった末の苦し紛れの短編でした。ただストーリーは苦し紛れでしたが、この短編の為に考えた設定はしっかりと本編にフィードバックさせております。

特に「魔法で空を飛ぶ乗り物」に関する理屈はこの短編のエアカーでできあがりました。御蔭で、この後に書いたシリーズ本編がかなり楽になりました。移動手段は魔法科シリーズの悩みの種でしたので。

またビジュアル的には、魔法科シリーズの中で最もおいしいかもしれません。本編では芸能活動なんてさせられませんので。その意味では、この『ＩＦ』は『Appendix』第一巻の『ドリームゲーム』同様、番外編ならではの短編と申せましょう。

劇場映画の来場者特典小説第三弾の『続・追憶編――凍てつく島――』は、タイトルに『続』と付いているとおり『追憶編』の後に位置するエピソードで、『ＩＦ』と違って魔法科シリーズの正史に属します。この意味では、文庫への収録が最も必要だった短編なのかもしれません。

実を言いますと劇場映画のお話を頂戴した際、私は『追憶編』の映画化を提案しました。ただ製作委員会のご意向が「オリジナルストーリーで」とのことでしたので、『追憶編』はすぐに取り下げて『星を呼ぶ少女』の原案を提出したという経緯があります。

今となっては自分でも良く分かりませんが、『凍てつく島』を特典小説に書き下ろしたのは『追憶編』の映像化に未練があったからでしょうか？　幸い『追憶編』は今年、ＴＶアニメとして放映していただきました。

最後に収録した『メランコリック・バースデー』は『電撃文庫』二十五周年&『電撃文庫MAGAZINE』創刊十周年記念企画で書き下ろし、同雑誌の『二〇一八年七月号（Vol.62）』に掲載していただいた短編です。

……何故、私は記念企画にこんな暗い話を書いたのでしょう。当時、自分が何を考えていたのか記憶にありません。珍しく達也の本音（？）が語られていますので、その意味では興味深い短編ですが。


この本に収録された短編には魔法科シリーズという共通点がありますが、時期もテーマもバラバラです。改めて読み返してみると、私も結構長く作家をやらせていただいているのだな、と感じます。

それも全て御愛読くださっている読者の皆様の御蔭です。まだ二〇二二年は半分を過ぎたところですが、来年は久し振りに新作も発表したいと考えております。

二〇二二年後半も、二〇二三年も、よろしくお願い致します。


（佐島　勤）

## ◉佐島　勤著作リスト

「魔法科高校の劣等生①〜32」（電撃文庫）
「魔法科高校の劣等生SS」（同）
「魔法科高校の劣等生　Appendix①〜②」（同）
「続・魔法科高校の劣等生　メイジアン・カンパニー①〜④」（同）
「新・魔法科高校の劣等生　キグナスの乙女たち①〜④」（同）
「魔法科高校の劣等生　司波達也暗殺計画①〜③」（同）
「ドウルマスターズ1〜5」（同）
「魔人執行官（デモーニック・マーシャル）　インスタント・ウィッチ」（同）
「魔人執行官（デモーニック・マーシャル）2　リベル・エンジェル」（同）
「魔人執行官（デモーニック・マーシャル）3　スピリチュアル・エッセンス」（同）

## 本書に対するご意見、ご感想をお寄せください。

ファンレターあて先
〒 102-8177　東京都千代田区富士見 2-13-3
電撃文庫編集部
「佐島 勤先生」係
「石田可奈先生」係



『夏の休日――Another――』/『魔法科高校の劣等生 横浜騒乱編2』～『魔法科高校の劣等生 横浜騒乱編3』Blu-ray&DVD完全生産限定版
『十一月のハロウィンパーティ』/オーディオドラマDVD『魔法科高校の劣等生 追憶編』
『美少女魔法戦士プラズマリーナ』/『劇場版 魔法科高校の劣等生 星を呼ぶ少女』第1週来場者特典
『IF』/『劇場版 魔法科高校の劣等生 星を呼ぶ少女』第3週来場者特典
『続・追憶編――凍てつく島――』/『劇場版 魔法科高校の劣等生 星を呼ぶ少女』第5週来場者特典
『メランコリック・バースデー』/『電撃文庫MAGAZINE Vol.62』

文庫収録にあたり、加筆、修正しています。

電撃文庫

# 魔法科高校の劣等生 Appendix②

佐島 勤

2022年９月10日　初版発行
2022年11月20日　再版発行

発行者　山下直久
発行　株式会社KADOKAWA
〒102-8177　東京都千代田区富士見2-13-3
0570-002-301（ナビダイヤル）
装丁者　荻窪裕司（META＋MANIERA）
印刷　株式会社暁印刷
製本　株式会社暁印刷

●お問い合わせ
https://www.kadokawa.co.jp/（「お問い合わせ」へお進みください）
※内容によっては、お答えできない場合があります。
※サポートは日本国内のみとさせていただきます。
※ Japanese text only

※定価はカバーに表示してあります。

ISBN978-4-04-914526-7　C0193　Printed in Japan

電撃文庫　https://dengekibunko.jp/

# 電撃文庫創刊に際して

文庫は、我が国にとどまらず、世界の書籍の流れのなかで〝小さな巨人〟としての地位を築いてきた。古今東西の名著を、廉価で手に入りやすい形で提供してきたからこそ、人は文庫を自分の師として、また青春の想い出として、語りついできたのである。

その源を、文化的にはドイツのレクラム文庫に求めるにせよ、規模の上でイギリスのペンギンブックスに求めるにせよ、いま文庫は知識人の層の多様化に従って、ますますその意義を大きくしていると言ってよい。

文庫出版の意味するものは、激動の現代のみならず将来にわたって、大きくなることはあっても、小さくなることはないだろう。

「電撃文庫」は、そのように多様化した対象に応え、歴史に耐えうる作品を収録するのはもちろん、新しい世紀を迎えるにあたって、既成の枠をこえる新鮮で強烈なアイ・オープナーたりたい。

その特異さ故に、この存在は、かつて文庫がはじめて出版世界に登場したときと、同じ戸惑いを読書人に与えるかもしれない。

しかし、〈Changing Times,Changing Publishing〉時代は変わって、出版も変わる。時を重ねるなかで、精神の糧として、心の一隅を占めるものとして、次なる文化の担い手の若者たちに確かな評価を得られると信じて、ここに「電撃文庫」を出版する。

**1993年6月10日**
**角川歴彦**

ソードアート・オンライン
SWORD ART ONLINE
S A O
川原 礫
イラスト／abec
「これは、ゲームであっても遊びではない」
《黒の剣士》キリトの活躍を描く
究極のヒロイック・サーガ！
電撃文庫